Arena-Taschenbuch
Band 51214

Kinderbücher von Katja Brandis im Arena Verlag:

Windwalkers
Verborgene Flügel (Bd. 1)
Helden der Lüfte (Bd. 2)
Weitere Bände in Planung

Woodwalkers
Carags Verwandlung (Bd. 1)
Gefährliche Freundschaft (Bd. 2)
Hollys Geheimnis (Bd. 3)
Fremde Wildnis (Bd. 4)
Feindliche Spuren (Bd. 5)
Tag der Rache (Bd. 6)
Die Woodwalkers-Reihe ist auch in Einfacher Sprache erhältlich.

Woodwalkers – Die Rückkehr
Das Vermächtnis der Wandler (Bd. 1)
Herr der Gestalten (Bd. 2)
Das Grollen der Löwin (Bd. 3)
Der Club der Fabeltiere (Bd. 4)
Rivalen im Revier (Bd. 5)
Zeit der Entscheidung (Bd. 6)

Seawalkers
Gefährliche Gestalten (Bd. 1)
Rettung für Shari (Bd. 2)
Wilde Wellen (Bd. 3)
Ein Riese des Meeres (Bd. 4)
Filmstars unter Wasser (Bd. 5)
Im Visier der Python (Bd. 6)

Woodwalkers / Seawalkers & Friends
Katzige Gefährten
Zwölf Geheimnisse
Wilder Kater, weite Welt
Dreizehn Wellen
Wilde Ferien

Filmbücher
Woodwalkers. Carags Verwandlung (Filmausgabe)
Woodwalkers – Der Film (2). Geschichten und Geheimnisse vom Dreh

Die Hörbücher erscheinen bei Arena audio.

Katja Brandis, Jahrgang 1970, hat Amerikanistik, Anglistik und Germanistik studiert und als Journalistin gearbeitet. Schon in der Schule liehen sich viele Mitschüler ihre Manuskripte aus, wenn sie neuen Lesestoff brauchten. Inzwischen hat sie zahlreiche Romane für Jugendliche veröffentlicht, zum Beispiel Khyona, Gepardensommer, Die Jaguargöttin oder Der Fuchs von Aramir. Sie lebt mit Mann, Sohn und zwei Katzen in der Nähe von München.
www.woodwalkers.de | *www.seawalkers.de*

Katja Brandis

Woodwalkers

Hollys Geheimnis

Zeichnungen von Claudia Carls

Arena

Ein Verlag in der Westermann Gruppe

Für Christian und Robin

www.blauer-engel.de/uz195
- ressourcenschonend und umweltfreundlich hergestellt
- emissionsarm gedruckt
- hauptsächlich aus Altpapier

MI6

Dieses Druckerzeugnis wurde mit dem Blauen Engel ausgezeichnet.

FSC
www.fsc.org
RECYCLED
Papier aus Recyclingmaterial
FSC® C110508

6. Auflage im Arena-Taschenbuch 2025

Rottendorfer Straße 16, 97074 Würzburg
arena-service@westermanngruppe.de

Dieses Werk wurde vermittelt durch die Autoren- und Projektagentur F. Rumler (München).
Cover- und Innenillustrationen: Claudia Carls
Umschlagtypografie: Sibylle Bader
Gesamtherstellung: Westermann Druck Zwickau GmbH
Gedruckt in Deutschland
ISSN 0518-4002
ISBN 978-3-401-51214-3
Besuche den Arena Verlag im Netz:
www.arena-verlag.de

Inzwischen habe ich meine ersten Lernexpeditionen an der Clearwater High hinter mir. Ich kann kaum glauben, dass nun eine Wolfs-Wandlerin zu den Leuten zählt, die ich mag. Sogar meine Handynummer habe ich Tikaani gegeben.

Während meiner Zeit als Puma hatte ich natürlich keinen Schimmer gehabt, warum die Menschen mit den Fingern auf irgendwelche flachen Dinger tippten oder hineinsprachen. Das wollte ich damals bei einem meiner heimlichen Besuche bei den Menschen herausfinden. Ich ahnte nicht, dass ich fast dabei draufgehen würde ...

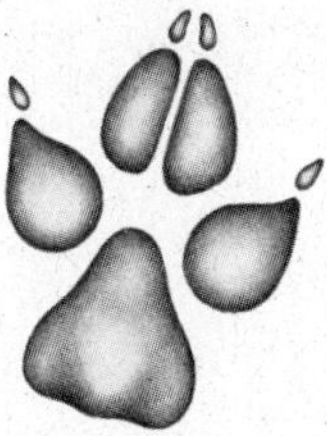

Heiße Fontänen

Es war Frühling und langsam schmolz der Schnee in unserem Revier. Auf den weiten Ebenen spross hellgrünes, saftiges Gras, mit Tupfern von gelben, roten und violetten Blumen. Hoch über ihnen, im Kieferndickicht eines Hügels, neckte meine Schwester Mia einen großen schwarzen Käfer, den sie immer wieder belauerte und ansprang. *Spielen wir 'ne Runde Käferschubsen?*, rief sie mir lautlos zu, von Kopf zu Kopf. *Oder wie wär's mit einem Wettspringen?*

Mein Vater erhob sich, streckte seinen langen zimtfarbenen Körper und gähnte, sodass man seine Fangzähne sah. *Geh lieber mit mir Wapitis jagen, Carag, du musst endlich lernen, wie man Großwild reißt.*

Äh, was? Ich hatte nur die Hälfte mitbekommen, weil ich gerade an der Felskante lag und zwischen den Kiefernästen hindurch ins Tal spähte. Es lebten nur wenige Menschen in unserem Revier, das sie Yellowstone nannten, aber hier in der Nähe hatten sie einen kleinen Stützpunkt. Ich sah die graubraunen Dächer einzelner Häuser und auf einer Straße fuhren Autos darauf zu und davon weg.

Menschen waren geheimnisvoll und mächtig. Manchmal stanken sie auch oder benahmen sich wie Kaninchen, denen der Kopf fehlte. Zum Beispiel kapierte ich beim besten Willen nicht, warum sie es so toll fanden, wenn irgendwo heißes

Wasser aus der Erde schoss. Gerade sammelten sich dort beim Stützpunkt im Tal – bei einem dieser heißen Orte – wieder mehr Leute, als ich zählen konnte, setzten sich auf längliche Holzstücke und warteten geduldig auf das Ereignis. Garantiert hatten sie auch wieder diese flachen, handtellergroßen polierten Steine dabei, aus denen ich nicht schlau wurde. Die Leute streichelten die Dinger oder unterhielten sich mit ihnen; manchmal deuteten sie damit auch auf irgendwas oder auf sich selbst ...

He, Carag, du bist gerade dermaßen langweilig. Enttäuscht verpasste mir Mia einen Hieb mit eingezogenen Krallen. Blitzschnell schlug ich zurück und zeigte ihr die Zähne. *Und du bist kindisch. Käferschubsen? Das habe ich mit fünf gespielt!*

Meine Mutter schob sich zwischen uns. *Schluss damit, wir gehen jagen. Los jetzt!*

Ich komme ein anderes Mal mit, mir tut die Pfote weh, schwindelte ich, schleckte mir die Vorderpranke und hoffte, dass meine Eltern nicht merkten, wie schnell mein Herz klopfte. Wenn alles klappte, würde ich sehr bald dort unten dabei sein und niemand durfte merken, wer und was ich war. Sonst würden die Menschen versuchen, mich zu töten.

Mit einem seltsamen Blick sah mein Vater mich an. Ich erschrak. Ahnte er was? Vielleicht ... Er war oft niedergeschlagen oder gereizt in letzter Zeit. Früher hatte er manchmal übermütig mit uns Wettspringen oder Raufen gespielt, wann hatte er eigentlich damit aufgehört?

Ohne ein weiteres Wort drehte er sich weg, um zu gehen. Mia rief mir ein *Bis nachher, fang dir keine Flöhe ein* zu, für das ich ihr ein Schnurren hinterherschickte, dann verschwand sie lautlos zwischen den Bäumen.

Kurz darauf machte auch ich mich auf den Weg, als Puma

schlich ich zu unserem nächstgelegenen Versteck mit Menschensachen. Dort verwandelte ich mich und holte mir Klamotten aus dem Versteck – es waren leider keine besonders guten Sachen, das Hemd hatte ein Loch und die Schuhe waren mir zu groß. Ich nahm die Schuhe erst mal in die Hand und machte mich auf bloßen Füßen auf den Weg ins Tal. Ein paar Ameisen krabbelten über meine Zehen, eine davon biss mich. Pech für sie, dass ich jetzt wieder meine praktischen Menschenhände hatte. Ich schnippte die Ameise im hohen Bogen von meinem Fuß herunter ins Gebüsch.

Das graue Zeug, aus dem Menschen ihre Straßen bauten,

fühlte sich warm an unter meinen bloßen Füßen, als ich vorsichtig zu einem der größten Häuser ging. Aus braun gefleckten Steinen gemauert, mit großen Glasfenstern, ragte es vor mir auf und ständig gingen Leute hinein und hinaus. Zum Glück achtete kaum jemand auf mich – nur ein Kind, das halb so groß war wie ich, starrte mich misstrauisch an. Spürte es irgendwie, dass ich anders war, dass ich kein Mensch war? Mist, ich hatte vergessen, die Schuhe anzuziehen! Und meine Füße sahen gerade verdächtig pelzig aus, auch das noch!

Das Mädchen zupfte seine Mutter am Ärmel, versuchte, sie auf mich aufmerksam zu machen. Doch zum Glück unterhielt sich die Mutter gerade mit einer anderen Frau. Rasch hockte ich mich hin und machte mich daran, meine Füße in die Lederhüllen zu zwängen. Wenn ich schnell war, schaffte ich es noch, bevor ...

»Mama! Mama, schau mal, der Junge da ...«

Geschmeidig kam ich auf die Füße, genau in dem Moment, als die Frau »Was ist denn, Lydia?« fragte und das Mädchen auf mich deutete. Aber jetzt war ich nicht mehr barfuß und der Blick der Frau glitt über mich hinweg. Uff.

Old-Faithful-Besucherzentrum, las ich auf einem großen Holzschild und schrak zusammen, als an einer Metallstange über mir etwas flatterte, ein großes rot-weiß gestreiftes Stück Stoff mit weißen Sternchen auf einem blauen Feld.

Benimm dich nicht wie ein nervöses Streifenhörnchen!, ermahnte ich mich lautlos. Das Stück Stoff war eindeutig nicht gefährlich, auch wenn ich keine Ahnung hatte, wozu es gut sein sollte.

Eine Weile beobachtete ich Leute, die in das große Haus gingen, dann versuchte ich selbst hineinzukommen. Zitternd vor Aufregung zerrte ich an der Tür und es funktionierte, schon war ich drin! Staunend schaute ich mich um und sog die Luft ein, die fremdartig und künstlich roch. Vorsichtig ging ich quer durch den Raum und legte die Hand auf die riesigen Fensterscheiben, die so klar wie Quellwasser waren und doch fest wie Stein. Überall schlenderten Leute herum – und sie alle musterten ein Schild, auf dem ich entzifferte: *Vorhergesagter nächster Ausbruch des Geysirs: 5:10,* dann gingen sie wieder nach draußen, setzten sich und ließen die Stelle, an der das heiße Wasser erscheinen sollte, nicht mehr aus den Augen.

Stumm setzte ich mich dazu und lauschte fasziniert auf das, worüber die Leute redeten. Was in aller Welt waren Ferien, Aktien, Terroristen?

Als die baumhohe weiße Fontäne schließlich zischend aus der Erde emporschoss, glotzten alle sie an und gaben »Ohs« und »Ahs« und »Boah, ist das geil« von sich. *Fast* alle. Ich selbst hielt den Mund ... und beobachtete die Menschen. Geysire hatte ich schon öfter gesehen als Fischadler, und das wollte was heißen, denn von denen gab es hier eine Menge.

Die meisten Leute hielten ihre flachen, polierten Dinger hoch und richteten sie auf den Geysir. Neugierig reckte ich den Hals. Doch obwohl ich sie jetzt aus der Nähe sah, wurde ich nicht schlauer daraus. Offensichtlich waren sie keine Waffen, wie ich damals im Supermarkt gedacht hatte. Vielleicht versuchten die Menschen, damit böse Geister abzuwehren? Meine Mutter glaubte an so was ...

»Hey, was hast du für ein Problem?«, fragte das Mädchen, das neben mir saß; es hatte gelbliche Haare, die irgendwie unecht aussahen, und eine unangenehm schrille Stimme. Es knuffte seinen Begleiter. »Du, Mark, der Typ da glotzt mich schon die ganze Zeit an ...«

Es dauerte einen Moment, bevor ich kapierte, dass sie mich

meinte. »Ich, äh ...«, stammelte ich und wusste dann nicht mehr, was ich sagen sollte.

Der junge Mann neben ihr sah aus, als würden seine Muskeln gleich sein T-Shirt sprengen. Er hatte nur Augen für den Old Faithful. »Ist das krass, schau doch mal, Victoria! Wow.«

Sie rückte ein Stück von mir weg und flüsterte ihrem Freund ins Ohr: »Mark, hörst du mir jetzt verdammt noch mal zu oder nicht?!«

»Was?« Jetzt wandte sich der Kerl mit den Muskeln doch um und nahm mich ins Visier. »Wer starrt dich an, der da?«

»Ja, genau, der.«

Schnell wandte ich mich ab und mein Menschengesicht fühlte sich seltsam heiß an. Vorsichtig befühlte ich meine Wangen. Wurde ich gerade krank oder so was?

»Also, Kleiner, was willst du?«, knurrte der Mann, warf mir einen drohenden Blick zu und schielte zwischendurch zum Old Faithful rüber, der wieder und wieder sein kochend heißes Wasser in den Himmel schleuderte. »Lass mein Mädchen in Ruhe, klar? Du bist doch eh noch zu jung für 'ne Freundin.«

Ich raffte meinen ganzen Mut zusammen und sagte: »Entschuldigung. Ich wollte nur mal dieses Ding anschauen ... das da.« Zögernd streckte ich die Hand aus und berührte das flache, eckige Teil in der Hand des Mädchens.

Großer Fehler! Sie riss es von mir weg und ihr Gesicht verzerrte sich. »Mark! Der will mein *Smartphone* klauen!«

»Ach du große Scheiße. Jetzt reicht's wirklich.« Der Mann schob seine Freundin zur Seite, dann schoss seine Hand vor, um mich zu packen.

Zum Glück war er ziemlich langsam. Als seine Hand ankam, war ich schon längst woanders. Bloß weg hier – ich hatte es verkatzt, das ließ sich jetzt nicht mehr ändern!

Blindlings lief ich los – nicht zu den Gebäuden, sondern zu den Hügeln hin. Auf dem kürzesten Weg. Ein Aufschrei ging durch die Menge, als ich über die Absperrung sprang und loslief. Was hatten die Leute? Der Old Faithful war, wie es aussah, fertig mit seiner Show.

Selbst durch die Schuhe hindurch spürte ich, wie heiß der Boden war. Kein Wunder, dass mir meine Mutter immer gesagt hatte, ich sollte einen Bogen um die Wasserspucker machen. Hätte ich auch, aber das ging gerade nicht, weil von den Seiten her zwei Männer in grauen Uniformen angerannt kamen. Ranger! Sie sahen alles andere als erfreut aus – war es so schlimm gewesen, dass ich das eckige Ding berührt hatte? Verdammt, die trugen Waffen am Gürtel!

Ich rannte noch schneller, platschte durch dampfende, nach Schwefel stinkende Pfützen, suchte mit den Augen nach einem Weg. Die Ranger kamen immer näher und brüllten: »He, bist du irre, Junge? Bleib sofort stehen!« Half nichts, ich musste noch näher an der Öffnung des Geysirs vorbeilaufen, um denen zu entwischen.

Und ausgerechnet jetzt spürte ich am Vibrieren des Bodens, dass der Old Faithful sich bereit machte für eine Zugabe. Oh, das war nicht gut! Noch mehr Menschen schrien, aber ich hörte sie kaum, weil ich mit Ausweichen beschäftigt war.

Wenige Meter neben mir jagte mit einem lauten *Wuuusch!* kochendes Wasser aus dem Boden. Ich rannte, wie ich zuletzt als Kätzchen gerannt war, als ein Adler mit vorgereckten Krallen auf mich herabgestoßen war. Gleich würde das Wasser wieder herunterregnen und dann musste ich weit genug weg sein. Ich stolperte, fing mich wieder, warf mich auf den warmen, matschigen Boden und rollte mich weg. Instinktiv schützte ich den Kopf mit den Armen. Heiße Gischt wehte über mich und prickelte auf meiner Haut. Nicht weit entfernt hörte ich das Wasser auf den Boden prasseln. Aber weit genug weg, verbrühen würde es mich nicht. Es war einfach nur scheußlich *nass*.

»Beweg dich nicht, wir holen dich!«, schrie jemand.

Nicht bewegen? War der Kerl morsch im Kopf? In einer geschmeidigen Bewegung kam ich wieder auf die Füße und rannte weiter.

Bis mir auf der anderen Seite des kahlen gelbgrauen Geysirgebiets eine alte Frau in die Quere kam. Sie war doppelt so breit wie hoch, hatte lange graue Haare und trug Turnschuhe. Ich war kurz davor, an ihr vorbeizurennen, doch dann rief sie plötzlich: »Huhu, Junge! Wieso bist du da durchgerannt?«

Das hatte bisher niemand gefragt und ihre Stimme klang nicht wütend, sondern einfach neugierig. Verblüfft warf ich ihr einen Blick zu, wurde langsamer und hielt an. Dann schaute ich mich nach den Rangern um. Sie hatten die Verfolgung nicht aufgegeben, waren aber noch weit genug weg. Ihre Waffen hatten sie nicht gezogen, das beruhigte mich etwas.

Die Frau lächelte mir zu und instinktiv lächelte ich zurück, obwohl meine Klamotten schlammverschmiert waren und ich so fies nach Schwefel roch, dass ich es selbst kaum aushielt.

»Ich wollte mir nur ein ... äh ... Smartphone anschauen«, sagte ich schüchtern. »Aber die Leute sind wütend geworden.«

»Du kannst meins anschauen, wenn du willst«, sagte die Frau, als sei das ganz selbstverständlich, holte ihr eigenes Gerät aus der Hosentasche und hielt es mir hin. »Android, allerneuste Version, und ich hab mir gerade ein paar neue Apps draufgeladen. Leider gibt's hier nicht überall WLAN.«

Ich kapierte überhaupt nichts. Aber das war nicht schlimm. Zögernd tippte ich auf die glatte Oberfläche – nicht aus Stein, sondern aus Glas – und die bunten Symbole bewegten, veränderten sich. Es sah toll aus. Doch als ich gerade eine der tausend Fragen stellen wollte, die sich in mir angesammelt hatten, meinte die alte Frau: »Du gehst jetzt besser, Junge.« Als ich mich umwandte, sah ich, dass die Ranger aufgeholt hatten. Jetzt waren es schon fünf. Das machte mich ein wenig nervös.

»Danke«, sagte ich, gab ihr das Ding zurück und haute ab, so schnell es in den verdammten Schuhen ging. Jetzt fiel mir auch noch einer vom Fuß, als hätte er keine Lust mehr, mich durch den Matsch zu begleiten. »Eulendreck!«, zischte ich, hob den Schuh auf, zog den anderen auch noch aus und rannte barfuß weiter, die Lederdinger in der Hand.

Die Menschen waren nett, ich hatte nur zu viel falsch gemacht!

Schon jetzt wusste ich, dass ich wiederkommen würde.

Niemand schaffte es, mich zu fangen. Nach einem kleinen Umweg über einen Bach, an dem ich mich gründlich wusch, kam ich nach Hause, wo schon eine Portion frisches Wapiti auf mich wartete und zum Glück niemand misstrauische Fragen stellte.

Seit damals wusste ich, wie man die eckigen Dinger nannte. Inzwischen hatte ich auch selbst ein Smartphone, auch wenn ich es nicht allzu oft benutzte. Aber diesmal musste ich das sogar im Unterricht, und zwar nicht ganz so, wie die Hersteller das empfahlen. Wir hatten gerade Verhalten in besonderen Fällen und diesmal war es eine echt schräge Stunde. James Bridger war der Meinung, wir müssten im Notfall auch in der Lage sein, unser Handy zu bedienen, während wir in unserer zweiten Gestalt waren. »Stellt euch vor, ihr müsst dringend

Hilfe rufen und könnt nicht, weil ihr keine Finger habt«, erklärte er.

Voll easy, fand meine beste Freundin Holly, schon in ihrer Rothörnchengestalt. Sie hatte zwar gerade wieder eine Fünf in Mathe kassiert, aber auf dem Display ihres Handys hüpfte sie herum wie die Profi-Stepptänzerin, die wir neulich im Fernsehen gesehen hatten. Nur leider hatte der Spaß am Tanzen sie ein bisschen mitgerissen – die Nummer, die sie getippt hatte, war viel länger als die an der Tafel.

»Du bist gerade dabei, jemanden in China anzurufen, meine Liebe«, stellte James Bridger mit einem kritischen Blick fest. »Jetzt nicht an die grüne Taste kommen, sonst wird's teuer.«

Ich schaff das nicht, jammerte Lou, obwohl es sonst nicht ihre Art war, sich zu beklagen. Das schönste Wapiti-Mädchen der Welt hatte es noch nicht mal hinbekommen, eine einzige Zahl richtig zu tippen, und ihre langen braunen Ohren zuckten nervös.

Streng dich halt an, meinte Wing, einer der Rabenzwillinge. Sie hatte gut reden, mit ihrem langen, spitzen Schnabel pickte sie zielsicher auf den Symbolen und Zahlen herum. Lissa Clearwater hatte ihnen extra etwas ältere Handys besorgt, mit denen so etwas ging.

Meine Krallen eigneten sich dafür nicht, deshalb hatte mein Display eine Menge Nasenabdrücke. Auf diese Weise hatte ich es schon geschafft, die Wettervorhersage-App zu starten. In einem Notfall leider nicht sehr nützlich.

Frustriert vor mich hin fauchend, probierte ich es weiter, bis Leroy, unser Skunk-Wandler, sich zu Wort meldete: *Wenn du das machst, Carag, bekomme ich Angst, willst du das wirklich?*

Nein!, schrie ich in Gedanken auf und verkniff mir die Faucherei. Denn ein Stinktier, das Angst hat, sprüht drauflos … und wird seinem Namen mehr als gerecht.

Feigling!, höhnte Leitwolf Jeffrey und warf mir einen verächtlichen Blick zu. Er und die anderen Wölfe des etwas geschrumpften Rudels stupsten ihre Displays eifrig mit Nasen und Pfoten an.

Einfach nicht hinhören, riet mir Holly, kletterte mir auf den Kopf und klappte mit den Pfötchen meine pelzigen Ohren zu. Oder versuchte es jedenfalls, doch sie schaffte immer nur eins auf einmal. *Die Hinternschnüffler sollen lieber wieder den Mond anheulen, als hier Leute blöd anzuquatschen!*

Stimmt genau, gab ich zurück und ignorierte Jeffrey und seine Kumpels, so gut es ging.

Verzweifelt versuchte Brandon neben mir, ebenfalls eine App zu starten, ohne das Display zu zerstören. Aber wie sollte ein Bison, der fast eine Tonne wog, mit Hufen, die größer waren als meine Menschenhand, das hinbekommen? Wenn er zu fest auf sein Gerät trat, machte er daraus einen Haufen Splitter.

Ich weiß, wie ich es schaffe, verkündete Brandon trotzig – und dann streckte er seine feuchte, raue Bisonzunge aus und schleckte damit über das Smartphone.

James Bridger grinste und kratzte sich das Gesicht, auf dem mal wieder ein Dreitagebart spross. Er war ein Kojoten-Wandler und bekam seine Haare als Mensch kaum in den Griff. »Du bist auf einem guten Weg, Brandon, weiter so!«

Sofort schauten sich Lou und ein paar andere den Zungen-Trick von Brandon ab und am Ende der Stunde hatten es fast alle geschafft, wenigstens den Notruf zu wählen. Auch ich.

Na also, sagte ich erleichtert und James Bridgers Augen und meine trafen sich. Wir wussten beide, dass ich derjenige war, der den Notruf am wahrscheinlichsten brauchen würde ...

Füchse, Würstchen und ein scheußlicher Besucher

Jedes Mal, wenn ich mich an meinen Kampf auf Leben und Tod mit dem mächtigen Puma-Wandler Andrew Milling erinnerte, überlief es mich kalt und die lächerlichen Härchen auf meinen Menschenarmen versuchten, sich zu sträuben. Ich hatte abgelehnt, ihn zu unterstützen ... und er hatte seinen Leuten erst den Auftrag erteilt, mich zu entführen, und dann meine Schwester Melody verschleppt. Er hatte versucht, mich zum Schweigen zu bringen, damit ich niemanden vor ihm warnen konnte. Unwillkürlich strich ich über die Narben an meinem Genick, wo er seinen fast tödlichen Biss angesetzt hatte – sie waren noch deutlich zu fühlen, ebenso wie die verheilten Wunden auf meinen Armen und Schultern. Ja, ich hatte es mithilfe meiner Freunde geschafft, Milling zu besiegen ... aber es war ein komisches Gefühl, dass ich nicht wusste, wo er jetzt war und was er plante. Irgendwie glaubte ich nicht, dass er aufgegeben hatte – sein Hass auf die Menschen trieb ihn an und mich hasste er nun bestimmt genauso sehr. Ich hatte das Undenkbare getan, sein Blut vergossen. Zuvor war ich für ihn sicher nur ein Ärgernis gewesen, der von ihm ausersehene Kronprinz, der sich geweigert hatte, seine Krone zu tragen. Aber jetzt? Diese Niederlage würde er mir niemals verzeihen.

Nach der Stunde, als es zur Pause gongte, verkündete Holly: »Ich hole mir 'ne Nussmilch«, und Brandon hielt sein Smartphone mit spitzen Fingern von sich weg. »Und ich geh ins Jungsklo, um die Spucke von diesem Ding abzuwaschen!«

»Bis gleich, ich warte hier«, meinte ich und lehnte mich an das Geländer des ersten Stocks, von dem aus man die Eingangshalle überblicken konnte. Doch plötzlich merkte ich, dass sich mir jemand von hinten näherte. Wie sich herausstellte, war es Theo, unser Hausmeister und Fahrer, er stützte die Arme neben mir auf dem Geländer ab. Wie üblich trug er einen schwarzen Rollkragenpulli und Jeans mit Farb- und Ölspuren. Er hatte die Ärmel seines Pullovers hochgestreift und ich bekam einen guten Blick auf die Tätowierungen, die seine Unterarme bedeckten.

»Hast du noch was von Milling gehört? Du weißt schon, seit eurem Kampf auf dem Berg?«, fragte er und ich musste daran denken, dass er noch vor ganz kurzer Zeit Millings Spion in dieser Schule gewesen war.

»Nichts«, gab ich mit gemischten Gefühlen zurück. »Aber ich weiß nicht, ob das ein gutes Zeichen ist.«

»Ich glaube ehrlich gesagt, nicht«, meinte Theo. »Als ich noch bei seinen Leuten war, kurz bevor ich denen gesagt habe, was sie mich mal können ... da habe ich mitbekommen, dass Andrew aufgeregt war ... er hatte kurz nach deinem Abgang einen neuen, ganz besonderen Verbündeten gewonnen. Der sei ein großer Schritt vorwärts, hat er gemeint. Wahrscheinlich sei das ein zukünftiger Stellvertreter, Erster Offizier oder so was.«

»Echt?« Ich wandte den Kopf und starrte ihn an. »Also das, was vorher ich werden sollte? Hast du irgendwelche Gerüchte gehört, wer es sein könnte?«

»Nein ... aber Andrew und die anderen haben in dieser Zeit oft über die Clearwater High geredet. So oft, dass es eigentlich kein Zufall sein kann.«

Ich fühlte mich, als hätte ich ein verdorbenes Stück Hirsch gefressen. Was bedeutete das für mich ... für uns alle hier an der Schule? »Es macht wohl wenig Sinn, dass du dich weiterhin umhörst, oder?«

»Genau.« Er verzog das tief gefurchte Gesicht. »Ich bin raus aus dieser Schurkenbande. Seither habe ich nichts mehr von Andrew gehört. Natürlich nicht.«

»Natürlich.« Inzwischen war ich sicher, dass ich ihm vertrauen konnte. Bei Melodys Befreiung, bei unserem Kampf auf dem Berg, hätte er uns verraten können, aber er hatte es nicht getan. Er hatte Milling und seinen Kumpanen tatsächlich abgeschworen.

»Sei einfach vorsichtig, ja?«, meinte Theo.

Ich nickte. Zum Glück durfte ich inzwischen auch ohne Leibwächter die Schule verlassen und an Lernexpeditionen teilnehmen, denn der nordamerikanische Rat der Woodwalker hatte meinem ehemaligen Mentor ordentlich auf die Finger geklopft für Melodys Entführung. Leider hatte Milling so viel Einfluss, dass er nicht in einem der beiden Gefängnisse gelandet war, die der Rat betrieb und die auf den ersten Blick wirkten wie ganz normale Privatzoos. In Wirklichkeit waren sie für Woodwalker aller Gestalten gedacht, die irgendein schweres Verbrechen begangen hatten, aber aus einer menschlichen Strafanstalt ohne größere Mühe entkommen wären.

Immerhin hatte Lissa Clearwater erreichen können, dass um die Clearwater High herum eine No-go-Zone eingerichtet worden war. Weder dieser verdammte Berglöwen-Wandler noch seine Vertrauten durfte sich der Schule und damit mir nähern.

Umso beunruhigender, dass seine Pläne anscheinend trotzdem irgendetwas mit der Schule zu tun hatten!

»Carag, los, beeil dich! Sonst kommen wir zu spät zu Tiersprachen!« Holly zerrte mich am Ärmel davon. »Das ist doch gerade dein Lieblingsfach, oder?«

»Äh, ja«, stammelte ich, noch ganz durcheinander durch das, was ich eben erfahren hatte, und verabschiedete mich schnell von Theo.

Tiersprachen war ein ganz neues Fach bei uns an der Schule, und zwar eins, das ich sehr nützlich fand. Hätte ich zum Beispiel mehr Ahnung von Bärensprache gehabt, wäre mein letzter Campingtrip mit den Ralstons weniger stressig gewesen! Leider hatte ich nicht viel Talent für Fremdsprachen, aber Julian Goodfellow, unser neuer, frisch aus Kalifornien hergezogener Lehrer, schien das nicht schlimm zu finden. Irgendwie schaffte er es, gleichzeitig streng und total nett zu sein. Fast jeder in der Klasse mochte ihn.

»Meine Damen und Herren, ich bitte um Ihre Aufmerksamkeit.« Mr Goodfellow lächelte uns vergnügt an. »Nachdem wir gerade den Elch durchgenommen haben, gebe ich Ihnen nun eine Einführung in die Sprache der Rotfüchse. Der echten Füchse, wohlgemerkt, nicht der Fuchs-Wandler, mit denen wir uns ja leicht von Kopf zu Kopf verständigen können.«

Hollys Mundwinkel wanderten nach oben. Ich wusste, warum: Füchse schafften es praktisch nie, ein Rothörnchen zu erwischen, und es war eine von Hollys Lieblingsbeschäftigungen, sich von hoch oben über sie lustig zu machen. Dafür zuckte Nimbles Nase nervös, denn er war schließlich ein Kaninchen-Wandler. »Fuchssprache? Muss das sein?«, murmelte er.

»Kenne deine Feinde!«, flüsterte Maus-Wandlerin Nell, die neben ihm saß. »Sogar in New York hab ich schon Füchse getroffen, die waren ätzend, besonders wenn sie ...«

»Ruhe bitte!« Mr Goodfellow strich sich eine Strähne seiner blonden, ordentlich gescheitelten Haare zurecht und atmete so tief ein, dass sein leicht gerundeter Bauch zurückwich. Dann streckte er das Kinn vor, öffnete den Mund und stieß ein hohes, heiseres »Hwaaauh, hwaaauh, hwauuuh!« aus. Staunend blickte ich ihn an. Er war ein Grizzly-Wandler, aber er sprach akzentfreies Füchsisch!

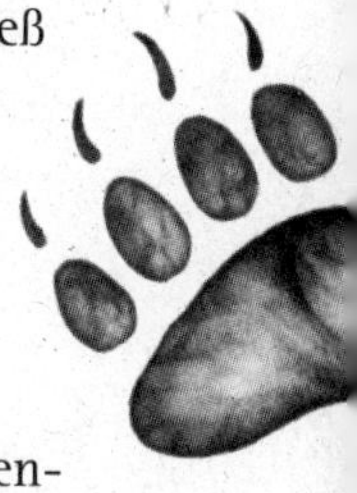

»Nun, meine Damen und Herren, was habe ich gerade gesagt?« Verschmitzt lächelnd blickte Mr Goodfellow in die Runde. Tiefes Schweigen. Dorian, der Katzen-Wandler, studierte eingehend seine gepflegten Fingernägel, Nell spielte mit ihren vielen geflochtenen, perlenbesetzten Zöpfchen und Tikaani, in ihrer zweiten Gestalt eine Polarwölfin, starrte unseren neuen Lehrer finster an. Was aber nichts zu sagen hatte, so schaute sie öfter drein.

Zögernd hob ich die Hand. In unserem alten Revier hatten wir eine Füchsin als Nachbarin gehabt, deshalb hatte ich ein paar Brocken Füchsisch aufgeschnappt. »Sie haben gesagt, Ihre Gefährtin soll ihren Hintern nach Hause schwingen, weil es Essen gibt?«

»Sehr gut.« Julian Goodfellow strahlte mich an und wandte sich dann wieder den anderen zu. »Wenn die anderen die Antwort nicht wissen, dann hoffe ich, dass sie wenigstens das letzte Mal aufgepasst haben! Wie klingt ›Ganz ehrlich, ich hab die Nase voll von dir‹ in Elchisch? Jeffrey?«

Jeffrey fläzte sich gerade gelangweilt in seinem Stuhl. »Keine Ahnung, interessiert mich auch nicht besonders.« Der Rest seines Wolfsrudels fand das wohl sehr lässig, denn Cliff und Bo warfen ihm bewundernde Blicke zu.

»Soso, und deine mündliche Note interessiert dich auch nicht so sehr?« Mr Goodfellow trug etwas in sein kleines schwarzes Notizbuch ein. »Viola, willst du es mal versuchen?«

Viola, die Ziegen-Wandlerin, lächelte schüchtern und nickte. Gespannt warteten wir. Viola schloss kurz die Augen, atmete tief ein und stieß dann ein jammerndes »Uhuhuuuu« und ein dumpfes »Öh öh« aus.

Mr Goodfellow hob eine Augenbraue. »Danke für den Versuch, Viola, aber du hast gerade einem Elchbullen gesagt, dass er bitte seine Hufe essen soll. Das ist *nicht* das Gleiche und hätte wahrscheinlich einen Angriff zur Folge.«

»Ich versuch's noch mal.« Viola gab noch nicht auf. Diesmal stieß sie ein kräftiges, schnaubendes Tröten aus.

Unser neuer Lehrer kratzte sich am Kinn. »Hm, das klang leider wie ›Willst du dich mit meinen Kötteln waschen?‹. Geh mit der Stimme ein bisschen mehr nach oben.« Etwas geknickt folgte Viola dem Ratschlag und trötete etwas höher.

Unser neuer Lehrer strahlte. »Wunderbar! Das war gut! Bitte übt das für die nächste Stunde. So, und jetzt weiter mit den neuen Füchsisch-Vokabeln ...«

So interessant ich den Unterricht fand, ich konnte mich nicht richtig darauf konzentrieren. Es gab ja nicht nur beunruhigende Nachrichten, sondern auch gute, deshalb brodelten in mir immer wieder Freude und Aufregung hoch wie kleine Geysire. James Bridger hatte mir versprochen, mich am nächsten

Wochenende mit dem Auto nach Norden zu fahren, dorthin, wo meine richtige Familie drei Puma-Tagesreisen entfernt ihr neues Revier hatte. Bald würde ich meine Eltern wiedersehen! Nach zweieinhalb Jahren, in denen ich sie und meine Schwester Mia furchtbar vermisst hatte.

Aber ein bisschen Angst hatte ich auch davor. Meine Mutter würde sich bestimmt freuen, doch Mia hatte mir erzählt, dass mein Vater immer noch nicht darüber hinweg war, dass ich nun hauptsächlich in menschlicher Gestalt lebte. Wie würde er mich ansehen, wenn ich ihn begrüßte?

Unsere letzte Diskussion war noch immer ein Echo in meinem Kopf.

Wieso können wir Wandler nicht als beides leben, als Mensch und als Puma?

Du musst dich für eins entscheiden, Carag. Beides geht nicht.

Und dann dieser furchtbare Streit, als ich mich entschieden hatte, zu den Menschen zu gehen und bei ihnen zu bleiben. Wenn ich ihn wiedersah, würde ich ihm so vieles sagen. Wie wichtig er mir war. Dass mir klar war, dass ich niemals ein Mensch sein konnte. Dass ich ...

»Carag? Bitte wiederhole, was ich eben erklärt habe!«

Ich schrak hoch. »Äh, was? Wie bitte?, meine ich.«

Mr Goodfellow warf mir einen amüsierten Blick aus seinen himmelblauen Augen zu. »Lou, könntest du unserem in die Luft starrenden Freund bitte sagen, was wir gerade besprochen haben?«

Lou blickte entschuldigend zu mir herüber. Es gefiel ihr nicht, mich belehren zu müssen, und ein warmes Gefühl für sie überschwemmte mein Herz. »Wir haben gerade besprochen, welche Rolle Körpersprache bei der Verständigung von Füchsen untereinander spielt.«

»Ach so, okay«, stammelte ich und hoffte, dass von mir nichts weiter erwartet wurde. Es hätte gerade noch gefehlt, dass ich mich vor Lou und dem Rest der Klasse zum Deppen machte, weil ich auf dem Boden herumkriechen und irgendeine Verhaltensweise demonstrieren sollte.

Doch zum Glück ließ mich Mr Goodfellow nun in Ruhe. Den Rest der Stunde grübelte ich darüber nach, was ich meiner Familie mitbringen konnte, wenn ich sie besuchte. Was hatte die Menschenwelt ihnen zu bieten? Schließlich hatte ich einen oder zwei Geistesblitze. Ich war froh, als die Stunde vorbei war und wir endlich in die Pause konnten.

»Also, das war richtig interessant heute«, meinte Holly. »Ich muss Mr Goodfellow noch fragen, was ›Verpiss dich, du räudiges Vieh‹ und ›Haha, du kriegst mich nie‹ in Füchsisch heißt.«

Brandon schnaubte und warf sich ein Maiskorn in den Mund, das er krachend zerkaute. »Das reimt sich – noch ein paar Sätze mehr und du kannst dem Fuchs ein ganzes Gedicht vortragen.«

»Findet er bestimmt toll«, meinte ich und verabschiedete mich, um noch schnell zur Küche zu rennen. Sherri Rivergirl, die Köchin und Sanitäterin der Clearwater High, hatte immer einen Vorrat von superleckeren geräucherten Würstchen, die Dinger machten süchtig. Mein Plan war, dass ich meiner Puma-Familie einen ganzen Stapel davon mitbringen würde. Solche Extrawürste musste ich zwar bezahlen, aber ich hatte durch verschiedene Ferienjobs genug gespart. So was wie diese Würste gab es in den Bergen nicht!

»Dreißig Würstchen?« Sherri Rivergirl blieb der Mund offen stehen, sodass man ihre prächtigen Vorderzähne sah – sie war eine Biber-Wandlerin. »Gibt es bald eine Hungersnot?«

Hastig erklärte ich ihr, für wen die Würstchen bestimmt waren, und ein breites Lächeln erhellte ihr rundes, indianisches

Gesicht. Sie nickte, watschelte zu ihren Vorratskammern und überreichte mir eine große Papiertüte, aus der es himmlisch duftete. »So, hier, das sind alle, die ich noch habe. Macht fünfzehn Dollar. Viel Spaß bei deiner Familie, überfresst euch nicht.«

Ich lächelte zurück. Unwahrscheinlich – wir hatten zu viert mal einen ganzen Maultierhirsch in einer Nacht verputzt. Rasch machte ich mich mit der Tüte auf zu meinem Zimmer, um die Würstchen in meinem Schrank unterzubringen, bevor die Pause vorbei war und wir bei Mrs Calloway Englisch und Geschichte hatten.

Doch blöderweise begegnete mir Bo auf dem Gang. Als Omega-Wolf hatte er den niedrigsten Rang im Rudel und als Mensch war er klein, mit einem spitzen, verkniffenen Gesicht. Seine Nase zuckte gierig, als er die Würstchen witterte. »Was hast du denn da Schönes?«

Sofort blieb ich stehen. »Geht dich nichts an!«, schoss ich zurück. Eins war klar, er durfte nicht sehen, wo ich das Geschenk hinbrachte! Ich wartete, bis er weg war, erst dann verstaute ich die Tüte in meinem Zimmer.

Auch ohne Uhr wusste ich, dass ich jetzt arg spät dran war für die nächste Stunde. Und gerade zum Unterricht von Miss Calloway durfte man nicht zu spät kommen, sie war eine Klapperschlange und mit der wollte man sich nicht anlegen, nicht mal in ihrer Menschengestalt. Ich war beim Herumtollen als Kätzchen einmal fast auf eine getreten, und wäre mein Vater nicht gewesen, der die Schlange mit der Pranke davonschleuderte, hätte mich das Vieh erwischt.

Als ich über die Treppe hinunterraste ins Erdgeschoss und in den Flur einbog, der zu den Klassenräumen führte, wäre ich beinahe mit einem dünnen Mann in einer braunen Jacke zusammengestoßen. Er trug einen Aktenkoffer und eine eckige Brille mit rotbraunem Rand, die er erschrocken festhielt. »Oh, tut mir leid«, sagte ich und wollte gerade weiterrennen, da fielen mir zweierlei Dinge auf. Erstens, ich hatte diesen Typ noch nie gesehen und war ziemlich sicher, dass er nicht hierher gehörte. Zweitens, ich spürte nicht an ihm, dass er ein Wandler war. Eulendreck, das war ein *Mensch!* Was war, wenn der in irgendein Klassenzimmer hineinstolperte, in dem Mr Ellwood gerade Verwandlung unterrichtete? Oder wenn er einen von uns in seiner zweiten Gestalt sah?

So beiläufig, als hätte ich es sowieso vorgehabt, ging ich zur Wand, an der neben dem roten Knopf des Feueralarms ein blauer Knopf prangte – der Menschenalarm. Ich drückte den Knopf und sofort schrillte der extrem hohe Ton, den nur wir hören konnten, durchs Gebäude.

Schock am Morgen

Aus einem der Klassenräume hörte ich ein Poltern, in einem anderen quiekte jemand auf. Da verwandelten sich gerade ein paar Leute, so schnell sie konnten. Aus einer der Türen lugte ein neugieriges Gesicht und zog sich schnell wieder zurück.

»Kannst du mir sagen, wo ich die Schulleiterin finde?«, fragte mich der fremde Mann, betrachtete mich und rückte seine Brille zurecht. Er hatte einen schmalen, humorlosen Mund und Augen, die genau die gleiche Farbe hatten wie morsches Holz.

»Äh, ich glaube, die ist gerade auf Vortragsreise unterwegs«, sagte ich.

Ja, jetzt fiel es mir wieder ein, sie war an der Ostküste, um dort in Schulen über Adler zu sprechen und gleichzeitig nach neuen Wandlern Ausschau zu halten.

Der Mann runzelte die Stirn. »Und wer vertritt sie?«

»Einer unserer Lehrer, Isidore Ellwood.« Was wollte der Kerl überhaupt? Er roch irgendwie nach Gefahr, aber ich wusste nicht, warum. Ein eisiger Schauer überlief mich. War das womöglich der ganz besondere Verbündete, den Andrew Milling gewonnen hatte? Ein Mensch? Nein, das konnte nicht sein, er hasste Menschen!

»Na, dann führ mich zu ihm.«

Geduldig wartete ich ab, ob noch ein »Bitte« hinterherkommen würde, aber es kam keins. Das entsprach nicht ganz dem, was wir in Menschenkunde als »höflich« gelernt hatten. Ich mochte den Kerl immer weniger.

»Worauf wartest du noch?«, fragte der Mann ärgerlich und blickte auf seine Uhr. »Ich habe nicht viel Zeit.«

Am liebsten hätte ich ihn angefaucht, doch stattdessen sagte ich: »Kommen Sie.« Aber das hätte ich mir auch sparen können, denn in dem Moment flog die Tür eines Klassenraums auf und Isidore Ellwood, Lous Vater und unser Verwandlungslehrer, schoss heraus wie ein Murmeltier aus seinem Bau. »Was ist hier eigentlich los?«, brummte er gereizt. »Carag, du ...«

Dann sah er unseren Gast und wechselte sofort in einen freundlichen Ton. »Oh, guten Tag. Herzlich willkommen in der Clearwater High. Kann ich Ihnen helfen?«

Obwohl klar war, dass mich hier niemand mehr brauchte und ich außerdem gerade Unterricht verpasste, blieb ich stehen und lauschte. Doch was ich im nächsten Moment hörte, konnte ich einfach nicht glauben.

»Mein Name ist Crump«, sagte der Fremde knapp. »Ich bin der neue Vormund von Holly Lewis.«

Zu meiner Zeit in den Bergen hätte ich wahrscheinlich »Was für ein ›Mund‹?« gefragt. Doch inzwischen wusste ich darüber, wie elternlose Kinder und Jugendliche vom Staat betreut wurden, mehr, als ich jemals hatte wissen wollen.

»Ich bin der Meinung, es ist dringend nötig, dass ich mich um sie kümmere!«, behauptete der Mann. »Denn mir scheint, bei Ihnen ist sie bisher beklagenswert vernachlässigt worden.«

Verblüfft blickte ich ihn an. Ich hatte zwar gewusst, dass Holly eine Waise war – ihre Eltern waren von Raubtieren erbeutet worden, als sie gerade in ihrer zweiten Gestalt unterwegs gewesen waren. Auch dass niemand Holly adoptiert hatte und sie deshalb an den Wochenenden nicht heimfuhr, hatte ich natürlich mitbekommen. Aber ich hatte nicht gewusst, dass irgendjemand für ihre Betreuung zuständig war, jedenfalls hatte sie nie so etwas erwähnt.

Einen Moment lang wirkte Mr Ellwood genauso verblüfft wie ich. Dann wandte er sich mit verkniffener Miene an mich. »Carag, kannst du bitte mal Holly aus dem Unterricht holen? Ich glaube, sie wird hier gebraucht. Bring sie in mein Büro!«

Ich nickte stumm.

Viele Augenpaare blickten mich an, als ich nach Beginn der Stunde hereinkam – allein Juanita glotzte mit acht Augen, sie hockte wie so oft als Spinne hoch oben in einer Zimmerecke. Sarah Calloway stand in einem eleganten, silbrig blauen Kleid an der Tafel und schaute fragend drein, da ich keine Anstalten machte, zu meinem Platz neben Leroy zu gehen. »Wieso der Alarm? Weißt du etwas darüber, Carag?«

»Es ist ein Gast aufgetaucht, ein Mensch«, erklärte ich schnell. »Er sitzt gerade mit Mr Ellwood zusammen ... ich soll Holly mitbringen.«

Holly hatte auf ihrem Stuhl neben Wing herumgehibbelt, nun sprang sie strahlend auf. »Oh, echt, ein Gast? Besuch für mich? Endlich mal!«

Das stach mich ins Herz. »Äh, ja, aber ... «, begann ich und hielt Holly die Tür auf, damit sie hinausstürmen konnte. Ihre wilden rotbraunen Haare wehten im Luftzug.

Im Laufschritt gingen wir zum Büro des stellvertretenden Schulleiters. »Was ›aber‹?«, fragte Holly. »Wer ist er denn? Ist es jemand, der mich adoptieren möchte? Oder jemand von der Zeitung? Oder ...«

»Wieso von der Zeitung?«, fragte ich. »Man muss erst mal irgendwas Tolles machen, um in die Zeitung zu kommen.«

»Hm, ja, stimmt.« Holly kratzte sich am Kopf und schaute besorgt drein. »Von der Polizei ist er auch nicht, oder?«

Ich musste grinsen, obwohl mir nicht danach zumute war. Holly hatte flinke Finger und die Angewohnheit, den Leuten damit alles Mögliche aus den Taschen zu ziehen. »Nein, nein, keine Sorge, du hast doch sowieso nichts geklaut in letzter Zeit, oder? Der Typ ist dein neuer Vormund.«

»Ach so.« Hollys Schritte wurden langsamer. »Der alte Vormund war richtig nussig, er hat nur jeden Monat einen Scheck für die Schulgebühren und mein Taschengeld geschickt, ansonsten hat er sich nicht eingemischt. Hoffentlich ist der neue auch so.«

Wir waren vor dem Büro angekommen. Mit klopfendem Herzen blieb ich stehen. »Viel Glück«, sagte ich, während Holly die Tür öffnete.

»So schlimm?« Besorgt blickte Holly mich an.

»Ah, da bist du ja, junge Dame – setz dich!«, ertönte schon Isidore Ellwoods Stimme. Momente später schloss sich die Tür vor meinem Gesicht.

Bestimmt wartete die Klasse auf mich. Aber meine Füße klebten am Boden, als wäre ich in Honig getreten. Sie wollten sich einfach nicht fortbewegen. Natürlich bekam ich sogar durch die geschlossene Tür alles mit, was drinnen geredet wurde. Auch als Mensch habe ich verdammt gute Ohren.

»Also, Mr Ellwood, da mein Vorgänger nun in Rente gegangen und nach Florida gezogen ist, habe ich den Fall dieses Mädchens übernommen ...«

»Hey, ich bin kein *Fall!«*

»... und nach einem Blick in die Akte bin ich entsetzt über die Fortschritte von Miss Lewis, denn die sind leider nicht existent. Ich habe mir ihre letzten Zeugnisse angesehen, allesamt eine Katastrophe. Ihre Noten lassen mich daran zweifeln, ob sie hier wirklich angemessen betreut wird, und ...«

Hollys Stimme: »Aber ... ich bin einfach nicht gut in der Schule, das liegt an diesem verkackten Waisenhaus, in dem mich irgendwie niemand ...«

»Holly! Mäßige bitte deine Sprache und hör auf, uns zu unterbrechen!«

»Jaja, schon gut. Ich wollte nur sagen, in dem Waisenhaus war allen egal, ob ich irgendwas lerne.«

»Aber du bist nun schon ein halbes Jahr hier – wenn du angemessen gefördert worden wärst, dann hätte man das auf jeden Fall an deinen Noten ...«

»Nun gut, Mr Crump, was schlagen Sie vor?« Ellwoods Stimme, trocken wie altes Laub.

Crump wieder, er klang irritiert. »Holly, hör sofort auf mit dem Kippeln, du fällst gleich mit dem ganzen Stuhl um!«

Ein Lächeln schlich sich auf mein Gesicht. Nein, sie würde nicht umkippen, ihre Balance war perfekt. Doch das Lächeln verging mir, als Crump weitersprach.

»Ich habe bereits bei einem angesehenen Internat an der Ostküste angefragt, ob sie Miss Lewis nehmen können. Bis die Antwort da ist, wird Miss Lewis auf die hiesige öffentliche Highschool gehen und dort zusätzlichen Förderunterricht bekommen. Außerdem gibt es längst hervorragende Tabletten gegen Hyperaktivität, die, so scheint mir, in diesem Fall angebracht wären.«

Mein Magen fühlte sich an, als wäre eine Ladung Steine darin. Holly – Tabletten? Und was sollte sie auf einer normalen Schule, die Leute dort konnten eine Woodwalkerin sowieso nicht verstehen! Außerdem war die Ostküste mehr als tausend Meilen entfernt. Wenn sie in dieses andere Internat kam, würden wir sie nie wiedersehen!

»Ich kann Ihre Einwände nachvollziehen.« Mr Ellwood hatte wieder das Wort ergriffen. »Vielleicht wäre es für Holly tatsächlich besser, wenn sie auf der Jackson Hole Highschool die Chance zu einem neuen Anfang bekäme. Die Möglichkeiten, schwache Schüler zu unterstützen, sollen dort sehr gut sein. Was dieses Internat an der Ostküste angeht, darüber sollten wir noch reden.«

»Freut mich sehr, dass meine Argumente Sie ...«

»Nein! Auf keinen Fall!« Hollys Stimme war laut geworden. »Sie können das nicht machen! Ich will hierbleiben, haben Sie das gehört, Sie kleiner Schleimscheißer?«

»Holly!«

»Lassen Sie mich einfach in Ruhe, Sie blöder Buchstabenverdreher.«

Gerade noch rechtzeitig hörte ich, wie schnelle, leichte Schritte sich der Tür näherten, und trat zurück. Die Tür knallte auf und Holly schoss hindurch wie ein Kaninchen, das von einem Fuchs gejagt wird. Ihr Gesicht war fast so rot wie ihre Haare. Sie rannte Richtung Eingangshalle, wo genau wollte sie hin? In den Wald? Instinktiv lief ich los und blieb an ihrer Seite.

»Schau mal, Carag, ich hab dem Mistkerl die Autoschlüssel geklaut.« Holly hielt ein schwarz-silbernes Ding hoch. »Der wird schon sehen, was er davon hat, dass er mich quälen will!«

Schon waren wir draußen, kühle Luft strömte in meine Lungen. Unter meinen Füßen knisterte das mit Raureif überzogene Gras. Holly lief noch ein paar Schritte weit, dann schleuderte sie den Schlüssel in hohem Bogen quer über den Parkplatz in das kleine Kiefernwäldchen, das dort begann. »Ha! Das geschieht ihm recht!«

»Äh, Holly ...«, begann ich.

»Was?« Sie fuhr zu mir herum, ihre Augen blitzten noch immer gefährlich.

»Wieso hast du ausgerechnet seine Autoschlüssel weggeworfen?«, wagte ich zu fragen. »Eigentlich soll der blöde Typ doch möglichst schnell von hier verschwinden. Das wird jetzt schwierig.«

»Oh.« Hollys triumphierende Miene fiel in sich zusammen. »Mist. Daran hab ich nicht gedacht.«

»Na ja, immerhin hast du sie nicht im Klo runtergespült, das wäre schlimmer gewesen«, beruhigte ich sie.

In diesem Moment kamen Mr Crump und unser Verwandlungslehrer durch die Eingangstür geprescht.

Nichts wie weg

Mit hochgezogenen Schultern und abgehackten Bewegungen stapfte Hollys neuer Vormund durchs Unterholz, den Blick auf den Boden gerichtet. Schon seit einiger Zeit suchte er nach seinem Autoschlüssel, aber ein so kleines Ding zu finden, fiel Menschen anscheinend ziemlich schwer. Fasziniert beobachteten Tikaani, Brandon, Holly und ich ihn vom großen runden Fenster meines Zimmers aus.

»Menschen benehmen sich manchmal, als wären sie halb blind«, sagte ich. »Wieso schaut er nicht einfach richtig hin?«

»Noch schlimmer, sie sind nasenblind, sonst hätte er das Ding ja längst gewittert.« Tikaani schüttelte den Kopf.

»Holly, ich glaube, der hasst dich jetzt«, sagte mein Bison-Freund Brandon mit belegter Stimme. »Eine gute Idee war das nicht.«

Holly verschränkte wütend die Arme. »Er hat mich schon vorher gehasst, als er mich nicht mal gekannt hat. Sonst wäre er nicht auf so bescheuerte Ideen gekommen!«

»Das stimmt«, meinte ich und teilverwandelte meine Zähne, um eine Packung Chips aus Brandons letztem Fresspaket aufzubeißen. »Dieser Kerl war von Anfang an entschlossen, alles anders zu machen und dich hier wegzubringen. Aber bei Miss Clearwater wäre er damit nicht durchgekommen, die mag dich und weiß, dass du einfach nur viel nachzuholen hast.«

Wir seufzten im Chor und griffen in die Chipstüte. Solange Miss Clearwater nicht da war, traf Mr Ellwood die Entscheidungen in der Clearwater High. Und Mr Ellwood war nicht gerade für seine Freundlichkeit gegenüber Rothörnchen-Wandlerinnen bekannt. Für die hatte er fast so wenig übrig wie für Puma-Wandler, die er für gemeingefährlich hielt. Bei Andrew Milling hatte er damit recht, der hatte sogar schon Menschen getötet. Und was war mit mir? Okay, ich *war* gefährlich, aber nur, wenn jemand versuchte, mir zu schaden.

»Wir könnten versuchen, Miss Clearwater zu erreichen und ihr zu erzählen, was hier gerade abgeht«, schlug Tikaani vor.

»Gute Idee«, sagte ich und stand auf. »Aber jetzt helfe ich dem Kerl erst mal, seinen Schlüssel wiederzufinden. Je länger er suchen muss, desto mehr Ärger bekommst du, Holly.«

Holly murmelte zwar etwas von »geschieht ihm recht«, aber sie versuchte nicht, mich aufzuhalten.

Ich stand auf, ging zur Tür ... und stutzte. Der Geruch nach Würstchen aus meinem Schrank war nicht mehr so stark wie zuvor. Eine böse Ahnung stieg in mir auf. Ich riss die Schranktür auf und sah sofort – die Papiertüte mit meinem Geschenk war weg!

»Die Wölfe!«, presste ich hervor.

»Was ist mit den Wölfen?«, fragte Tikaani ein bisschen beleidigt, aber ich war schon aus der Tür und rannte durch den Flur in Richtung von Jeffreys Zimmer. Miss Calloway hatte uns mühsam beigebracht, dass man unter Menschen anklopfte, aber Jeffrey war ebenso wenig ein Mensch wie ich. Ich stürmte einfach hinein in sein Zimmer, das er von oben bis unten mit Wolfsbildern tapeziert hatte, darunter viele Selbstporträts, auf denen er sorgfältig gestylt war und einen gleichgültig-coolen Blick aufgesetzt hatte. Zurückgegelte Haare, angesagte Klamotten und nach hinten gedrehte Basecap. Ein Möchtegern-Alphawolf durch und durch.

Und tatsächlich: Jeffrey, Bo und Cliff saßen auf dem Boden, stopften sich mit beiden Händen Würstchen – nicht irgendwelche, sondern *meine!* – in den Mund, kauten, schmatzten und schafften es dabei sogar noch, mich frech anzugrinsen.

»Willste auch eins?«, fragte Jeffrey mit vollem Mund und reichte mir die fast leere, zerfledderte Papiertüte.

»Geht's noch? Habt ihr Tollwut oder was?« Ich riss sie ihm aus der Hand und schaute hinein – vom Geschenk für meine Familie war nur ein jämmerliches halbes Würstchen übrig! Meine Augen begannen zu prickeln vor Enttäuschung, aber ich versuchte mit aller Kraft, die Tränen zurückzuhalten. »Das ist Diebstahl!«, brüllte ich ihn an.

»Ja, und?« Bo gackerte. »Die waren echt lecker, hast du noch mehr?«

Ich ballte die Fäuste und spürte, wie kitzelnd Fell auf meinen Armen spross. Tief atmend versuchte ich, mich wieder zu beruhigen – wie man sich entspannte, hatte mir James Bridger zum Glück beigebracht. Zu gerne hätte ich Jeffreys Rudel fertiggemacht, aber Kämpfe zwischen Schülern waren nur im Kampfunterricht erlaubt. Verwarnungen hatte ich schon genug.

»So, mir reicht's, ich melde euch jetzt der Schulleitung.« Ich knüllte die Papiertüte zusammen, warf sie Jeffrey ins Gesicht und drehte mich um.

»Oh, armer kleiner Puma«, höhnte Jeffrey. »Hast 'ne schwere Zeit vor dir.«

Das klang irgendwie komisch. Bisher hatte Jeffrey Respekt vor Lissa Clearwater und den Lehrern gehabt, besonders vor Bill Brighteye, der sich als Alphawolf der Schule nichts von den jüngeren Wolfs-Wandlern bieten ließ. Dass meine Drohung das Rudel überhaupt nicht beeindruckte, war seltsam.

Ganz langsam drehte ich mich um. »Was meinst du damit?«

Jeffrey hatte sich verwandelt, als kräftiger dunkelgrauer Timberwolf stand er vor mir. *Du hast 'nen derben Fehler gemacht, Kätzchen. Aber das macht nichts, wir freuen uns drüber, denn jetzt sind wir dran!*

Ich kapierte immer noch nicht, was er meinte. Was für einen Fehler sollte ich gemacht haben? Und was sollte das heißen, sie seien jetzt dran? Meine Wut sickerte weg, stattdessen hatte ich nun ein sehr, sehr mulmiges Gefühl. Etwas hatte sich verändert. Und die Wölfe wussten irgendetwas, was ich nicht wusste. Aber ich hatte nicht vor, mir das anmerken zu lassen.

»Ja, genau, ihr seid dran – mit Bezahlen, ihr schuldet mir fünfzehn Dollar«, erwiderte ich und stapfte aus dem Zimmer.

Grüß die verdammte Verräterin von mir!, brüllte Jeffrey. *Ich sag dir eins – es ist dei-*

ne Schuld, dass sie unser Rudel verlassen hat, ganz alleine deine Schuld, hörst du, Drecksack?

So außer sich hatte ich ihn lange nicht mehr erlebt. Vorher hatte er mich einfach nicht ausstehen können, aber jetzt klang es, als hasste er mich. Dachte er wirklich, dass ich Tikaani irgendwie von ihm und seinen Leuten weggelockt hatte? Anscheinend. Und ihr Rudel war für Wölfe das Allerwichtigste.

Tja, dachte ich grimmig, Mister Großkotz wird sich an den Gedanken gewöhnen müssen, dass sich nicht jeder Wolf an der Schule von ihm herumkommandieren lässt!

Auf dem Gang stand Tikaani, in ihren schwarzen Augen stand ein gequälter Blick. Offensichtlich hatte sie alles mitbekommen, auch das, was Jeffrey eben unhörbar gebrüllt hatte. Bestimmt war es kein tolles Gefühl, als Verräterin dazustehen, nur weil sie verhindert hatte, dass Milling und seine Leute mich in Fetzen rissen. Aber das sagte sie nicht, stattdessen meinte sie: »Es tut mir echt leid, Carag.«

Überrascht sah ich sie an. »Was denn? Das mit den Würstchen?«

Tikaani lächelte schief. »Das und noch viel mehr. Ich weiß, es ist schwer zu glauben, aber nicht alle Wölfe sind so wie diese drei.«

»Weiß ich«, sagte ich, sah sie an und hätte so gerne zurückgelächelt. Aber ich war noch zu wütend. Stattdessen berührte ich, fast ohne nachzudenken, den silbernen Anhänger mit dem Pfotenabdruck, den eine gewisse weiße Wölfin mir zum Geburtstag geschenkt hatte und den ich seither um den Hals trug. So, dass jeder ihn sehen konnte. Seit Melodys Entführung waren wir Kampfgefährten und ich wusste, dass ich ihr mein Leben anvertrauen konnte.

Einen Moment lang wirkte Tikaanis Lächeln fast echt, dann

runzelte sie die Stirn. »Diese Würstchen ... kannst du bei Sherri welche nachkaufen?«

Noch einmal atmete ich durch. »Nein, das waren die letzten. Und du musst dich nicht dafür entschuldigen, was die anderen getan haben.«

Mühsam erinnerte ich mich daran, was ich eben noch vorgehabt hatte. Ach ja, Hollys neuem Vormund seinen Autoschlüssel zurückgeben! Das war wichtig. Je wütender er war, desto sturer würde er werden und Holly hatte schon genug Probleme. »Bis gleich«, sagte ich zu Tikaani und rannte die Treppen hinab.

Mit verkniffenem Gesicht, den Blick auf den Boden gerichtet, stapfte Mr Crump noch immer durch das kleine Wäldchen, in dem es sich irgendwo sein Schlüssel gemütlich gemacht hatte. Vor zweieinhalb Jahren hatte ich zum ersten Mal einen gesehen: komische kleine Metalldinger mit Zacken dran.

Als Mr Crump mich herankommen hörte, schaute er mit finsterem Gesicht auf. »Was willst du denn hier?«

»Ihnen helfen«, sagte ich und blickte hoch. Über unseren Köpfen turnte ein Rothörnchen durch die Zweige. Keine Frage, wer das war. *Holly? Was hast du vor?*, erkundigte ich mich lautlos.

Wirst du gleich sehen!, gab Holly zurück und keckerte vergnügt.

Aber du nimmst ihm nicht auch noch das Portemonnaie ab, oder?

Hihi, gute Idee, kam es zurück und ich konnte mir nur knapp ein Stöhnen verkneifen.

»Du willst mir helfen?« Crump zog eine Grimasse. »Vergiss es einfach. Das Ding ist weg – ich rufe jetzt einen Kollegen an, der mich abholt.«

Doch als er sein Smartphone zückte, legte ich ihm die Hand auf den Arm. Verblüfft glotzte Hollys neuer Vormund mich an und öffnete den Mund. »He, was ...«

»Geben Sie mir zwei Minuten«, unterbrach ich ihn.

Ungläubig ließ Crump die Hand mit dem Smartphone sinken. »Du spinnst, Junge. Ich suche schon seit einer halben Stunde und du willst einfach so ... Aua!«

Holly hatte angefangen, ihn mit Kiefernzapfen zu bombardieren. *Nimm dies, Blödmensch! Und das! Yeah!*

Crump bekam einen Treffer am Kopf ab und rief eine ganze Menge Gemeinheiten über das Thema Hörnchen und was man alles aus ihrem Fell anfertigen konnte. Aber ich verschwendete meine Zeit nicht mehr damit, ihm zuzuhören, und begann mit der Suche. Seine Witterung kannte ich bereits und Schlüssel hatten dazu einen unverwechselbaren metallischen Geruch.

Ich brauchte sogar nur eine Minute. Dann zupfte ich den Schlüssel aus dem Unterholz, er war unter ein Blatt gerutscht. »Gute Fahrt«, meinte ich, überreichte ihm das Ding und wartete auf das Danke.

Crump glotzte mich an, als wäre ich ein Hirschkalb mit zwei Köpfen. Ein Geschoss dotzte von seinem Arm ab, aber er beachtete es nicht mehr, nahm den Schlüssel und stapfte auf sein Auto zu. »Ich komme wieder!«, rief er über die Schulter zurück in Richtung der Schule. »Verlasst euch darauf, ihr alle! Und nächstes Mal bringe ich Helfer mit!«

Das mit dem Bitte und Danke war wohl keine seiner Stärken.

Unser Mittagessen in der Cafeteria war eher eine Krisensitzung. Die riesige Glaskuppel war aufgeklappt und Sonnenschein strömte herein, aber an unserem Tisch achtete kein einziger Woodwalker darauf. Ich aß mein Gulasch, ohne wirklich zu schmecken, was ich da zerkaute und durch meinen Hals rutschen ließ. »Er hat gesagt, er kommt wieder und bringt Verstärkung mit«, berichtete ich den anderen besorgt und spähte zu Lou hinüber, die leider an einem anderen Tisch saß.

»Einen Vormund wird man sowieso nicht los.« Dorian, ebenfalls mit Waisenhaus-Erfahrung, zuckte die Schultern. »Ich hab bei meinen immer meinen ganzen Charme spielen lassen. Dann haben sie mir auch mal ein Extra-Taschengeld genehmigt.«

»Ich hab aber keinen Charme«, ächzte Holly und raufte sich die rotbraunen Haare. »Jedenfalls keinen, den ich anschalten kann. Meiner ist ganz tief drin!«

»Wissen wir doch«, versuchte ich, sie zu trösten. »Von dem hast du ganz viel.«

»Also wenn er wirklich versucht, mich auf diese normale Highschool zu verschleppen, dann haue ich ab.« Holly kreuzte die Arme. »Der kriegt mich nicht!«

»So weit kommt es bestimmt nicht. Ganz sicher.« Brandon war so unruhig, dass er kaum etwas von seinem Kartoffel-Zucchini-Auflauf herunterbekam. Sein breites, gutmütiges Gesicht verbarg seine Gefühle kein bisschen. »Carag wird Miss Clearwater erreichen und die ist schließlich Schulleiterin, die regelt das.«

Nur leider hatte ich genau das – Miss Clearwater anzurufen – bisher nicht hinbekommen. Ihre Handynummer hatten nur Lehrer und meine einzige Chance war, James Bridger darum zu bitten. Bei dem hatten wir am Nachmittag Verhalten in besonderen Fällen, da konnte ich ihn fragen.

Dann hatte ich eine Idee. Anna, meine Pflegemutter, arbeitete schließlich beim Jugendamt! Die konnte mir bestimmt Tipps geben.

»Abhauen? Holly, wohin willst du denn abhauen?« Tikaani

blickte ratlos drein. »Wenn du in Menschengestalt irgendwo auftauchst, dann sehen sie, dass du noch nicht ausgewachsen bist, und bringen dich zurück.«

»Ach, ich gehe einfach als Hörnchen in den Wald – ein paar Wochen lang Kiefernzapfen zu mampfen, wird mich nicht umbringen«, versicherte Holly tapfer. »Dann habe ich vielleicht schon einen anderen Vormund, weil Miss Clearwater sich über diesen Deppen beschwert hat, und ich kann zurück.«

Niemand von uns sagte etwas dazu. Richtig gut klang ihr Plan nicht, aber mir fiel auf die Schnelle kein besserer ein. »Eins ist klar, wir helfen dir«, sagte ich. »Du brauchst nicht die ganze Zeit in deiner zweiten Gestalt zu bleiben. Ich kann dir Menschenessen und andere Sachen, die du brauchst, zu deinem Versteck schmuggeln. Wer hilft noch mit?«

Sofort hoben Brandon, Wing und Shadow den Arm. Dorian brauchte ein bisschen länger – er war ein Katzen-Wandler und liebte unbequeme Aktivitäten nicht besonders. Aber dann seufzte er und reckte ebenfalls den Finger.

Nur Tikaani schüttelte den Kopf. »Ich besser nicht. Die anderen Wölfe behalten mich genau im Auge. Und wenn die rauskriegen, wo Holly steckt ...« Sie brauchte nicht weiterzusprechen.

»Was meint ihr, wird dieser Mr Crump heute noch zurückkommen?« Meine Haut kribbelte schon bei dem Gedanken.

Wir blickten uns an. »Kann gut sein – sobald er Verstärkung organisiert hat«, vermutete Brandon. Er verstand mehr von Menschen als die meisten von uns, weil seine Eltern immer standhaft geleugnet hatten, irgendetwas anderes zu sein als ganz normale Leute mit einem Häuschen in einem Vorort.

»Das heißt, ich muss so bald wie möglich los«, flüsterte Holly, während sie ihre Serviette mit den Fingern in kleine Fetzen rupfte. »Am besten gehe ich gleich packen. Ihr dürft niemandem, vor allem keinem Lehrer, verraten, was ich vorhabe!«

»Du wirst Geld brauchen«, meinte Brandon und blickte Holly besorgt an.

»Stimmt«, sagte Holly und sprang auf. »Wenn ich abhaue, gibt's keinen Scheck mehr wie sonst. Ich muss mich alleine durchschlagen.«

Schnell überlegte ich, wie viel ich gespart hatte. Etwa zweihundert Dollar hatte ich noch, davon würde ich Holly die Hälfte geben.

Meine Laune wurde immer düsterer, als mir klar wurde, dass ich den Besuch bei meiner Familie verschieben musste. Ein Besuch, auf den ich mehr als zwei Jahre lang gewartet hatte, auf den ich mich schon seit einer Ewigkeit freute. Nicht nur, dass ich jetzt kein Geschenk mehr hatte – das war der kleinste Teil des Problems –, viel wichtiger war, dass meine beste Freundin mich jetzt brauchte. Ich verstand zwar nicht allzu viel von Freundschaften, schließlich waren Pumas Einzelgänger. Doch Holly im Stich zu lassen, ging einfach nicht.

Es war einmal eine Grillparty

Nach dem Mittagessen behielten wir die Umgebung der Schule im Auge. »Da kommst du nie durch, ohne dass ein Lehrer dich bemerkt, verfolgt und direkt zurückbringt«, flüsterte ich Holly etwas entmutigt zu.

»Aber ich muss weg, so schnell wie möglich – was ist, wenn dieser Mr Crump heute schon einen zweiten Versuch startet?« So nervös hatte ich Holly noch nie erlebt.

»Der braucht bestimmt Zeit, bis er Verstärkung organisiert hat, hat Brandon gesagt«, versuchte ich, sie zu beruhigen. »Komm, Verhalten in besonderen Fällen machst du mit. Wenn der Menschenalarm ausgelöst wird, kannst du immer noch lossprinten.«

»Na gut«, sagte Holly und ich hoffte, dass ich ihr keinen schlechten Rat gegeben hatte.

James Bridgers Unterricht heiterte mich ein bisschen auf. Wieder einmal erzählte er in Verhalten in besonderen Fällen eine Geschichte aus seinem Leben. »Ich war als Kojote in einem Vorort von Denver unterwegs und hatte richtig heftigen Hunger«, erzählte er. »Und von überallher drifteten tolle Düfte in meine Nase – Hamburger, die bei einem Drive-in-Schnellrestaurant durch Autofenster gereicht wurden, die Reste von

Nudelsalat in einer Mülltonne hinter einem Haus, Steak auf dem Grill. Was hättet ihr gemacht?«

»Mülltonne«, sagte Bo grinsend.

»Alles drei«, meinte Shadow, der Rabenjunge, und schaute gierig drein, obwohl er gerade erst zu Mittag gegessen hatte.

»Hamburger«, sagte Dorian. »Aber nur den mit Bacon.«

Tikaani verschränkte die Arme. »Ich wäre einfach aus der Vorstadt abgehauen und hätte ein Kaninchen gerissen. Sie haben nicht ernsthaft aus einer Mülltonne gefressen, oder?«

Komischerweise lag ihr Blick auf mir, als sie das sagte. Was sollte das denn heißen? Ich hatte mich noch nie für eine Mülltonne interessiert! Oder vielleicht wollte sie mich daran erinnern, wie wir im Papiercontainer gequatscht hatten?

»In diesem Fall habe ich mich tatsächlich dafür entschieden, an der Grillparty teilzunehmen«, berichtete James Bridger lächelnd. »Allerdings war ich kein geladener Gast, wie ihr euch denken könnt. Deshalb habe ich mich in den Büschen am Rand des Pools versteckt. Von dort aus waren es ungefähr drei Meter bis zum Grill, daneben lag das rohe Fleisch bereit. Darauf hatte ich es abgesehen, weil ich mir nicht die Schnauze verbrennen wollte – nur leider hielten sich in diesem Bereich oft Leute auf.«

»Wie viele Menschen waren da? Hat niemand Sie gesehen?«, fragte Lou gespannt. Ich konnte kaum die Augen von ihr lassen. Immerhin, seit wir gemeinsam gegen Andrew Milling gekämpft hatten, schien sie keine Angst mehr vor mir zu haben und war deutlich freundlicher. Aber mochte sie mich wirklich? Ebenso sehr wie ich sie?

»Es waren etwa zehn Erwachsene und acht Kinder dort«, berichtete James Bridger. »Und genau diese acht Kinder waren das Problem – sie schossen nämlich einen Ball durch die Gegend. Als die Erwachsenen gerade abgelenkt waren und ich schon meine Beute anpeilte, landete dieser verdammte Ball genau in meinem Gebüsch. Was, meint ihr, habe ich getan?«

»Sie sind abgehauen?«, meinte Trudy, die Eulen-Wandlerin, zaghaft.

»Sie haben schnell gehandelt und sich das Fleisch geschnappt, weil Sie sowieso gleich entdeckt werden würden.« Jeffrey klang zu hundert Prozent sicher, dass er recht hatte. Aber so klang er meistens. Trudy warf ihm einen bewundernden Blick zu – sie verbrachte den größten Teil des Tages damit, ihn anzuhimmeln.

»Sie haben den Ball mit der Schnauze zurückgekickt?« Frankie, der Otter-Wandler, grinste breit. Ich zweifelte keinen Moment lang daran, dass *er* das getan hätte.

»Bestimmt nicht!«, mischte sich Berta ein, unser molliges Grizzly-Girl. »Die Kinder hätten den Schreck ihres Lebens bekommen, wenn ihnen plötzlich der Ball entgegengeflogen wäre! Büsche werfen nämlich keine Bälle, weißt du.«

»Aber die Kinder waren noch ziemlich klein«, wandte James Bridger ein. »Sie wollten einfach nur ihren Ball zurück und weiterspielen. Deshalb habe ich mich tatsächlich dafür entschieden, den Ball zurückzubefördern.«

Henry, unserem neusten Mitschüler, blieb vor Spannung fast der Mund offen stehen. »Hat das geklappt?«

»Nein«, gestand James Bridger. »Aber hauptsächlich deshalb, weil ich vor Aufregung versehentlich in den Ball gebissen habe. Pffft, schon war die Luft raus. Und in diesem Moment hat mich ein Mädchen gesehen.«

Wir stöhnten auf.

»Aber das war halb so schlimm, sie hat nämlich den Ball sofort vergessen, begeistert ›Hallo, Hund!‹ gesagt und die Hand ausgestreckt, um mich zu streicheln. Ein echter Kojote hätte sie vielleicht gebissen, sie hatte also Glück, dass sie an einen Woodwalker geraten war.«

»*Danach* sind Sie bestimmt abgehauen, oder?«, fragte Brandon und knuffte Holly, die auf dem Platz neben ihm saß und in der ganzen Stunde noch kein Wort gesagt hatte.

»Nicht gleich.« Bridger grinste breit. »Das Mädchen fand mich nämlich so toll, dass sie zum Fleisch gerannt ist und mir ein rohes Steak geholt hat, als die Erwachsenen gerade nicht hingeschaut haben. Das habe ich gerne genommen und ja, *danach* habe ich mich aus dem Staub gemacht.«

Trotz meiner düsteren Stimmung musste ich lachen.

Wir sprachen noch eine Weile über Kontakte zu Menschen, über den Diebstahl von Lebensmitteln und was mit uns passieren konnte, wenn jemand uns in zweiter Gestalt in einem Ort erwischte. Nach der Stunde wartete ich, bis alle anderen gegangen waren, dann erst kam ich nach vorne. »Darf ich Sie was fragen, Mr Bridger?«

»Auf gar keinen Fall«, frotzelte er, doch als er sah, dass es mir ernst war, blickte er mich besorgt an. »Alles klar bei dir, Carag?«

»Nicht so richtig«, gestand ich und mein Magen verknotete sich, als ich an das dachte, was Theo mir erzählt hatte. »Es ist ein komisches Gefühl, dass ich jetzt einen Todfeind habe. Und Milling sammelt weiter Verbündete – und wahrscheinlich sogar hier in der Schule.« Rasch berichtete ich ihm von den Gerüchten.

Beunruhigt blickte Bridger mich an. »Ein ganz besonderer Wandler, hm, ich habe keine Ahnung, wen er damit meinen könnte. Ich höre mich um, okay? Wir haben doch wirklich schon genug Spione enttarnt!«

»Das ist kein gewöhnlicher Spion, sondern sein zukünftiger Erster Offizier«, erinnerte ich ihn.

»Wenn wir den ausschalten könnten, wären wir einen ganzen Schritt weiter.« James Bridger sah mich forschend an. »Du hast noch was auf dem Herzen, stimmt's?

»Ich kann wahrscheinlich dieses Wochenende nicht mit Ihnen zu meinen Eltern in die Gallatin Range fahren«, sagte ich niedergeschlagen.

»Was? Warum nicht?«

»Das ist schwer zu erklären«, wich ich aus, weil ich Holly nicht verraten wollte.

Forschend sah mich Mr Bridger an ... und dann nickte er, ohne mich weiter zu drängen. Schon in meiner ersten Zeit in der Clearwater High waren Bridger und ich Freunde geworden und heimlich unterstützte er mich, so gut er konnte. Dass er mit mir auf der verschneiten Bergflanke gegen Andrew Milling gekämpft hatte, hatte uns noch enger verbunden.

»Nächstes Wochenende ist genauso gut, wenn deine Pflegefamilie es erlaubt«, meinte er.

Ich seufzte tief. »Gleich nachher rufe ich sie an. Ach ja, die Wölfe haben alle Würstchen gefressen, die ich eigentlich als Geschenk mitnehmen wollte.«

James Bridger murmelte einen Fluch. »Lass dir von Theo ein Vorhängeschloss für deinen Schrank geben. Was könnte deinen Leuten noch so gefallen?«

»Eigentlich brauchen sie außer Essen kaum etwas. Berglöwen besitzen ja nichts außer ihrem Revier.« Ratlos zuckte ich die Schultern.

»Wie wäre es mit Medizin?«, meinte Bridger. »Verwenden deine Eltern Menschenmedizin? Viele Woodwalker machen das, wenn auch nicht alle.«

Im Geiste warf ich einen Blick in die Metallbox, die wir damals in Yellowstone als Versteck für unsere Menschensachen vergraben hatten. Ja, darin waren Medizindöschen und -fläschchen gewesen. Und ich erinnerte mich, dass ich meine Familie zwei- oder dreimal beim Tablettenschlucken gesehen hatte – als meine Mutter diesen schlimmen Durchfall gehabt hatte, der nicht weggehen wollte, und als Mia mit fiesen Bauchschmerzen kämpfte. Beide Male waren sie so lange in ihrer Menschengestalt geblieben, bis das Medikament wirkte, dann hatten sie sich zurückverwandelt. Also war es vermutlich keine Tiermedizin gewesen.

»Medizin ist eine gute Idee«, sagte ich erleichtert. »Und vielleicht hat Miss Rivergirl bis nächste Woche wieder neue Würstchen auf Lager.«

»Ich schaue mal, ob ich dich auf deiner nächsten Lernexpedition in die Stadt schicken kann«, meinte James Bridger. »Dann kannst du an einer Apotheke vorbeigehen.«

Die nächste Lernexpedition war morgen fällig. Aber bis dahin konnte noch eine ganze Menge passieren, denn erst mal stand ja Hollys Flucht an. Doch das durfte nicht einmal Bridger wissen – er war schließlich ein Lehrer.

Zum Glück hatte Mr Bridger kein Problem damit, mir Lissa Clearwaters Handynummer zu geben. »Aber während sie einen Vortrag hat, stellt sie ihr Handy ab«, warnte er mich. »Es kann also ein bisschen dauern, bis du sie erreichst.«

Rasch notierte ich mir die Nummer. Aber Bridger hatte recht: Als ich sie in meinem Zimmer wählte, ging niemand ran. Mist! Dafür erwischte ich meine Pflegemutter Anna Ralston sofort. Sie war entzückt, als sie hörte, dass ich dieses Wochenende nun doch nach Hause kommen würde. »Das ist ja wunderbar, Jay! Wir haben eine kleine Skitour geplant, bei der kannst du mitkommen.«

»Eine *Skitour?«*, fragte ich entsetzt. Es war mir völlig unverständlich, was Menschen dabei fanden, sich auf zwei schmale Bretter zu stellen, die ihnen ständig unter den Füßen wegrutschten.

»Also dann bis Samstag, wir freuen uns alle auf dich!«

Dass die ganze Familie sich auf mich freute, war glatt gelogen. Anna liebte mich wirklich, aber mein älterer Stiefbruder Marlon hatte aus irgendwelchen Gründen entschieden, mich nicht zu mögen. Und bis vor Kurzem hatte auch Melody, meine jüngere Stiefschwester, mich den lieben langen Tag angezickt.

Erst seit ich sie vor ein paar Wochen aus den Fängen von Andrew Milling befreit hatte, mochte sie mich wirklich ... und ich sie. Leider wusste sie seither auch, dass der ganz normal wirkende Junge, den sie unter dem Namen Jay kannte, sich in einen Puma verwandelte, wenn ihm danach war.

»Warte mal, ich brauche noch einen Rat«, bremste ich Anna, als sie schon auflegen wollte, und schilderte ihr die Sache mit Holly und dem neuen Vormund.

»Hm, ja, wundert mich nicht, dass es schlecht läuft«, meinte Anna nachdenklich. »Wie ich gehört habe, wollte er den Fall eurer Holly eigentlich gar nicht übernehmen, weil er schon mehr als genug zu tun hat. Unser Chef hat ihn wohl dazu gezwungen. Ich fände es nicht okay, wenn Crump seinen Ärger jetzt an deiner Freundin auslässt.«

»Kannst du ihren äh, Fall, nicht selbst übernehmen?«

Schon als sie zu sprechen begann, hörte ich das Nein in ihrer Stimme. »Jay ... auch bei mir stapeln sich auf dem Schreibtisch die Akten und ich ...«

Die Tür meines und Brandons Zimmer flog auf und Holly platzte herein. »Hast du Lissa Clearwater erreicht?«, fragte sie mit wilden Augen und schnell verabschiedete ich mich von Anna.

»Noch nicht«, musste ich Holly gestehen.

Nervös spähte sie aus dem großen runden Fenster, als könne der miese Mr Crump jeden Moment vorfahren. Dann lächelte sie mich zittrig an. »Draußen sind immer noch so viele Leute! Was meinst du, soll ich lieber erst heute Nacht abhauen? Weißt du ... ich glaube, ich habe ein bisschen Angst oder so was.«

Wie tröstete man eigentlich ein Mädchen? »Alles wird klappen, okay?«, sagte ich und hörte selbst, wie lahm das klang. Vor allem, wenn jeden Moment ihr Feind inklusive Helfern vor der Tür stehen konnte.

»Okay«, sagte Holly, sie klang nicht wirklich überzeugt. »Was sagst du zu Mitternacht? Um Mitternacht fliehe ich! Ich komm dann zu euch rüber, ja?«

Schnell kramte ich aus meinen Sachen fünf zerknitterte Zwanzigdollarscheine hervor. »Da, nimm das. Könntest du noch brauchen auf der Flucht. Falls dir mal die Kiefernzapfen ausgehen oder so.«

Da warf sie die Arme um mich und drückte mich ganz fest. »Carag, du bist einfach nussig, das kann man nicht anders sagen! Ich geb dir das wieder, sobald ich kann.«

Gerührt drückte ich sie zurück.

Holly flitzte los, um das Geld in ihrem Fluchtgepäck unterzubringen. Als sie zurück war, entschieden wir, vor der anstrengenden Nacht eine Runde zu entspannen. Also warfen sie, Brandon, Dorian und ich uns vor den Fernseher und legten Teil I von *Zurück in die Zukunft* ein, den Miss Calloway uns in Menschenkunde empfohlen hatte. Zur Sicherheit postierte sich immer einer der Rabenzwillinge in den Bäumen am Parkplatz, um uns sofort Bescheid zu geben, falls der Vormund heute schon zurückkam.

Unwillkürlich musste ich an unsere letzte nächtliche Aktion denken. Die hatte in einem zerbeulten Auto auf dem Highway und mit einem Verweis für Brandon und mich geendet. Ich konnte nur hoffen, dass es diesmal besser laufen würde.

Nach den ersten Minuten des Films bemerkte ich, dass Lou in der Cafeteria mal wieder vorhatte, einen Spruch an die Schiefertafel zu schreiben. Sie strich ihre langen dunklen Haare zurück und hob graziös den Arm mit der Kreide. Mein Herzschlag beschleunigte sich. Ich raffte sämtlichen Mut zusammen, um ihr ein »Magst du mitgucken?« zuzurufen, doch kaum hatte ich den Mund geöffnet, tauchte lautlos ein zweites Mädchen neben ihr auf. Tikaani. Wie so oft blickte sie drein, als würde sie am liebsten flauschige Jungkaninchen zum Frühstück fressen, und es war kein Wunder, dass Lou vor Schreck die Kreide fallen ließ.

»Was schreibst du diesmal? Hast du dir das selbst ausgedacht oder holst du das nur aus irgendwelchen Büchern?« Tikaani spähte mit kritischem Blick auf die Tafel.

»Mann, du hast mich erschreckt!« Lou hob die Kreide auf, setzte dazu an, weiterzuschreiben, und tat es dann doch nicht. »Na toll. Jetzt bin ich nicht mehr in der Stimmung.« Sie schaute kurz zu uns herüber, dann drehte sie sich um und ging.

Tikaani zuckte die Schultern, vergrub die Hände in den Taschen und schlenderte zu uns. Sie warf nur einen kurzen Blick auf den Fernseher, dann starrte sie durch die Glaskuppel in die Dunkelheit hinaus. Ihre schwarzen Augen verrieten nichts.

Sie konnte ruhig merken, dass ich sauer war. »Das war schon fast eine Jeffrey-Aktion«, sagte ich zu ihr und bekam einen tödlichen Blick ab und ein geknurrtes »Huftiere sollten nicht so empfindlich sein«.

»Wölfe auch nicht«, gab Dorian charmant zurück.

Immer noch verärgert, heftete ich meinen Blick auf den Bildschirm, und als ich das nächste Mal hochschaute, war Tikaani verschwunden.

Unerwartete Gesellschaft

Obwohl Holly um Mitternacht fast lautlos in unser Zimmer schlüpfte, wachte ich sofort auf, flüsterte ihr ein »Alles klar?« zu und beobachtete, wie sie den immer noch fest schlafenden Brandon an der Schulter rüttelte. »Es geht los!«, quiekte sie ihm ins Ohr und mit einem erschrockenen »Hä? Was? Wie?« fuhr Brandon hoch. Ich musste mir das Lachen verkneifen.

»Die Wölfe sind alle in ihrem Zimmer«, hauchte Holly. »Hab ich schon gecheckt. Und Trudy hängt an ihrer neuen Spielkonsole, die sie zu Weihnachten bekommen hat.«

»Sehr gut – alle Eulen sollten Spielkonsolen haben«, wisperte ich zurück. »Was ist mit den Lehrern?«

»Keine Ahnung.« Besorgt blickten wir uns an. Wenn Mr Ellwood als Wapiti-Hirsch gerade die schöne Nacht und die ersten saftigen Grashalme genoss, hatten wir ein Problem. Dann war die Flucht zu Ende, bevor sie richtig begonnen hatte.

Holly und ich verwandelten uns schon im Zimmer und Brandon übernahm den Job, Hollys zur Abwechslung mal nicht knallbunte, sondern erdfarbene Menschensachen in eine Plastiktüte zu stopfen. Die wollte sie bei ihrem Versteck vergraben. Dann ruckelte Brandon an dem klemmenden Verschluss unseres großen, runden Fensters, bis er das Ding endlich aufbekommen hatte. Obwohl es Frühling war, roch die Luft noch nach Schnee.

Auf meinen Raubkatzenpranken schlich ich nach draußen und über die grasbewachsenen Granitblöcke hinab, während Holly mich wie ein winziger Blitz überholte. Brandon kletterte in Menschengestalt hinterher und ächzte an den schwierigen Stellen.

Meine Schwanzspitze zuckte vor Aufregung, als ich den Kopf hob und einen Blick in die Runde warf. Mit meinen Nachtaugen erkannte ich in der Dunkelheit fast ebenso viel wie bei Tag. Meine Ohren fingen selbst die leisesten Geräusche auf: das Rascheln einer Hirschmaus bei ihrer Futtersuche, den Wind, der durch die Kiefernzweige fuhr.

Gerade wollte ich den anderen melden, dass alles in Ordnung war, da hörte ich ein Pupsen. Und zwar gar nicht so weit entfernt! Im gleichen Moment sah ich einen kleinen, dicken Woodwalker hinter einem Baum hervortreten, an dem er gerade einen kleinen gelben Bach hinterlassen hatte. O nein, das war eine Lehrerin, nämlich Mrs Parker, eine Mops-Wandlerin, die uns in Sei dein Tier und in Kunst unterrichtete! Was machte die denn hier draußen?

Auch die anderen hatten sie inzwischen bemerkt. Vor Schreck erstarrt, beobachteten wir, wie der Mops auf der nächtlichen Wiese herumtollte und mit einem Stöckchen spielte. Soso, Mrs Parker mochte Stöckchen, das hätte sie nie zugegeben!

An der kommen wir nicht vorbei, wisperte Brandon entmutigt in meinen Kopf.

Auch in mir stieg langsam Panik auf. Mopse konnten zwar längst nicht so gut wittern wie Wölfe, aber gut genug. Es war nur eine Frage der Zeit, bis Mrs Parker uns hier entdecken würde.

Auch Holly war entsetzt. *Die gibt bestimmt Alarm, wenn sie mich fliehen sieht!*

Vielleicht können wir sie weglocken. Ganz kurz verwandelte ich mich, klaubte einen Stein vom Boden auf und schleuderte ihn in die Gegenrichtung. Mit einem deutlich hörbaren Rascheln kam er im Wäldchen auf. Doch Mrs Parker hob nur kurz den Kopf und spielte dann weiter.

Wie ein verdammtes Haustier, meinte Holly mit hilfloser Wut. Woodwalker, die als Haustiere lebten, waren für sie das Letzte. Schon oft hatte sie Dorian damit aufgezogen, dass er sich einen großen Teil seines Lebens bei einem reichen Ehepaar durchgefressen hatte.

Jemand hat mal erzählt, sie glaubt an Geister, fiel es mir ein. *Vielleicht können wir so tun, als wären wir Geister?*

Brandon tippte sich an die Stirn. *Geister, die nach Bisonjunge, Puma und Hörnchen riechen?*

Ich probier's mal aus, sagte ich knapp. Ich pirschte mich gegen den Wind lautlos an den spielenden Mops heran.

Mrs Parker bemerkte mich nicht. Als ich nah genug war, stellte ich mich so hinter einen Baum, dass ich außer Sicht war, und verwandelte mich noch mal. Schnell überlegte ich, was Gespenster wohl so sagten, dann hauchte ich mit hohler Stimme: »Ich bin der Geist der unruhigen Seelen ... willst du mit mir kommen? Folge mir, ich bringe dich ins Jenseitsland ...«

Der Effekt war durchschlagend. Mrs Parker jaulte auf und starrte mit weit aufgerissenen Augen und gesträubtem Nackenfell in meine Richtung. Dann ergriff sie winselnd die Flucht und raste zurück zu einem der Eingänge.

Na also. Ging doch.

Holly knuffte mich triumphierend, als ich zurückkam. *Hey, du warst ein toller Geist! Und jetzt nichts wie los!*

Rasch überquerten wir das Grasland um die Schule herum. Sobald wir im Wald waren, verwandelte sich auch Brandon, und neben uns erhob sich ein massiger Bisonbulle. Er sah einem echten Bison täuschend ähnlich, nur hätte der keinen Kleiderstapel mit dem Huf in eine Dachshöhle geschoben.

Was, wenn da jemand drin ist?, wandte ich ein.

Dann hat er es jetzt schön warm und kuschelig, gab Brandon zurück. *Nein, im Ernst, die ist unbewohnt, ich hab schon früher mal Sachen da reingetan.*

Quatscht nicht, rennt lieber, ich will hier weg!, drängelte Holly nervös. *Was ist, wenn Crump gerade jetzt auftaucht und mich mitnehmen will?*

Ja, los, legen wir einen Fuß zu, meinte ich.

Brandon stöhnte. *Einen Zahn, Carag, einen Zahn!*

Irritiert blickte ich ihn an. *Wieso einen Zahn? Den braucht man doch nicht zum Laufen!*

Als Hollys Versteck hatten wir ein Gebiet östlich von Jackson ausgewählt – am South Twin Creek, einem kleinen Fluss mitten im Bridger-Teton National Forest. Schon der Name gefiel mir, der Wald war nach einem Vorfahren von James Bridger benannt worden. Doch viel wichtiger – dort gab es frisches Wasser, Deckung und viele Kiefern, die vielleicht den einen oder anderen Knabberspaß für Holly hergaben. Das Versteck war nur sieben Meilen von Jackson entfernt, aber schon mitten in der Wildnis. Dort mussten wir sie hinbringen. Ich hasste Andrew Milling dafür, dass mir beim Gedanken daran ein kalter Schauer über den Rücken kroch. Dort draußen waren wir außerhalb der No-go-Zone und keine Lissa Clearwater wachte aus der Luft darüber, dass er der Schule nicht zu nahe kam. Wenn er entschied, uns mit seinen Kumpanen in der Wildnis aufzulauern und anzugreifen, standen unsere Chancen schlecht.

Wir schlugen einen Bogen um ein Ranchhaus, überquerten

eine Straße und stießen ins Bergland vor. Eine kleine Wapiti-Herde wich erschrocken aus, als sie mich witterte. Am liebsten hätte ich ihnen gesagt, dass sie mich nicht fürchten mussten. Seit ich Lou kannte, hätte ich lieber ein benutztes Klo ausgetrunken als ein Wapiti gerissen.

Bisher war mit der Flucht alles glattgegangen – fast ein bisschen zu glatt.

Aber das änderte sich schlagartig, als wir schon tief im National Forest waren und etwa den halben Weg zum Versteck geschafft hatten. Holly ließ sich gerade auf meinem Rücken tragen und zupfte mit den winzigen Pfötchen an meinem Fell herum, was mich ziemlich nervte. Brandon stapfte neben uns entlang und machte dabei die eine oder andere Frühlingsblüte platt. Ich behielt vorsichtig die Umgebung im Auge ... und hörte als Erster das seltsame Geräusch. Sofort blieb ich stehen und wandte den Kopf, um zu lauschen. Erst, als sich das Geräusch wiederholte, wurde mir klar, was es war: eine Art hohes Fiepen und Schniefen.

Brandon, der es auch gehört hatte, scharrte nervös den Boden auf. *Klingt nicht gut,* meinte er. *Vielleicht ist das eine Falle!*

Ich zögerte. Einerseits mussten wir Holly in Sicherheit bringen, andererseits durften wir nicht einfach vorbeilaufen, wenn hier jemand in Not war. Nach einer Falle klang mir das nicht. *Blödsinn, wer soll denn wissen, dass wir hier sind,* gab

ich zurück. *Los, wir schauen nach, ich will wissen, was da los ist.*

Holly hüpfte auf meiner Schulter auf und ab. *Na gut, und dann gleich weiter, Jungs!*

Wir kamen zu einer kleinen, mit Gras bewachsenen Senke zwischen den Bäumen ... und mir stieg eine Witterung in die Nase, bei der sich mir sofort das Fell sträubte. Unwillkürlich legte ich die Ohren an und fauchte. Das roch nach *Wolf!* Hatte Brandon doch recht gehabt, war das eine Falle? Sollten wir besser so schnell wie möglich umkehren?

Ich gehe voran, ihr kommt gleich nach, wenn ich Entwarnung gebe. Ich pirschte mich näher heran – und sah, was sich dort in der Senke zusammengekauert hatte. Ein Bündel, das hauptsächlich aus grauem Winterpelz, tapsigen Pfoten und großen Ohren zu bestehen schien.

Als der Welpe mich sah, wurde er ganz starr vor Furcht und schaute mir mit ähnlichem Blick entgegen wie kurz zuvor Mrs Parker. Kein Wunder, er sah sich einem fast ausgewachsenen Berglöwen gegenüber.

Eine Begegnung, die normalerweise nur einer der Beteiligten überlebt hätte, und zwar nicht der mit der feuchten schwarzen Schnüffelnase. Raubtiere mögen keine Konkurrenz.

Sofort fuhr ich herum und schaute mich nach dem Rudel um, zu dem er gehörte. Wo ein Jungtier ist, sind normalerweise die Eltern nicht weit, und ich hatte keine Lust, mich mit zehn wütenden Verwandten prügeln zu müssen.

Doch ich roch keine anderen Wölfe, nur den Duft feuchter Erde dort, wo der Schnee geschmolzen war, den blühenden Balsamwurzel-Busch ein paar Meter weiter und ziemlich viel Wolfspipi. Konnte es wirklich sein, dass der Welpe allein hier war? Vielleicht hatte er sich beim Spielen verirrt? Dann ließen wir ihn besser, wo er war, weil seine Eltern garantiert nach ihm suchen würden.

Bitte tu mir nichts, große Katze!, winselte der kleine Wolf und ich zuckte zusammen, als hätte er mich ins Bein gebissen. Er hatte in meinem Kopf gesprochen! Himmel, das da war kein Tier, sondern ein Woodwalker!

Keine Sorge, sagte ich dem Kleinen und schickte meinen Freunden die Botschaft *Ich glaube, ihr könntet jetzt nachkommen. Keine Gefahr.*

Momente später standen wir alle um das Wölfchen herum und es schaute verunsichert von mir zu dem Bison. Aber als er Holly bemerkte, leuchteten seine Augen auf. *Oh, ihr habt was zu essen dabei, ist das für mich?*

Du spinnst wohl, ich bin nicht dein Snack!, zeterte Holly und rettete sich in Windeseile auf einen Baum.

Oh, schade, ich hab nämlich Hunger, sagte der kleine Wolf, ließ sich auf den Bauch fallen und nagte an einem Stock herum, der schon jede Menge Zahnspuren trug.

Wo sind deine Eltern?, fragte ich. *Und wie heißt du überhaupt?*

Miro heiße ich, bekam ich zur Antwort. *Ich weiß nicht, wo Mama ist, sie hat gesagt, ich soll hierbleiben. Das ist jetzt zwei Nächte her. Bestimmt kommen sie und die anderen bald wieder!*

Brandon und ich tauschten einen schnellen Blick. Das klang nicht gut.

Ist … irgendwas passiert? Bevor sie dich hiergelassen haben, Miro?, versuchte ich behutsam nachzuforschen.

Nein, nein, alles war prima, versicherte Miro, aber sein gehetzter Blick verriet, dass das nicht die ganze Wahrheit sein konnte.

Ganz sicher?, fragte ich und versuchte, flach zu atmen, damit ich nicht ständig diesen Wolfsgestank in die Nase bekam.

Na ja, also … vor ein paar Tagen haben wir von Weitem Menschen gesehen, erzählte Miro. *Und als ich sie angeschaut habe, hat es so komisch in mir gekribbelt. Und plötzlich sind die anderen aus meinem Rudel von mir weggesprungen und haben mich angeknurrt, ich weiß auch nicht, wieso. Aber danach war wieder alles schmackig!*

Aha, Miro hatte sich spontan teilverwandelt und seine Verwandten damit schockiert. Jemanden im Rudel zu haben, der plötzlich nach Mensch roch und so aussah ... ich konnte sie ein bisschen verstehen. Aber ich konnte trotzdem nicht fassen, dass sie ihn einfach so ausgesetzt hatten. Wölfe waren doch so stolz auf ihren Zusammenhalt, darauf, dass sie Freunde fürs Leben waren und sie für ihr Rudel alles tun würden. Galt das nicht mehr, wenn einer von ihnen aus der Reihe tanzte?

Brandon, Holly und ich zogen uns ein Stück zurück, um uns zu besprechen. Wir flüsterten von Kopf zu Kopf, damit der Kleine uns nicht hören konnte.

Ganz schön gemein von den anderen, ihn einfach so im Stich zu lassen, empörte sich Holly. *Seine eigenen Eltern haben ihn verstoßen, stellt euch das mal vor!*

Brandon seufzte schwer. *Wenigstens haben sie ihn nicht im Tennisklub angemeldet.*

Ey, geht's noch?, zischte Holly und verpasste Brandon eine Kopfnuss mit ihrer winzigen Pfote, die er bestimmt nicht mal spürte. *Nur weil du deinen Eltern peinlich warst und sie dich zu komischen Dingen gezwungen haben, bist du nicht das ärmste Vieh im Universum! Miro hat es tausendmal schwerer als du, du unsensibler Klotz!*

Brandon schaute ein bisschen beschämt drein.

Mir scheint, du hast dich schon in Miro verknallt, zog ich meine beste Freundin auf.

Du hast ja nicht mehr alle Nüsse beisammen! Holly funkelte mich an, hüpfte auf meinen Kopf und zog mich an den Ohren. Kein Problem. Ich schüttelte einmal kräftig den Kopf und sie flog in hohem Bogen in ein Gebüsch.

Wir können ihn nicht hierlassen, habt ihr gesehen, wie abgemagert er ist?, meinte ich, nun wieder ernst. *Am besten, wir nehmen ihn mit an die Clearwater High. Lissa Clearwater wird wissen, was zu tun ist. Jedenfalls, wenn sie endlich zurück ist.*

Gute Idee, ihr könnt ihn ja auf dem Rückweg mitnehmen, meinte Holly, während sie aus dem Gebüsch herauskletterte.

Das war genau das, was wir Miro vorschlugen, als wir uns ihm wieder zugewandt hatten. Doch wir hatten nicht damit gerechnet, dass er reagieren würde, als hätte ihm eine Biene in die Nase gestochen. *Nein, nein, nein, das will ich nicht!*, jaulte er. *Ich muss doch hierbleiben, sonst finden mich meine Eltern nicht, wenn sie wiederkommen und mich holen wollen.*

Ich brachte es nicht übers Herz, ihm zu eröffnen, dass seine Eltern sehr wahrscheinlich nicht wiederkommen würden. *An der Clearwater High wird es dir gefallen, ganz bestimmt*, versicherte ich ihm. *Dort sind ganz viele Woodwalker und du würdest …*

Was sind Woodwalker?, unterbrach er mich.

Also erklärte ich ihm, dass wir Wesen waren, die zwei Gestalten hatten, eine menschliche und eine Tiergestalt. Dass wir uns jederzeit verwandeln konnten, wenn wir wollten. Dass wahrscheinlich seine Eltern diese Fähigkeit ebenfalls hatten, ohne es zu wissen, und sie ihm vererbt hatten. Ich erzählte ihm von der Clearwater High und was wir dort lernten. Mit großen Augen hörte Miro zu, aber ich merkte, dass ich es nicht schaffte, ihn zu überzeugen. Und während ich redete und redete, spürte ich, dass Holly immer unruhiger wurde. Schließlich unterbrach sie mich: *Carag, das ist ja alles schön und gut, aber wir müssen weiter zu meinem Versteck! Kein mieser Mistmensch darf mich finden!*

Einen Moment lang schwiegen wir alle und sahen uns an. Dann sprach ich aus, was mir schon die ganze Zeit durch den Kopf ging: *Wenn er nicht mitkommen will, muss einer von uns bei ihm bleiben.* Sonst ging Miro hier sehr bald drauf, er war einfach noch zu jung, um allein in der Wildnis zu überleben. Zum Glück war, wie ich längst wusste, dieses Revier von einem etwas älteren Puma-Männchen besetzt, das scheu war und es hasste, sich in irgendetwas einzumischen. Aber Pumas waren nicht die einzigen gefährlichen Tiere in dieser Gegend.

Also ICH bleib nicht hier, habt ihr verpasst, dass er mich fressen will?, meckerte Holly.

Das schafft er in tausend Jahren nicht, versicherte ich ihr. *Miro, du rührst Holly nicht an, ist das klar?*

Ist klar, gab Miro enttäuscht zurück.

Du wolltest doch sowieso fliehen, Holly, und dieser Platz ist fast so gut wie der andere, wandte Brandon ein. *Klar, fließend Wasser hast du hier nicht, aber wenn du Durst bekommst, gibt's genug Schmelzwasserpfützen.*

Aber, aber, aber ..., war alles, was Holly noch herausbekam.

Garantiert klärt Lissa bald alles mit deinem neuen Vormund und du kannst zurück, versicherte ich ihr.

Schon klar, wer's glaubt, ätzte Holly, rannte einen Baum hoch und kehrte uns ihr pelziges Hinterteil zu.

Ich seufzte innerlich und ging jagen, damit Miro etwas in den Bauch bekam. Zum Glück erwischte ich schnell ein Felsengebirgshuhn, das er so gierig verschlang, dass graue Federn in alle Richtung flogen. *Oh, das war lecker, hast du noch mehr davon?* Hoffnungsvoll blickte Miro mich an, also seufzte ich noch mal und grub ihm als Nachtisch eine Taschenratte aus. *Schau mal, ob du ein paar Mäuse erwischst, die machen auch satt, wenn man mehrere frisst,* empfahl ich ihm mit einer stillen Entschuldigung an Nell. Dann war es Zeit zu gehen.

Es war nicht zu ändern – als wir wieder zur Clearwater High zurückkehrten, ließen wir einen traurig winselnden Jungwolf und ein extrem eingeschnapptes Hörnchen zurück.

Schock am Vormittag

Ich konnte noch gar nicht richtig glauben, dass ich dabei war, Chefbetreuer eines Wolfswelpen zu werden. Dabei hatte ich Wölfe nie leiden können und Jeffrey und Co hatten nicht gerade dazu beigetragen, meine Meinung zu ändern. Nur Tikaani war anders, deshalb gingen Brandon und ich auch auf direktem Weg zu ihr, als wir zurück waren und wieder unsere Menschengestalt angenommen hatten.

»Oje, wenn wir hier erwischt werden, gibt's Saures«, wisperte Brandon, als wir in den Mädchenflügel des Schulgebäudes schlichen.

Ich verdrehte die Augen. »Hast du gerade eine feige Phase oder was? Ständig stöhnst du über irgendetwas herum, was wir machen.«

»Feige? Ich? Weißt du nicht mehr, was ich mit dem Auto ...«

»Doch, doch, reg dich ab! Du bist wild und stark. Und jetzt komm, da vorne ist Tikaanis Zimmer.«

Zum Glück teilte die weiße Wölfin sich ein Zimmer mit Berta – unsere Grizzly-Wandlerin schlief immer so fest, als hätte ihr jemand mit einem Holzscheit eins über den Kopf gegeben. Doch ich wusste, dass Tikaani selbst schlafend auf der Hut war. Deshalb kratzte ich nur ganz leicht mit den Fingernägeln über ihre Tür, auf der in blauen Buchstaben ihr Name stand und in rosafarbenen der von Berta. Momente später ging die Tür auf und eine schlanke, aber kräftige Gestalt im weißen Nachthemd lugte heraus. Tikaani blinzelte ins Licht des Flurs. »Irgendwie seht ihr nicht aus, als hättet ihr gerade geschlafen«, brummte sie.

Brandon pflückte sich ein paar Kiefernnadeln aus den Haaren. »Wir brauchen deine Hilfe«, verkündete er.

Ich hatte damit gerechnet, dass Tikaani alles andere als begeistert sein würde über den nächtlichen Besuch – vor allem nach unserem Streit neulich –, aber sie musterte mich, ohne eine Miene zu verziehen. Ein Hauch von Rot war auf ihren Wangen erschienen. Wahrscheinlich war es ihr ein bisschen peinlich, dass zwei Jungs sie im Nachthemd sahen.

Damit sie begriff, dass wir sie mit gutem Grund aufgeweckt hatten, fügte ich schnell hinzu: »Genauer gesagt nicht wir, sondern einer von deiner Art. Ein junger Wolfs-Wandler, eigentlich noch ein Welpe ...« Nachdem ich ihr erklärt hatte, wen wir im Wald gefunden hatten, war Tikaanis Ausdruck noch etwas freundlicher geworden.

»So was Gemeines«, murmelte sie. »Sie hätten ihm wenigstens sagen können, dass sie nicht wiederkommen, dann hätte er sich von einem anderen Rudel adoptieren lassen können.«

»Das geht?« Brandon staunte.

Tikaani gähnte, ohne die Hand vorzuhalten, obwohl wir das schon vor zwei Monaten in Menschenkunde durchgenommen hatten. »Ja – wenn er jemanden findet, der bereit ist, ihn durchzufüttern.«

Dachten eigentlich alle nur ans Essen? »Kommst du morgen mal mit, um ihn abzuchecken?«, drängte ich sie.

»Ja gut, und jetzt will ich noch 'ne Runde schlafen. Es ist drei Uhr morgens, falls ihr es noch nicht mitbekommen habt. Tschüss, Leute.« Schon war die Tür wieder zu.

»Besser, wir legen uns auch hin, morgen haben wir Lernexpeditionen.« Auch Brandon gähnte jetzt und gleich darauf war ich dran, das musste irgendwie ansteckend sein.

»Wehe, du träumst heute Nacht wieder davon, dass du über die Prärie galoppierst.« Sein neustes Bett war mit Stahlstangen verstärkt, aber selbst die waren dank seiner nächtlichen Verwandlungen inzwischen verbogen.

Die erste Stunde am Freitag war eigentlich Verwandlung – im Moment übten wir, uns im Sprung zu verwandeln. Eigentlich eine praktische Sache, deshalb war es fast schade, dass Brandon und ich auf unseren Plätzen hingen wie leere Kleidersäcke. Und dass wir heute ohnehin keinen normalen Unterricht hatten, weil eine Lernexpedition anstand. Gerade waren Isidore Ellwood und James Bridger dabei, uns die üblichen weißen Umschläge mit unseren Herausforderungen auszuteilen.

Gespannt und ein bisschen nervös wartete ich darauf, wann unsere Lehrer bemerkten, dass jemand aus der Klasse fehlte.

Momente später war es so weit. Stirnrunzelnd sah Mr Ellwood sich um. »Wo ist Holly? Weiß jemand, wo sie ist?«

Brandon und ich saßen da, als hätte uns jemand mit Wasser übergossen und bei fünfzig Grad minus rausgestellt. Wir wagten nicht, uns anzuschauen. Trotzdem kassierten wir einen scharfen Blick von James Bridger. Nachdem wir über Holly gesprochen hatten, konnte er sich garantiert denken, was hier ablief.

»Als ich aufgewacht bin, war sie nicht da«, berichtete Wing, ihre Zimmergenossin, und klang dabei wunderbar unschuldig.

Sie ist in Sicherheit. Wenn dieser Mr Crump zurückkommt, hat er Pech gehabt. Am liebsten hätte ich es einfach ausgesprochen, doch meine Menschenlippen blieben geschlossen.

Stattdessen erhob Lou die Stimme, klar und deutlich. »Du hättest dich mehr für sie einsetzen müssen, Papa. Warum hast du nicht dem Rat der Woodwalker Bescheid gegeben? Der kann doch oft helfen, wenn einer von uns in Schwierigkeiten geraten ist, auch mit den Behörden der Menschen!«

Fassunglos blickte Mr Ellwood seine Tochter an. »Schluss jetzt, Lou! Sofort!«

»Ich finde es aber nicht richtig, dass sie weglaufen musste, um sich vor diesem miesen Kerl zu retten. Wir hätten viel mehr ...«

»Schluss, hab ich gesagt!«

Lou sagte nichts mehr, doch sie saß mit verschränkten Armen und rebellischem Ausdruck auf ihrem Platz. Ich war furchtbar stolz auf sie. Eigentlich hätten wir, Hollys Freunde, das aussprechen müssen, aber ich hatte den Mund gehalten, weil ich es mir mit Ellwood nicht noch mehr verderben wollte. Lou war einfach das wunderbarste Mädchen der Welt, keine Frage!

»Sie hat recht, Isidore«, mischte sich James Bridger behutsam ein. »Wir hätten mehr tun können, um Holly zu unterstützen. Jetzt ist sie weg und wir haben den Schlamassel.«

Doch unser Verwandlungslehrer schnaubte nur wütend. Niemand in der Klasse wagte, sich zu regen oder etwas zu sagen. Nach und nach begannen dann die meisten Schüler, ihre Umschläge mit den Expeditionsaufträgen zu öffnen. Nur Jeffrey und seine Rudelgefährten warteten noch damit, vielleicht damit es nicht so aussah, als wären sie womöglich gespannt oder aufgeregt.

Ich blickte nach unten auf meine Finger, die einen weißen Umschlag hielten. Eben erst hatte James Bridger ihn mir überreicht. Weil ich trotz allem neugierig war, was mich an diesem Morgen erwartete, riss ich ihn auf.

Teilnehmer: Carag, Jeffrey, Nell
Auftrag: bei der Wells Fargo Bank Geld auf das Konto der Clearwater High einzahlen
Zeitraum: heute direkt nach Auftragserteilung

Mit Jeffrey? Mir entfuhr ein Stöhnen und auf der anderen Seite des Klassenraumes erklang ein ganz ähnliches mit leichtem Wolfs-Akzent. Nur Nell schien sich zu freuen, ein Lächeln erleuchtete ihr dunkles Gesicht und ihre vielen kleinen Zöpfchen mit den bunten Perlen wippten, als sie sich zu mir umwandte und mich angrinste. »Cool, ich wollte schon immer mal eine Expedition mit dir, Carag.«

»Das ist aber schön«, brachte ich heraus und musste plötzlich an Miro denken, der immer noch mit schwindender Hoffnung auf seine Eltern wartete. Am liebsten hätte ich die ganze Lernexpedition sausen lassen und nachgesehen, wie der Kleine und Holly klarkamen. Aber das ging nicht. Ich wusste längst, dass wir bei den Lernexpeditionen beobachtet wurden – manchmal von Lehrern, manchmal von Schülern aus den höheren Jahrgängen. Wenn ich auf Abwege geriet, würde das den Lehrern nicht lange verborgen bleiben. Also würde ich das Ganze so rasch wie möglich durchziehen, und sobald wir freihatten, hieß es – auf dem schnellsten Weg ab in den National Forest!

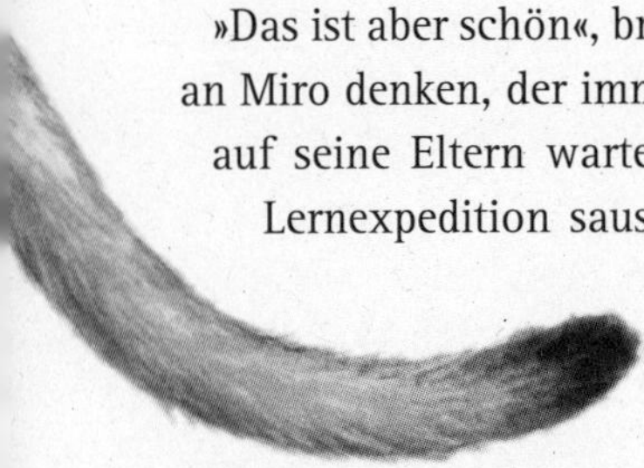

Leroy, der neben mir saß, schien eine noch schlimmere Expedition erwischt zu haben. Er quiekte auf, als er seinen Umschlag öffnete. »Mit Henry und Frankie den Snake River überqueren – das meinen Sie nicht ernst! Die beiden haben es leicht, sie sind schließlich Otter und Frosch, aber ich, ich kann nicht mal schwimmen!«

»Das macht doch nichts, die anderen helfen dir bestimmt«, erwiderte James Bridger freundlich. »Es kann allerdings sein, dass du ein bisschen nass wirst.«

Vor Schreck verwandelte sich Leroy. In seiner zweiten Gestalt, einem schwarz-weiß gestreiften Stinktier mit blanken schwarzen Augen, hockte er in einem Nest aus Kleidern auf seinem Stuhl.

»Leroy! Menschengestalt bitte!«, ermahnte ihn Mr Ellwood.

In diesem Moment klopfte es an der Tür. Es war ein lautes, herrisches Klopfen. Die Diskussionen in der Klasse darüber, wer welchen Auftrag bekommen hatte, erstarben und verblüfft blickten wir alle zum Eingang. Im gleichen Moment hallte der hohe, durchdringende Ton des Menschenalarms durchs Gebäude.

»Na wunderbar – los, da rein in den Schrank!« Mr Ellwood war sicher klar, dass Leroy sich vermutlich nicht schnell genug zurückverwandeln konnte. Viola riss die Tür des kleinen Seitenschranks auf, Leroy kletterte in seiner Eile über Frankie und dann weiter ins dunkle Innere des Schranks.

Kaum war er verschwunden, öffnete Isidore Ellwood die Tür. Drei Neuankömmlinge marschierten in unser Klassenzimmer – Mr Crump mit zwei kräftig aussehenden Kollegen, alle drei mit einem triumphierenden Ausdruck im Gesicht.

»Guten Morgen«, sagte Hollys neuer Vormund mit geschäftsmäßiger Stimme. »Wie Sie sich bereits denken können, kommen wir wegen Miss Lewis. Sie wird auf ihrer neuen Schule schon erwartet, wir sollen sie hinbringen.«

»Das ist schön.« Trotz seiner Worte klang Mr Ellwood alles andere als begeistert. »Aber ich fürchte, es wird schwer für Sie, Ihren Auftrag zu erfüllen.«

»Ach wissen Sie, das klappt schon.« Mr Crump deutete auf

seine Kollegen und ein leichtes Lächeln breitete sich auf seinem Gesicht aus. »Mein Amt hat durchaus Erfahrung mit solchen ... sagen wir mal: schwierigen ... Fällen.«

»So meinte ich das nicht«, gab Mr Ellwood gereizt zurück. »Sie ist schlicht *nicht da,* das macht es etwas kompliziert, sie mitzunehmen.«

»Was soll das heißen, sie ist nicht da? Das ist unerhört! Konnten Sie nicht dafür sorgen, dass sie zur Abholung bereitsteht?« Mr Crump lief vor Ärger rot an. »Haben Sie eine Vermutung, wo sie sein könnte?«

»Nein, wir haben leider keine Vermutung«, mischte sich James Bridger mit seiner sanften, tiefen Stimme ein. »Aber wenn Sie Holly finden sollten, richten Sie ihr bitte schöne Grüße von uns aus.«

Mr Crump schnaubte. Vielleicht dämmerte ihm allmählich, dass er hier keine Verbündeten hatte. »Sie verstehen sicher, dass ich mich vergewissern muss, ob sie womöglich noch hier ist.« Die drei Männer blickten sich im Klassenraum um und spähten sogar unter die Tische. Ich ahnte Böses, als Mr Crump sich auf den Materialschrank zubewegte.

»Ich empfehle Ihnen, das nicht zu tun«, sagte Mr Ellwood, doch das machte Hollys neuen Vormund natürlich erst recht misstrauisch. Schwungvoll riss er die Tür des Materialschranks auf, griff hinein ... und hatte ein empört zappelndes schwarzweißes Etwas in der Hand. *Zisch!* Schon war es passiert.

»Scheiiiiiße!«, brüllte Mr Crump in beeindruckender Lautstärke.

»Nein, nur Skunk-Sekret«, sagte Mr Ellwood trocken. »Es war übrigens unser Biologie-Unterricht, den Sie gerade gestört haben.«

Normalerweise mochte ich Mr Ellwood nicht sonderlich, aber

im Umgang mit diesem Vormund war er einfach spitzenmäßig. Vielleicht hatten auch Lous Worte ein bisschen gewirkt.

»Und jetzt verlassen Sie bitte diesen Klassenraum, Sie tragen nämlich nicht zur Luftqualität bei!«, motzte er die drei Männer an, doch die machten sowieso schon, dass sie davonkamen.

»Also.« Mr Ellwood erlaubte sich ein winziges Lächeln, als er sich uns wieder zuwandte. »Ihr habt alle eure Aufträge – worauf wartet ihr noch?«

Mir fiel wieder ein, dass ich eine gemeinsame Lernexpedition mit Jeffrey hatte. Wer beim hüpfenden Wildschwein hatte sich das für mich ausgedacht?

Seufzend stand ich auf und nahm meinen Rucksack.

Besser, ich brachte es hinter mich. Sosehr Jeffrey nervte, er war immer noch besser als Mr Millings Leute ... und sicher auch deutlich harmloser als sein neuer Erster Offizier, wer auch immer er sein mochte.

Zweiter Schock am Vormittag

Ich schlage vor, wir reden nicht mehr als nötig miteinander«, sagte Jeffrey, als wir vor der Schule standen und der Kombi mit laufendem Motor auf uns wartete. In der spiegelnden Vordertür richtete er seine dunkelbraunen, in Wellen zurückgegelten Haare und zupfte sein Rapper-Outfit zurecht, das, so hatte mir irgendjemand versichert, total schick war.

»Gute Idee«, sagte ich. »Reden wird sowieso überschätzt.«

»Vergesst es einfach!« Nell schaute abwechselnd von mir zu Jeffrey und ihr dunkles Gesicht wirkte vor Ärger noch dunkler. »Erstens ist das bescheuert und zweitens bekommen wir eine Note für Zusammenarbeit. Ich lass mir von eurem Privatkrieg nicht meine Note verderben, ist das klar?«

»Wen interessieren schon deine Noten?«, brummte Jeffrey in seiner üblichen charmanten Art.

»Meine Tante ist in New York bei der Polizei und die interessiert sich sehr wohl für meine Noten und für die Leute, die sie mir versaut haben«, gab Nell honigsüß zurück.

Jeffrey verdrehte die Augen und stieg in den Kombi, in dem wie üblich Theo, unser Hausmeister und Fahrer, am Steuer saß. »Eine Maus als Polizistin, das darf ja echt nicht wahr sein.«

»Sie macht ihren Job weitaus besser als ihre Kollegin, die

eine Wolfs-Wandlerin ist und ständig den Dienst schwänzt, besonders bei Vollmond«, schoss Nell zurück.

»Hey, Moment mal, eigentlich sind ich und Jeffrey doch diejenigen, die sich streiten sollten, nicht Jeffrey und du«, sagte ich zu ihr. »Und wer hat eigentlich das Geld, das wir einzahlen sollen?«

»Ich!«, verkündete Jeffrey. »Bei mir ist es in besten Händen.«

»Das sagt ausgerechnet der Dieb, der neulich meinen Schrank ausgeräumt hat«, gab ich bitter zurück und Jeffrey grinste.

»Seid ihr bereit?«, fragte Theo und drehte sich zu uns um. Seine zerknitterte Rocker-Visage hätte den meisten Leuten Angst eingejagt, doch ich wusste längst, dass der alte Elch-Wandler ein gutes Herz hatte. Ich beschloss, ein bisschen was von dem Elchisch, das Mr Goodfellow uns inzwischen beigebracht hatte, auszuprobieren. *»Wir sind bereit und möchten jetzt los«,* schnaubte ich.

Stirnrunzelnd blickte Theo mich an. »Du willst jetzt den Sumpfboden küssen? Ich muss dich enttäuschen, hier ist kein Sumpf in der Nähe, Carag.«

»Äh«, sagte ich. Ausgerechnet vor Jeffrey hatte ich mich blamiert!

»Aber wir können auch gerne losfahren, wenn du das sagen wolltest.« In Theos Augen tanzte ein vergnügter Funke.

»Wir müssen zur *Wells Fargo Bank* in der Center Street«, mischte sich Nell ein. »Wer hat eigentlich die Kontonummer?«

Die hatte ich, der Zettel hatte im Umschlag mit meinem Auftrag gelegen. Ich steckte ihn sorgfältig in die Tasche, in der schon mein Portemonnaie mit dem Geld für die Medizin war. Dann schaute ich aus dem Fenster, damit ich wenigstens ein paar Minuten lang vergessen konnte, dass ich mit Jeffrey in einem Auto saß. Er roch selbst in seiner Menschengestalt kräftig nach Wolf, wann hatte der Typ eigentlich zuletzt geduscht? Aber ehrlich gesagt hatte ich es die letzten Tage auch ausfallen lassen. Ich brauchte immer zwei oder drei Anläufe, bis ich mich dazu überwinden konnte, so viel Wasser an meinen Körper zu lassen.

Am einen Ende der Center Street ließ Theo uns aussteigen, er selbst fuhr weiter. Die *Wells Fargo Bank* war eine kleine Filiale in einer der Hauptstraßen, ein niedriges, mit braunen Holzschindeln gedecktes Gebäude. Wir gingen an zwei großen Bronze-Elchen vorbei, die ich wie immer kurz tätschelte, überquerten die Straße und strebten auf das rot-gelbe Bankschild zu.

»Total überflüssige Übung, ich hab schon vor Jahren zum ersten Mal Bankgeschäfte erledigt«, brummte Jeffrey und schnüffelte im Vorbeigehen unauffällig an einer Laterne, ohne sich runterzubeugen. Aber ich hatte es trotzdem bemerkt und bog mich vor Lachen. »Haha, ich wusste gar nicht, dass du dich für die Hunde von Jackson Hole interessierst! Ja, irgendwo im Tal soll eine total hübsche Collie-Dame leben, hab ich gehört!«

Jeffrey wurde rot. »Schnauze!«, sagte er kurz, ging schneller und kramte in seiner Tasche, wahrscheinlich nach dem Geld, das wir einzahlen sollten. Immerhin dreihundert Dollar.

In der Ferne hörten wir das auf- und abschwellende Heulen einer Polizeisirene; keiner von uns beachtete sie, so was hörte man eben ab und zu. Doch diese Sirene kam immer näher. Neugierig drehte ich mich um und schaute, ob ich irgendwo einen Unfall sah. Inzwischen war die Sirene so laut, dass sie mir fast die Ohren sprengte, und Blaulicht reflektierte in den Schaufensterscheiben. Schließlich erspähte ich den schwarzweißen Polizeiwagen und sah erschrocken, dass das Ding genau *auf uns* zukam. Ach du großes Gewitter! Der Schreck fuhr mir in die Glieder. Hatte das irgendwas mit Hollys Flucht zu tun? Hatten wir uns strafbar gemacht, weil wir ihr geholfen hatten?

Auch Jeffrey wirkte ein bisschen nervös, während Nell einfach nur verdutzt dreinschaute. Wir blieben alle drei stehen, wo wir waren. Oder sollten wir lieber abhauen? Mühsam versuchte ich, mich nicht vor Stress teilzuverwandeln. Es hätte mir gerade noch gefehlt, dass mir jetzt eindrucksvolle Fangzähne wuchsen. Dann wurde ich vielleicht nicht befragt, sondern gleich eingebuchtet!

Der Polizeiwagen parkte genau vor uns und zwei Uniformierte sprangen heraus. Sie eilten auf uns zu ... und hasteten dann an uns vorbei in die Bank. Uff. Glück gehabt. Nicht wegen uns da. Aber was genau war dort in der Bank los? Wurde die gerade ausgeraubt? Jeffrey, Nell und ich reckten die Hälse. Leider konnte ich durch die stark spiegelnde Scheibe nichts von dem erkennen, was drinnen vorging.

»Was meint ihr, sind da gerade Bankräuber drin?«, fragte Nell ein bisschen eingeschüchtert. »Vielleicht sollten wir zur Seite gehen, falls hier gleich rumgeballert wird.«

Jeffrey hielt das Geld, das wir für diesen Auftrag bekommen hatten, in der Hand und sah genauso planlos aus, wie auch ich mich fühlte.

»Ich glaube, es macht nicht wirklich Sinn, jetzt was einzuzahlen«, meinte ich.

»Obwohl die Bank das Geld bestimmt gebrauchen könnte, wenn der Rest weg ist.« Nell kratzte sich am Kopf. »Stellt euch vor, wir wären ein bisschen früher gekommen, dann wären wir schon drin gewesen.«

»Vielleicht wären wir als Geiseln genommen worden und hätten zeigen können, was wir draufhaben.« Jeffrey klang, als meinte er das ernst.

Ich verzog das Gesicht. Von Geiselnahmen aller Art hatte ich seit Melodys Entführung die Nase voll. »Ähm, Jeffrey … wir sind Woodwalker, keine Superhelden.«

»Wo ist der Unterschied?«, fragte Jeffrey mit selbstzufriedenem Ausdruck. Nell und ich schauten ihn beide an, als hätte er in Menschengestalt versucht, eine Straßenlaterne zu markieren. Das kam also dabei heraus, wenn ein Wolf zu viel Fernsehen schaute!

Insgeheim fragte ich mich, ob hinter dieser ganzen Bank-Sache Andrew Milling stecken könnte, und spürte, wie ich mich beim Gedanken an ihn verkrampfte. Immerhin hatte er vor, den Menschen das zu nehmen, was sie am meisten liebten … vielleicht war das schlicht und einfach ihr *Geld?*

Noch mehr Polizisten kamen im Laufschritt an und verschwanden in der Bank. Keiner von ihnen beachtete uns, für sie waren wir nur drei neugierige Jugendliche.

Als ich einen der Männer fragte: »Entschuldigung, Sir, was ist denn passiert?«, streifte er mich nur mit einem kurzen Blick, scheuchte mich mit einer Handbewegung nach hinten und sagte dann: »Bitte zurücktreten, hier wird gleich alles abgesperrt. Das hier ist der Schauplatz eines Verbrechens.«

»Ach nee«, knurrte Jeffrey und schaute drein, als hätte er den Kerl am liebsten gebissen.

Ich betrachtete jeden der Beamten genau. Leider war die freundliche Polizistin nicht dabei, die mich betreut hatte, als ich aus den Bergen gekommen war und auf der Polizeistation behauptet hatte, mein Gedächtnis verloren zu haben. Und von den anderen wollte uns offensichtlich niemand etwas erzählen.

»Also, Leute, ich könnte mal in Zweitgestalt reingehen und schauen, was ich so rausfinden kann«, kündigte Nell leise an.

»Tolle Idee«, sagte ich begeistert. Jeffrey schwieg, er wirkte plötzlich nachdenklich.

Nell verlor nicht viele Worte, sie schaute sich nur kurz um und ging mit raschen Schritten zu einem Klamottengeschäft in der Nähe und damit zur nächstbesten Umkleidekabine. Als sie zurückkam, huschte sie als kleine braungraue Maus am Bürgersteig entlang, was nur Jeffrey und ich sahen. Kein Polizist bemerkte, dass sie durch die Tür der Bank witschte, als das nächste Mal jemand hineinging. Es war kein Problem, mit Nell in Verbindung zu bleiben, während sie drinnen war, ich erreichte ihre Gedanken sofort.

Was siehst du? Irgendwelche Gangster?, fragte ich gespannt.

Nee, aber die Tür zum Tresorraum ist offen und es stehen ein paar Leute herum, die ziemlich aufgeregt wirken, berichtete Nell. *Wartet mal ab, ich gehe näher ran und höre zu.*

Ungeduldig traten wir von einem Fuß auf den anderen. Schließlich erstattete uns Nell Bericht: *Wow, das ist die Härte. Über Nacht ist hier jemand eingebrochen und hat die Schließfächer aufgehebelt, in denen die Leute ihre Wertsachen deponiert haben. Aber das Krasseste kommt erst noch, haltet euch fest ...*

Was? Pieps schneller, Maus!, knurrte Jeffrey. Leider genau die falsche Bemerkung.

Geht's noch?, kam es wütend zurück. *Fängst du jetzt wieder mit dieser Ich-Wolf-du-Beute-Scheiße an? Dir erzähle ich gar nichts mehr!*

Und sie meinte es ernst. Damit war Schluss. Kein Ton mehr von drinnen, bis wir Nell endlich nach draußen entkommen sahen. Mit einem vernichtenden Blick aus ihren winzigen Knopfaugen trippelte sie an Jeffrey vorbei und verschwand im Kleidergeschäft. Ich wartete auf das Geräusch schreiender

Kundinnen, aber Nell war gut in so was. Kurz darauf kam sie angezogen zu uns zurück. Jeffrey tat, als würde er sie nicht bemerken, und spielte an seinem Smartphone herum.

»Mir sagst du doch, was du rausbekommen hast, oder?«, versuchte ich, sie auszuhorchen.

Nell nickte. »Klar. Du bist nicht so ein Idiot wie der da.« Sie warf noch einen Blick zu Jeffrey hinüber, dann näherte sich ihr Mund meinem Ohr. »Normalerweise läuft ein Bankraub so ab, dass der Täter tagsüber mit einer Waffe auftaucht und ›Geld her!‹ sagt oder so was ... Aber dieser Bankraub ist mitten in der Nacht passiert«, hauchte sie. »Jemand hat all diese Fächer geplündert, brutal aufgehebelt. Aber als die Angestellten heute früh reinkamen, war der Tresorraum noch fest verschlossen, von außen!«

»Äh, wie?«, fragte ich verdutzt. »Wie soll denn das gehen? War der Dieb noch drin?«

»Nein. Niemand war drin.«

»Aber der Kerl musste doch irgendwie entkommen.«

»Das ist ja das Seltsame.« Nell hob die Schultern. »Die Polizei rätselt auch herum.«

»Hast du irgendwas gerochen?«, mischte sich Jeffrey ein. »Du müsstest doch eigentlich die Witterung von diesem Bankräuber aufgenommen haben.«

»In den Tresorraum bin ich nicht gekommen, nur in den Vorraum«, verteidigte sich Nell.

Verständnislos blickte Jeffrey sie an. »Aber schon da hättest du doch etwas wittern müssen.«

»Hey? Hallo? Stamme ich etwa auch vom Hund ab?« Nell funkelte ihn ärgerlich an. »Geh doch selber rein, Würstchenfresser!« Es hatte sich schnell herumgesprochen, dass die Wölfe meinen Schrank geplündert hatten.

»Diese verdammten Hunde stammen von *uns* ab.« Schlecht gelaunt vergrub Jeffrey die Hände in den Taschen. »Und übrigens, ihr habt keine Ahnung, was hier eigentlich abgeht. So dermaßen keine Ahnung.«

»Ach, aber du.« Ich glaubte ihm kein Wort. Er war nur sauer, dass Nell ihm nichts mehr verraten wollte. »Eins ist klar, ich rufe jetzt Theo an und sage ihm, dass wir den Auftrag nicht erfüllen konnten. Ist ja nicht unsere Schuld. Wie nennt man so was noch mal? Gewalt von oben oder so ähnlich.« Ich zog das Gruppenhandy aus der Tasche, mit dem wir uns Unterstützung holen konnten.

»Stopp, Carag!« Nell legte mir die Hand auf den Arm. »Wir haben noch eine Chance. Es gibt noch eine Filiale von *Wells Fargo* im Ort. Nehmen wir einfach die.«

Noch eine gute Idee. Nell war in Hochform.

»Ach ja, als ich aus der Bank kam, klebte was an meiner Pfote«, meinte Nell noch und zeigte mir einen kleinen, etwas zerknitterten Papierschnipsel. Ein halbes, handschriftliches Wort stand darauf. »...probe«, entzifferte ich. Erstaunlicherweise roch das Papier ein klein wenig nach fremdem Puma. Was hatte das zu bedeuten? Der Gedanke, der sich in mir formte, gefiel mir kein bisschen.

Der Weg zur zweiten Bankfiliale führte an einer Apotheke vorbei, in der ich mich für einen Großteil meiner restlichen Dollars mit einem Stapel Tablettenschachteln, Fläschchen und Tuben eindeckte. Ob meine Eltern sich über die Medizin freuen würden? Ich wusste, dass es schwer für sie war, an solche Sachen heranzukommen, und für mich war es ein Kätzchenspiel.

Wir erledigten unseren Auftrag ohne weitere Schwierigkeiten, und die Extrapunkte im Bereich »Problemlösung« glichen die Fünf in »Zusammenarbeit« aus und retteten unsere Note, sodass eine solide Zwei dabei herauskam. Aber der seltsame Bankraub ging mir auch beim Abendessen nicht aus dem Kopf – und in dem schwirrte schon genug herum. Wie konnte jemand in einen Raum eindringen, der danach genauso verschlossen war wie zuvor? Und was war mit der Beute, hatte die sich ebenfalls in Luft aufgelöst?

Auf meiner Haut stellten sich die Härchen auf, wenn ich daran dachte. Wie gut, dass ich nicht so abergläubisch war wie unsere Mops-Lehrerin Mrs Parker, sonst hätte ich glatt angefangen, an Geister zu glauben. Oder so was.

Jedes einzelne Schnauzenhaar

Beim Abendessen konnten Nell und ich es kaum erwarten, von dem Bankraub zu erzählen, aber erst einmal hörten alle Leroy zu, der aufgeregt berichtete, wie es bei der Flussüberquerung gelaufen war. »Frankie hat versucht, mich auf dem Rücken rüberzutragen, aber sein Fell war so glitschig, dass ich einfach abgerutscht und in den Snake River gefallen bin – ich hab so viel Wasser geschluckt, dass mir jetzt noch der Bauch gluckert!«

»Als wir ihn rausgezogen haben, hat er nur ›Ich sterbe, ich sterbe!‹ gerufen«, erzählte Henry vergnügt. »Dabei war er höchstens eine halbe Sekunde im Wasser.«

»Na ja, jedenfalls haben wir dann ein Floß für ihn gebaut und damit hat es dann geklappt – dafür gibt's garantiert 'ne Eins bei ›Problemlösung‹.« Frankie grinste breit.

Dann waren endlich wir mit unseren Hammer-Neuigkeiten dran. Nell, Jeffrey und ich mussten natürlich tausend Fragen beantworten. Jeffrey gab sich wortkarg, wusste aber irgendwie den Eindruck zu erwecken, als wären wir ohne sein Eingreifen in die Hände gefährlicher Bankräuber gefallen. Seine Rudelgefährten trieften förmlich vor Bewunderung.

»Vielleicht nennt er sich jetzt *Wolfman* und besorgt sich ein

Superhelden-Trikot«, spottete Dorian am Nachbartisch, fläzte sich lässig auf seinem Stuhl und nippte an einer Tasse Kaffee. »Was genau ist denn wirklich passiert in dieser Bank?«

»Keine Ahnung, ich hab nur von außen reingeglotzt«, sagte ich und zuckte die Schultern. »Frag Nell, die war drin.«

»Vielleicht gibt es einen Bankräuber, der durch Türen gehen oder sich in Luft auflösen kann«, meinte Nell und stand auf, um ihr Tablett zurückzubringen. »Mehr wissen wir auch nicht.«

»Wir könnten den Fall doch aufklären!« Brandons Gesicht leuchtete. Ich wusste, warum er so scharf drauf war, schließlich sah ich ihn zurzeit Abend für Abend in einem dicken Detektivschmöker lesen.

»Aber dann werden wir berühmt«, sagte ich ohne jede Begeisterung. Je berühmter ein Woodwalker war, desto höher das Risiko, dass etwas von seinen Geheimnissen durchsickerte. Für meinen Geschmack waren wir längst berühmt genug, vor allem nachdem wir erst vor wenigen Wochen Melody aus den Fängen von Andrew Milling befreit hatten.

Apropos Milling. »Dieses winzige Stück Papier, das roch nach fremdem Puma«, eröffnete ich Brandon leise.

Sofort kapierte er, worauf ich hinauswollte. »Nee, oder? Das glaube ich nicht! Das kann nicht sein, das macht keinen Sinn! Milling hat doch mit so einem popeligen Diebstahl nichts zu tun. Mit solchen Kleinigkeiten gibt sich jemand, dem der halbe Westen gehört, garantiert nicht ab.«

»Genau – reich ist er sowieso«, meinte ich. »Aber vielleicht hat das Ganze einen anderen Grund, den wir noch nicht kennen. Wir müssen rauskriegen, ob das auf dem Zettel Millings Handschrift ist.«

Wir brachten unsere Tabletts zurück und hasteten hoch zu unserem Zimmer. Doch ich stellte fest, dass mir Milling nur Mails oder Mitteilungen auf mein Handy geschrieben hatte, als er noch mein Mentor gewesen war. Ich besaß keine einzige handschriftliche Notiz von ihm. Mist! Keine Gelegenheit zu vergleichen.

Noch einmal versuchte ich, Lissa Clearwater auf dem Handy zu erreichen. Diesmal war wenigstens ihr Anrufbeantworter eingeschaltet. »Bitte rufen Sie mich zurück, es ist wichtig!«, sprach ich ihr drauf und hoffte, dass sie sich bald melden würde. Wegen Holly ... und weil Miss Clearwater einmal mit Andrew Milling befreundet gewesen war. Womöglich hatte sie irgendeine handschriftliche Notiz von ihm. Oder wusste wenigstens, wie seine Handschrift aussah.

Lou schrieb mal wieder etwas auf die Schiefertafel – tief versunken in ihre Arbeit stand sie da. Neugierig las ich das Ergebnis.

Menschen, die man nur halb kennt, kennt man gar nicht.

Das galt bestimmt auch für Woodwalker. Manchmal hatte ich das Gefühl, dass ich auch Lou nur halb kannte.

Und noch viel weniger kannte ich Andrew Milling, meinen schlimmsten Feind.

In dieser Nacht besuchte ich Miro und Holly, um zu sehen, wie die beiden zurechtkamen, und um Holly die tolle Geschichte von Mr Crumps Skunk-Parfümierung zu erzählen. Schwanzwedelnd begrüßte mich der Wolfswelpe, doch Holly war nirgends in Sicht. Eine kleine, kalte Angst kroch in mir hoch. *Miro! Wo ist Holly? Meine Freundin, das Hörnchen? Du hast sie nicht angegriffen, oder?* Wölfen war nicht zu trauen, wie hatte ich das vergessen können? Ich würde mir nie verzeihen können, wenn meiner besten Freundin etwas passiert war!

Ich hab sie nicht mal abgeschleckt, ganz ehrlich, versicherte Miro und wirkte ein bisschen verwirrt. *Sie ist weg. Gestern spät am Abend ist sie schon mal losgerast und kam in der Nacht wieder zurück. Vielleicht wollte sie in Ruhe mit ihrem Rudel heulen.*

Da musste ich ihn leider enttäuschen. *Rothörnchen haben kein Rudel und würden sich eher das Fell lila färben, als mit jemandem zu heulen,* erklärte ich ihm und schaute nach, ob die Tüte mit ihren Menschensachen noch da war. Alles unverändert. Also hatte sie nicht etwa Lust gehabt, in die Stadt zu gehen oder so was. Ratlos ließ ich mich in meiner Pumagestalt auf dem Boden nieder. Wo konnte Holly sein? Sie hatte doch hier alles, was sie brauchte.

Hat sie irgendwas zu dir gesagt, bevor sie losgezogen ist?, fragte ich Miro, der offensichtlich betrübt war, dass er mir nicht weiterhelfen konnte.

Der Welpe hechelte begeistert. *Ja! Hat sie! Dass sie mir jedes Schnauzenhaar einzeln ausreißt, wenn ich ihr nachlaufe!*

Ich schnurrte amüsiert. Da er noch über alle Schnauzenhaare verfügte, hatte Miro offensichtlich nichts dergleichen versucht.

Und deine Eltern? Irgendwas von denen gehört?

Mit hängendem Schwanz und traurigem Blick schaute der junge Wolf mich an. *Nein. Hoffentlich ist ihnen nichts passiert.*

Ich wandte den Kopf ab, weil ich seinen Blick kaum aushielt. Irgendwann würde ich es ihm sagen müssen. Was wirklich los war und dass sie nicht wiederkommen würden. Aber vielleicht teilte Lissa

Clearwater neuen Woodwalkern so was lieber selbst mit, sie konnte das garantiert besser als ich.

Du hast bestimmt Hunger, oder?, lenkte ich Miro ab. *Komm, wir gehen zusammen jagen, ich zeige dir, wie man ein Kaninchen erwischt.* Ich versuchte, nicht an Nimble zu denken.

Weiß ich schon! Stolz trippelte Miro mir voran.

Er schaffte es, während unserer Jagd ein halbes Dutzend Kaninchen knapp zu verfehlen. Das Einzige, was er erwischte, war ein Büschel Fell. Ich sorgte dafür, dass das Abendessen für ihn trotzdem nicht ausfiel. Als wir zurückkamen, rannte Holly einen Ast entlang und schaukelte dort zwischen den Kiefernnadeln. *Hey, da seid ihr ja, wo wart ihr denn?*, trompetete sie in meinem Kopf.

Wo warst DU, hast du gemeint, oder?, gab ich trocken zurück.

Nur ein bisschen spazieren, das ist wohl nicht verboten, oder? Rothörnchen brauchen viel Bewegung! Wohl um mir zu zeigen, wie recht sie hatte, jagte Holly in irrem Tempo den Stamm hoch und runter.

Miro jaulte. *Hör auf, mir wird schwindelig beim Zusehen!*

Ich sagte nichts. Wenn man sich von Kopf zu Kopf unterhält, dann ist es wahnsinnig schwer zu lügen. Das, was Holly von sich gab, fühlte sich so falsch an wie der Schnee im Sommer, den es in Yellowstone manchmal gab. Wieso log meine beste Freundin mich an?

Aha, ihr habt also ein Kaninchen gefressen, wie schön, ich hoffe, es hat geschmeckt, sagt das bloß nicht Nimble, der würde nie wieder mit dir reden, und habt ihr schon gehört, dass es morgen regnen soll? Holly ließ Worte auf mich herunterprasseln, bis es mir schließlich zu viel wurde und meine Ohren langsam nach hinten kippten.

Also wechselte ich das Thema und erzählte ihr von Mr Crump

und Leroy. In meinem Kopf wieherte Holly vor Lachen. *Oh, das ist genial! Danke, habt ihr gut gemacht.*

Weniger genial ist, dass wir beinahe in einen Banküberfall geraten wären, berichtete ich. Doch Holly wirkte keineswegs erschrocken, vor Begeisterung wippte sie wie wild auf einem dünnen Ast. *Oh wow, da wäre ich gerne dabei gewesen – am besten mit 'nem Schießeisen. Hab ja jetzt Übung!* Stolzgeschwellt sandte sie mir ein Kopfbild von sich mit dem geklauten Revolver bei unserer Lernexpedition zur Wildwest-Show. Aber der war damals gar nicht geladen gewesen. Dieses Hörnchen hatte heute eindeutig Holzwolle im Kopf!

Wo warst du eigentlich und weswegen hast du Miro allein gelassen?, fragte ich, aber Holly tat, als hätte sie es nicht gehört, und redete einfach weiter über irgendwas.

Jaja, schon klar, ich gehe dann mal wieder, sagte ich irgendwann genervt und wandte mich um. *Braucht ihr irgendwas?*

Ja, einen neuen Vormund!, schrie Holly mir hinterher. *Aber ein oder zwei oder auch drei Gläser Nusscreme wären auch nicht schlecht!*

Mal schauen, was sich machen lässt, gab ich zurück und sah zu, dass ich wegkam.

Als ich niedergeschlagen zurückkam, sah ich im Wäldchen neben der Schule etwas, das auf den ersten Blick wie ein weißer Klumpen wirkte. Doch dann sah ich aus dem Klumpen zwei spitze Ohren herauslugen und begriff, dass sich Tikaani dort zusammengerollt hatte. Als sie mich sah, stand sie langsam auf und streckte sich, ihr Atem schwebte als Wolke vor ihrem Gesicht. Als Wölfin hatte sie mitternachtsblaue Augen und das Mondlicht verlieh ihnen einen geheimnisvollen Schimmer. *Hey, Carag,* begrüßte sie mich beiläufig.

Irgendwas los?, fragte ich sie erstaunt. *Du schläfst doch sonst nicht draußen.*

Alles bestens – wie geht's dem Wölfchen?, gab sie zurück.

Halbwegs munter und ziemlich traurig, meinte ich und legte mich einen Moment in meiner Pumagestalt neben sie. Schon seltsam, dass ich mich so wohlfühlte mit ihr. Aber so war es. *Um das zu fragen, hast du auf mich gewartet?*

Nee, brummte Tikaani. *Wollte nur schauen, ob du heil zurückkommst. Irgendwo da draußen ist womöglich unser gemeinsamer Feind, Pumajunge. Und wer weiß, vielleicht brauchtest du ja Hilfe ...*

Ich schlug mit einer Pranke nach ihr, natürlich mit eingezogenen Krallen. *Glaubst du nicht, dass ich auf mich selbst aufpassen kann?*

Mit einem gespielten Knurren schnappte sie nach meiner Schulter. *Pah! Raubkatzen können doch nicht mal gescheit 'ner Fährte folgen!*

Einen Moment lang rauften wir lautlos im Mondlicht und keiner von uns schaffte es, gegen den anderen zu gewinnen. Schließlich zogen wir uns jeder ein paar Schritte zurück und zeigten uns mit vergnügt funkelnden Augen übertrieben die Zähne. Der kleine Kampf hatte mir gutgetan, mein Ärger über Holly war weg und ich fühlte, wie ich langsam zur Ruhe kam. Irgendwie berührte es mich, dass Tikaani sich Sorgen um mich gemacht hatte – und natürlich hatte sie recht. Gegen Milling kam man nicht alleine an. Nur zusammen hatten wir es auf der verschneiten Bergflanke geschafft. Wir waren beide Kämpfer … vielleicht verstand sie mich deshalb so gut.

So, jetzt kannst du noch ein bisschen den Mond anheulen, verabschiedete ich mich von ihr und arbeitete mich in großen Sprüngen die kreuz und quer aufragenden Granitblöcke der Schulfassade hoch.

Darauf kannst du wetten, gab sie zurück und hob schon die Schnauze, um ihren Gesang anzustimmen.

Brandon hatte wie üblich das Fenster offen gelassen, damit ich ins Zimmer konnte, wenn ich in zweiter Gestalt von einem Ausflug zurückkam. Ich stupste mit der Schnauze gegen das große runde Fenster und es schwang vor mir auf.

»Bäh, ganz schön kalt, mach das wieder zu!«, murmelte Brandon und zog sich die Decke bis zur Nase.

Und du willst ein Woodwalker sein? Du musst dringend auch mal draußen übernachten, teilte ich ihm mit, sprang lautlos ins Zimmer und hauchte Brandon meinen warmen Puma-Atem ins Gesicht.

»Iiiih, das stinkt, was hast du gefressen?«

»Kaninchen. Und ja, ich weiß, das wird Nimble nicht gut finden. Sag ihm einfach nichts, ja?« Schon hatte ich mich zurückverwandelt, schloss das Fenster und suchte in meinem Schrank nach einem frischen Schlafanzug. Fehlanzeige. Zum Glück lag unter meinem Schreibtisch noch ein T-Shirt, das halbwegs frisch aussah. Ich zog es mit den Zehen zu mir und roch daran. Ging noch mal.

»Wie geht's Holly?«, murmelte Brandon schläfrig und drehte sich zur Wand.

Ich zögerte. »Sie war zweimal abends oder nachts weg, hat Miro bedroht und mich angelogen. Außerdem war sie komplett überdreht. Also nicht so gut.«

»Sie hat gelogen?« In das Deckenbündel kam Bewegung. Momente später setzte sich Brandon halb im Bett auf. »Warum das?«

»Kann ich Gedanken lesen oder was?«, brummte ich.

»Klar kannst du das.«

»Aber nicht, wenn jemand mich abblockt. Da kam nichts durch.«

Schweigend dachte Brandon darüber nach. »Vielleicht hat sie was angestellt.«

»Oh, echt?« Ich verdrehte die Augen. »Nicht sonderlich weit weg ist ein kleiner Campingplatz. *Curtis Canyon.* Vielleicht geht sie da klauen.«

Brandon musste lachen. »Dann hoffe ich für sie, dass von den Touristen keiner einen Kescher dabeihat. Sonst landet sie wieder im Tierheim.«

»Ach, diesmal wissen die wenigstens, wen sie anrufen müssen.« Ich musste gähnen, mein Menschenkörper brauchte dringend Schlaf. Rasch kuschelte ich mich unter meine Decke, denn ohne Fell wurde mir schnell kalt. In meiner ersten Zeit bei den Ralstons hatte ich auf dem Boden geschlafen, weil das Bett mir viel zu weich vorgekommen war, aber inzwischen wusste ich das Ding zu schätzen. »Kommst du morgen mit zu Holly und Miro? Vielleicht fällt dir irgendwas auf, was ich übersehen habe. Allerdings kann ich erst spät weg, weil die Ralstons mich zum Skifahren zwingen wollen.«

»Dann brech dir mal kein Pfötchen«, riet mir Brandon. »Ich

hol dich um Mitternacht ab. Wie wäre es auf dem Weg zu Holly mit einem Abstecher zu dieser Bank? Dort könnten wir Indizien suchen.«

»Was beim großen Gipfel sind Indizimen?«

»Indizien. Spuren, Hinweise und so was. So wie dieser Zettel mit dem halben Wort neulich, aus dem wir noch nicht schlau werden.«

»Wieso sagst du dann nicht gleich ›Hinweise‹?«, brummte ich.

Verschlafen murmelte Brandon irgendetwas nicht sehr Nettes über Pumas, die sich selbst die wichtigsten Fremdwörter nicht merken konnten. Aber sehr ärgerlich war er anscheinend nicht. Kurz darauf schnarchte er schon wieder.

Schneekatze

Als ich am Samstagmorgen mit gepacktem Rucksack zum Eingang der Clearwater High ging, um auf Theo zu warten, schrak ich zusammen. Auch Lou stand dort und wartete. Fuhr sie etwa mit? Ich sah ihre schmale, biegsame Gestalt mit den langen dunklen Haaren nur von hinten und trotzdem machte mein Puls ganz komische Sachen.

Natürlich hatte sie mich schon gehört, sie hatte genauso gute Ohren wie ich. Sie drehte sich um und lächelte mich an. »Na, großer Trip zu deiner richtigen Familie?«

»Nein, wieder zu den Ralstons«, murmelte ich und etwas riss und zerrte an meinem Herzen wie ein hungriges Wiesel. »Das andere habe ich verschoben. Wegen Holly.«

»Oh. Das tut mir leid!«, sagte Lou und es klang ehrlich bedauernd.

»Und du? Zur Verwandtschaft in Victor?« Ich wusste schon, dass ihre Familie ein paar Meilen weiter in einem kleinen Ort lebte. »Freust du dich?«

»Geht so.« Lou schaffte ein halbes Lächeln. »Meine Großtante hat Geburtstag – meine Eltern und vier Geschwister werden da sein und dazu fünf Tanten, drei Onkel, dreizehn Cousins und Cousinen und dann natürlich noch meine Großeltern. Alles Wapiti-Wandler. Wahrscheinlich müssen viele von ihnen draußen übernachten, sonst macht es einfach *Peng!* und das Haus platzt.«

Das mit dem platzenden Haus war eine so krasse Vorstellung, dass mir überhaupt keine Antwort einfiel und ich Lou nur auf peinliche Art anglotzte. So viel Verwandtschaft konnte ich mir kaum vorstellen – ich hatte außer meinen Eltern und meiner Schwester *gar keine.* Jedenfalls keine, die ich kannte.

Schon fuhr Theo mit dem Kombi vor und winkte uns, wir sollten einsteigen. Es war ein tolles Gefühl, neben Lou auf der Rückbank zu sitzen. Krampfhaft überlegte ich mir, worüber wir reden konnten. Über Holly? Ging nicht, Theo durfte nichts davon mitbekommen. Über den Bankraub? Hatten wir gestern schon ausführlich durchgekaut. Über ...

»Haben dir die Wölfe eigentlich schon die fünfzehn Dollar für die Würstchen gegeben?«, fragte Lou. Natürlich hatte sie davon gehört, wie so ungefähr jeder an der Schule.

Zweiter wunder Punkt. Ich verzog den Mund. »Nein. Und ich glaube auch nicht daran, dass sie das noch tun.«

»Weißt du, was Jeffrey und die anderen heute Nachmittag gemacht haben?«, fragte Lou bitter. »Meine Herde hat mir ein Paket mit leckeren Sachen geschickt und die Wölfe haben nicht wie üblich die Hälfte beschlagnahmt, sondern *alles.* Und ich hatte mich schon darauf gefreut. Das Blödeste ist, sie haben das einfach so gemacht, nicht weil sie die Sachen für sich haben wollten. Jedenfalls ist mir neu, dass Wölfe Klee-Kekse, kandierten Salat und Heublumen-Tee mögen.«

Heiß schoss die Wut durch meine Adern. Das hatte Jeffrey unter Garantie wegen mir getan! Anscheinend hatte er gemerkt, dass ich Lou mochte – vielleicht hatte er deswegen beschlossen, sie zu quälen. Seit der Sache mit Tikaani versuchte er mit noch mehr Energie als zuvor, mir und meinen Freunden zu schaden. »Hat er gesagt, warum?«

Lou lachte auf, es klang nicht echt. »Sie meinten, das Zeug wäre sowieso schlecht für meine Figur.«

»Deine Figur? Du hast die schönste Figur von allen Leuten in der ganzen Schule!«, rutschte es mir heraus. Gleich darauf merkte ich, wie mein Gesicht heiß wurde. Himmel, ich hatte ihr gesagt, dass sie mir gefiel! Was, wenn sie jetzt lachte oder so was?

Ein Hauch von Rot überzog Lous Wangen und verlegen blickte sie aus dem Fenster. »Aber meine Nase ist zu lang«, sagte sie.

»Deine Nase ist genau richtig«, gab ich heftig zurück – und beschloss, dieses Paket zurückzuholen, und zwar mit Inhalt. Lou hatte mir geholfen, meine Familie zu finden ... ich war ihr noch was schuldig. Und wie würde sie mich wohl anschauen, wenn ich sie mit dem Paket auf dem Arm überraschte? Allein dieser Blick war ein Duell wert.

»Immerhin, ich hab Jeffrey gesagt, was ich von ihm halte und dass er aus dem Maul stinkt«, sagte Lou entschieden. »Das hat Spaß gemacht.«

Gute Idee. Ich würde ihm auch mehr in dieser Richtung sagen – nach meinem Erfolg als edler Retter von Lous Paket. Ich schwelgte in seligen Tagträumen, bis wir viel zu schnell in Jackson angekommen waren.

»Viel Spaß und viel Glück«, sagte Theo, als er mich bei den Ralstons absetzte. »Und Hals- und Beinbruch für deine Ski-Expedition.«

»Wie bitte?« Ich starrte ihn an. »Du willst, dass ich mir den Hals *und* die Beine breche?«

Lou prustete los und auch Theo verzog die Mundwinkel. »Nein, nicht wirklich, aber das sagt man so bei den Menschen.«

»Ach so«, meinte ich und revanchierte mich mit einem elchischen Gruß, den wir gerade bei Mr Goodfellow gelernt hatten. Doch anscheinend hatte ich wieder mal die Aussprache verpatzt, denn Theo sah mich skeptisch an. »Ich soll dir auf die Hufe spucken? Aber du hast gar keine.«

Am besten, ich ließ diesen Fremdsprachen-Mist in Zukunft. »Vergiss es einfach«, meinte ich, wünschte ihm und Lou ganz schlicht ein schönes Wochenende, stieg aus und warf mir den Rucksack über die Schulter.

Meine Pflegefamilie hatte ein Häuschen in einer ruhigen Seitenstraße von Jackson, in die sich wenige Touristen verirrten. Bingo, ihr schwarzer Labrador, war gerade im Vorgarten und bellte mich an, als er mich sah. Er hatte sich nie damit abfinden können, dass jemand, der eigentlich eine große Raubkatze war, bei der Familie lebte. »Verzieh dich!«, sagte ich zu ihm und fügte ein leises Fauchen hinzu. Bingo klemmte den Schwanz ein und folgte meiner Aufforderung.

Meine kleine Stiefschwester Melody spielte gerade im Garten mit ihrer besten Freundin Tilda, beide in dicken knallbunten Schneeanzügen. Lächelnd schaute ich ihnen einen Moment lang zu – doch dann wurde mir klar, was die beiden spielten, und mich durchlief ein eiskaltes Kribbeln. Gerade rief Melody: »Jetzt springe ich dich an wie der andere Puma – aber du musst dich wehren!« Die beiden wälzten sich auf dem Boden herum und taten so, als würden sie sich dabei Prankenschläge verpassen. Melody packte Tilda mit einer Hand am Nacken und Tilda quiekte erschrocken auf. »So hat der andere Puma das gemacht, nur mit den Zähnen!«, rief Melody. »Roll dich weg, du musst dich wegrollen ... der Bison, der den Puma mit den Hörnern piekt, kommt erst später ...«

Eulendreck, die spielten den Kampf zwischen mir und Andrew Milling nach, bei dem ich sie befreit hatte!

Als Melody mich bemerkte, hielten sie und Tilda inne. Schuldbewusst blickte meine Stiefschwester mich an. »Hi, Jay«, sagte sie und hüpfte auf mich zu.

Wir drückten uns kurz. »Weißt du noch, was du versprochen hast?«, flüsterte ich ihr ins Ohr. »Hast du nicht gesagt, du würdest niemandem etwas verraten darüber, was du gesehen hast?«

»Ach, öh, wir haben doch nur gespielt«, versicherte Melody schnell.

Als wir uns auf dem verschneiten Berg begegnet waren – ein Mädchen und ein Puma – hatte sie mir in die Augen gesehen ... und irgendwie hatte sie mich in meiner zweiten Gestalt erkannt. Ich hatte mich entschieden, ihr mein Geheimnis anzuvertrauen. Hatte ich damit einen großen Fehler gemacht? Was war, wenn sie sich verplapperte? Vielleicht war sie noch zu jung, um etwas für sich behalten zu können!

Im Haus war die Skiausrüstung schon im Wohnzimmer gestapelt. Jede Menge längliche bunte Bretter, Metallstöcke, klobige Schuhe, Helme, Schutzbrillen. Unfassbar. Wieso brauchen die Menschen so viel Zeug, um Spaß zu haben?

»So, alles bereit? Wir wollen los!« Anna war bester Laune.

»Ach, ich glaube, ich bleibe lieber da«,

verkündete ich beiläufig. »Bei so vielen Einbrechern in der Gegend sollte jemand auf das Haus aufpassen, sonst kann es doch sein, dass …«

»Kommt gar nicht infrage, Jay. Jeder in dieser Gegend kann Ski fahren und du wirst heute mitkommen und es zumindest mal ausprobieren.« Ein stahlharter Blick traf mich – auch Anna konnte streng sein. Ich gab meinen Widerstand auf.

Melody sah die Sache offensichtlich ganz anders. Strahlend probierte sie ihren Helm auf und fuchtelte mit den Skistöcken herum. »Wann können wir endlich los? Wenn ihr zu lange wartet, ist kein Schnee mehr da!«

»Doch, ich bin mir ziemlich sicher, dass oben auf den Bergen noch Schnee ist.« Anna ließ sich nicht aus der Ruhe bringen.

Die Talstation des *Snow King Resorts* war so nah, dass wir zu Fuß hingehen konnten. Marlon meckerte zwar über die Piste, die ihm zu leicht war, aber niemand hörte wirklich hin. Donald nicht, weil er sich schon mit Melody von einem Lift nach oben ziehen ließ, und Anna nicht, weil sie gerade dabei war, mir mit den Skiern zu helfen. Bevor ich es mich versah, hatte ich zwei längliche Dinger an den Füßen und wurde sie nicht mehr los, ich klebte daran fest! Und gerade rutschten sie unter mir weg!

»Jay, warte, noch nicht losfahren!«, rief Anna besorgt, aber was sollte ich machen, das erledigten diese blöden Bretter ganz ohne mich! Sie glitten los, aber nicht sehr weit, weil ich auf den Hintern fiel. Ich und die Bretter schlitterten zusammen noch ein Stück weiter, bevor wir im Schnee stecken blieben.

»Das ist furchtbar«, beschwerte ich mich, als Anna mich holen kam.

»So wie du es gemacht hast, schon.« Anna stemmte die Arme

in die Hüften. »Noch mal alles von vorne. Du stellst dich *so* hin und stößt dich dann *so* ab, okay? Und versuch, die Bretter ganz nah beieinanderzuhalten!«

Alles klar. Ich fuhr los. Oder versuchte es jedenfalls. Leider fuhren meine Skier in verschiedene Richtungen davon und ich kippte nach vorne um.

»Jay? Alles in Ordnung?«

»Mmph«, sagte ich, weil ich den Mund voll Schnee hatte.

»Aaaachtung! Aus dem Weg!« Marlon bretterte mit seinem grün-schwarz lackierten Snowboard an mir vorbei, sodass ein Schauer von Eisteilchen über mich spritzte. Oh, danke, Marlon! Er schaffte einen kurzen schadenfrohen Blick, bevor er weiterdüste.

Doch das Seltsame war – als ich mich erst mal an die Skier gewöhnt hatte, klappte das Fahren darauf besser als gedacht. »Du hast eine unglaubliche Balance«, staunte Anna. Und auch die anderen Fahrer – inklusive Marlon – glotzten. Ich war nämlich gerade dabei, auf einem Bein zu fahren, und streckte das zweite in die Luft. Gar kein Problem.

»Klar, er ist ja auch eine ...«, verkündete Melody, erschrak und schloss den Mund abrupt wieder.

»Eine was?« Donald blickte sie verwirrt an. »Du wolltest bestimmt sagen, ein Waldjunge, oder?«

»Ja, genau, das wollte ich sagen«, versicherte meine Stiefschwester etwas zu schnell.

Eine Katze, hatte sie wahrscheinlich sagen wollen. Leider.

Die Lust auf Mätzchen war mir vergangen und ich fuhr ein paarmal ganz brav und normal mit Anna den Hang hinab. Inzwischen hatte sie mir zum Glück beigebracht, wie man mit diesen Brettern bremsen konnte.

Melody suchte meinen Blick, als wir zusammen die Karte des

Skigebiets studierten. »Schaut mal, der eine Lift heißt *Cougar Triple Chairlift!«* Cougar war das hier übliche Wort für Puma.

»Ja, und?« Die anderen sahen so aus, als würden sie den Witz nicht kapieren. Konnten sie zum Glück auch gar nicht.

»Kannst du nicht einfach vergessen, was ich bin?«, flüsterte ich Melody zu, als wir kurz alleine auf dem Hang standen. »Das würde es leichter machen.«

»Wie könnte ich das vergessen, es ist doch so *toll!«* Melody lächelte mich begeistert an. »Wie gefällt dir das Puma-Poster in meinem Zimmer?«

»Es ist echt schön«, sagte ich und seufzte innerlich.

Am Abend hingen wir vor dem Fernseher herum. Debbie, Marlons Freundin, die mich wegen ihrer eingerollten Haare an ein Dickhornschaf erinnerte, war zu Besuch. Im Gegensatz zu Marlon mochte sie mich. »Eure Kräuter haben prima gegen meinen Husten geholfen, Jay!«, schwärmte sie. »Tolle Idee!«

»Das freut mich.« Ich lächelte ihr nur flüchtig zu, denn in den Lokalnachrichten ging es gerade um den Bankraub. *»Nach wie vor steht die Polizei vor einem Rätsel – es gibt weder DNA-Spuren des Diebes noch einen Hinweis darauf, wo die Beute sein könnte«,* berichtete die Nachrichtensprecherin. *»Polizeichef Clarkson äußerte heute: ›Möglicherweise hatte der Täter einen Schlüssel, anders ist nicht zu erklären, dass der Raum nach der Tat von außen abgeschlossen war.‹ Derzeit werden die Mitarbeiter der Bank verhört, sie alle haben sofort einem Lügendetektortest zugestimmt.«*

Das klang, als hätten sie ein reines Gewissen. Und als sei der Täter jemand ganz anders. Plötzlich kam mir der Gedanke, dass vielleicht ein Woodwalker in die Sache verwickelt war. Nell war ja auch ungesehen in die Bank hinein- und wieder hinausgekommen!

»Komische Sache«, sagte Marlon. »Hey, ich geh noch mit Debbie in mein Zimmer, okay, Dad?«

»Lass die Tür offen und um elf ist das Licht aus«, brummte Donald.

»Um elf? Hey, verdammt, ich bin kein Kind mehr, und ...«

»Elf Uhr. Du weißt, dass ich dir in deinem eigenen Interesse Grenzen setzen muss, Marlon.« Donald begutachtete seine Whisky-Sammlung, um sich ein Schlückchen für den Abend auszuwählen. Ich verstand wirklich nicht, was er an dem Zeug fand. Es roch fast genauso wie die Flüssigkeit, die Anna zum Fensterreinigen benutzte.

Wütend zog Marlon mit Debbie ab und Donald schickte Melody zum Zähneputzen ins Bad.

»Ich bin auch oben«, sagte ich, obwohl mich gerade niemand beachtete. »Bin echt müde – wenn meine Tür zu ist, weckt mich nicht, okay?

»Aber klar doch, Schatz«, rief Anna zurück.

Schatz. So hatte mich noch nie jemand genannt, noch nicht einmal sie. Ein Zittern lief durch meinen Körper. Das musste ein ganz wichtiger Kosename sein, denn inzwischen wusste ich, wie viel Geld, Gold und Juwelen den Menschen bedeuteten. Ich, ein Woodwalker, war einem Menschen wertvoll!

Schweigend – ich bekam jetzt kein Wort raus – ging ich noch einmal die Treppe hinunter und gab Anna einen Kuss auf die Wange.

Einen Moment lang sog ich einfach nur ihre Witterung ein, einen Duft nach Vanille und frisch gebackenem Brot. Lächelnd blickte sie mich an. »Gute Nacht, Jay. Schlaf gut. Tut mir leid, dass ich den Fall deiner Freundin Holly nicht übernehmen kann, aber ich rede mal mit Crump, damit er vielleicht ein bisschen milder mit ihr umgeht, ja?«

»Das wäre toll«, sagte ich und fügte hinzu, wie ich es gelernt hatte: »Schlaf du auch gut.«

Es tat mir so leid, dass ich sie belügen musste, immer und immer wieder.

Tür zu. Licht aus. Und um Mitternacht raus aus dem Fenster. Diesmal hatte ich vor, mich im Sprung zu verwandeln, für irgendwas musste dieser nervige Verwandlungsunterricht ja gut sein. Ich setzte mich als Junge aufs Fensterbrett, schwang die Beine nach draußen, ließ mich aus dem zweiten Stock fallen ... und bekam plötzlich Bedenken. Ups, wenn ich das hier verpatzte und bis zum Boden ein Mensch blieb, brach ich mir garantiert ein Bein! *Timbuktu,* flüsterte ich rasch ... und spürte, wie mein Körper sich streckte, meine Hände und Füße zu Pranken wurden. Glück gehabt. Federnd kam ich im nächtlich dunklen Garten auf und reckte der Nacht meine Tasthaare entgegen.

Brandon wartete schon auf mich. Er trug seine üblichen Klamotten, khakifarbene Hosen mit vielen Taschen und einen schwarzen Pullover, darüber eine schwarz-silbrige Winterjacke. Er betrachtete mich skeptisch, als ich meinen pelzigen Kopf schnurrend an seinen Beinen rieb. *Du ziehst dir aber schon noch was an, oder? Also, so gehe ich mit dir nicht in die Stadt!*

Nein, nein, keine Sorge, ich hab keine Lust, im Zoo zu landen. Hinter einer Garage verwandelte ich mich wieder und zog mich an, damit ich mich frei in Jackson bewegen konnte.

Brandon und ich, wir hatten eine Aufgabe zu erledigen.

Vielleicht gab es am Tatort Hinweise, die nur wir finden konnten.

Spurensuche

Bei Nacht war in Jackson nicht viel los. Die Ski-Touristen hatten sich erschöpft in ihre Hotels zurückgezogen und die meisten Restaurants waren schon zu. Nur die *Million Dollar Cowboy Bar* hatte noch offen, wie ihre fette Leuchtreklame verkündete.

Wir gingen durch einen der aus Hirschgeweihen erbauten Bögen auf dem Town Square, schlenderten über die leeren Bürgersteige, die von Straßenlaternen erhellt wurden, und versuchten, dabei ganz normal zu wirken. Wie Menschen eben.

Leider war es nicht normal, dass Jungs sich vor einer geschlossenen Bankfiliale auf den Bürgersteig knieten. Okay, es war nur ein Junge, nämlich ich.

»Carag, was machst du da?«, fragte Brandon verlegen.

»Na ja, Spuren suchen eben«, meinte ich und musterte den Bürgersteig. »Der Täter muss ja irgendwie rein- und wieder rausgekommen sein aus der Bank.«

»Ja, ähm, aber in der Zwischenzeit sind hier ungefähr drei Millionen andere Menschen vorbeigekommen – oder auch drei Milliarden«, belehrte mich Brandon und begann seine eigenen Untersuchungen. Die auch nicht wirklich normal wirkten, jedenfalls hatte ich noch nie jemanden an einem Geldautomaten schnüffeln sehen.

»Kannst aufhören, am Geldautomaten hat er sich *nicht* bedient, sondern an den verdammten *Schließfächern«,* sagte ich ihm. »Ich glaube, es war eine ziemlich dämliche Idee, nachts herzukommen. Tagsüber hätten wir in den Schalterraum gekonnt und wären näher dran gewesen an dem Ort, wo's passiert ist.«

»Stimmt.« Brandon wirkte ein bisschen geknickt. »Mir scheint, wir sind die schlechtesten Detektive der Welt. Aber es ist ja auch unser erster Fall.«

Noch war ich nicht bereit aufzugeben. Ich warf einen gründlichen Blick in die Runde – und bemerkte etwas. »Da ist ein Haar«, verkündete ich triumphierend und hob hoch, was ich erspäht hatte. Ein etwa fingerlanges braunes Haar, das in den Scharnieren der Tür eingeklemmt gewesen war. Ein Mensch hätte es nie im Leben bemerkt.

»Ja und, das hat eben irgendjemand verloren«, sagte Brandon.

»Übrigens, das ist kein Menschenhaar.«

»Oh.« Brandon schaute schon deutlich interessierter. »Welches Tier? Ist eine Witterung dran?«

Ich betrachtete das dicke braune Haar aus der Nähe. »Könnte Wapiti sein. Oder Elch. Oder irgendeine Art von Bär. Aber ich glaube, die kommen nicht allzu oft hier in der Stadt vorbei.«

»Was soll das denn heißen? Dass ein Bär die Bank ausgeraubt hat?« Brandon gluckste.

»Ich dachte, wir suchen Indizien – ist das eins oder nicht?«, gab ich ein bisschen beleidigt zurück. »Wir haben ja nicht gerade tonnenweise davon, also sei nett zu diesem hier!«

»Na gut. Wo du recht hast, hast du recht. Aber ehrlich gesagt glaube ich, das ist von einem Hund, der hier Gassi geführt wurde.« Aus den vielen Taschen seiner Hose zauberte Brandon einen weißen Briefumschlag und eine Pinzette heraus. Er nahm mir das Haar vorsichtig ab, betrachtete es und ließ es in den Umschlag fallen.

Wir suchten weiter, fanden aber keine Indizien mehr, außer man rechnete einen Zigarettenstummel und einen Kronkorken dazu. Gerade wandten wir uns zum Gehen und schlenderten an der Filiale vorbei, da stutzte Brandon. »Moment mal!«, sagte er plötzlich. »Riechst du das?«

Ich sog die Luft ein – und erkannte den Geruch sofort. Das war die altvertraute Witterung von Holly in ihrer Rothörnchengestalt! Verwirrt blickte ich mich um, aber natürlich war Holly nirgendwo in Sicht. »Das ist ja 'n Ding«, sagte ich und dann blickten Brandon und ich uns betroffen an. Weil wir beide gleichzeitig einen Gedanken gehabt hatten, der uns überhaupt nicht gefiel.

»Sie war also nachts weg, sagst du?«, meinte Brandon. »Und sie hat dich angelogen?«

Widerstrebend nickte ich. »Das hat mich besonders deswegen gewundert, weil sie sonst nicht verheimlicht, dass sie gerne klaut. Vor mir schon gar nicht.«

»Das heißt ... wenn sie was angestellt hat, muss es etwas richtig Schlimmes sein. Etwas, das sogar ihre Freunde schockieren würde.«

So was wie ein Bankraub zum Beispiel.

»Warum sollte sie so was machen?«, fragte ich verzweifelt – nicht nur Brandon, sondern alle Welt, die Berggipfel um uns herum, die Wolken am Himmel. »Was sollte denn eine Woodwalkerin mit Geld und Juwelen anfangen?«

»Weißt du nicht mehr?«, ächzte Brandon. »Ich hab ihr das selbst gesagt, ich Depp! *Du brauchst Geld, wenn du fliehen willst.* Oder so in der Art. O Mann.«

»Aber einen Bankraub ... nein«, protestierte ich entsetzt. »Außerdem habe ich ihr hundert Dollar gegeben, von denen sie wahrscheinlich noch nichts ausgegeben hat. Es kann doch sein, dass sie ganz zufällig hier entlanggekommen ist.«

»Hoffentlich«, sagte Brandon dumpf. »Ich weiß ja nicht, was sie vorhat. Auswandern nach Kanada? So was kann teuer werden.«

»Wir haben noch Spuren eines braunhaarigen Tieres und einen Zettel mit Puma-Witterung daran«, erinnerte ich ihn daran. »Bevor wir nicht geklärt haben, was es damit auf sich hat, glaube ich nicht, dass Holly irgendwie in dieser Sache mit drinsteckt!«

Angespannt machten wir uns auf den Weg zu Holly und Miro. Meine beste Freundin freute sich über den Besuch, doch Miro wirkte bedrückt. Ich fing ihm eine Taschenratte, aber er nagte nur abwesend daran herum. Allmählich machte ich mir ernsthaft Gedanken, was aus ihm werden sollte, und Brandon schaffte es sogar in seiner Bisongestalt, besorgt auszusehen.

War Holly diese Nacht auch schon weg?, flüsterte ich Miro zu, als Holly gerade mit einer Runde Sport zwischen Brandons Hörnern beschäftigt war.

Der Welpe schnaufte kurz. *Ja, ziemlich lange sogar, wieso? Sie hat gesagt, sie geht noch ein bisschen ihr Revier markieren.*

Revier markieren! Holly markierte ebenso oft ihr Revier, wie ich Fahrräder zum Frühstück fraß. *Ach, nur so,* antwortete ich. Es gab in der Gegend von Jackson Hole noch ein paar andere Banken. Was war, wenn wir morgen von einem weiteren Raub erfuhren?

Wieso hatte meine Pflegefamilie mir diesmal Skier gegeben, die doppelt so lang waren wie ich selbst? Und wieso zwangen sie mich, damit rückwärtszufahren? »Trau dich, deinen Traum zu leben, Jay – du wirst sehen, du bist stärker, als du denkst«, erklärte mir Donald und schubste mich eine verschneite Bergflanke hinunter, die *senkrecht* ins Tal abfiel. »Aaaaah!«, brüllte ich in Todesangst. Sogar meine Skier schienen Donalds Methoden nicht gut zu finden, ihre eingebaute Warnglocke schrillte ... *krrriii ... krriii ...*

Ich schoss hoch und stellte erleichtert fest, dass ich in meinem Bett bei den Ralstons lag und mein Smartphone auf dem Nachttisch verrücktspielte. Klingelnd und vibrierend bewegte es sich voran, und weil es am Rand lag, würde es gleich über die Kante kippen und auf den Boden knallen.

Gedankenschnell schoss meine Hand vor und fing es auf. »Ja, hallo?«, murmelte ich noch ein bisschen verschlafen.

»Guten Morgen, Carag«, sagte eine vertraute Stimme – die ruhige Stimme von Lissa Clearwater. »Tut mir leid, dass ich nicht früher zurückrufen konnte. Was gibt's denn?«

Miss Clearwater! Endlich! Ich wühlte mich aus den Decken, setzte mich auf und schwang die Füße auf den Boden. »Gut, dass Sie sich melden! Holly hat furchtbaren Ärger, weil sie einen neuen Vormund bekommen hat, und der sagt, sie muss ...« Es dauerte eine Weile, bis ich ihr berichtet hatte, was Sache war.

»Ah, und sie ist geflohen, sagst du?« Meine Schulleiterin klang nachdenklich. »Weißt du *ganz zufällig,* wohin sie verschwunden ist?«

Einerseits hatte ich Holly versprochen, es niemandem zu verraten, und nicht mal mit Mr Bridger darüber gesprochen, mit dem ich sonst alles besprach. Andererseits war es sinnlos, Miss Clearwater anzuschwindeln. Was sie wissen wollte, bekam sie auch so heraus. »Ja, das weiß ich zufällig«, sagte ich und sandte eine stille Entschuldigung an Holly. »Die beiden sind im Wald auf halbem Weg zum South Twin Creek. Können Sie Holly helfen?«

»Das tue ich natürlich, so gut ich kann. Aber Moment mal – welche *beiden?* Jetzt sag mir bitte nicht, dass dort noch mehr Schüler kampieren!«

»Nein, nein, aber es ist ein junger Wolf dabei«, berichtete ich und erzählte ihr alles über Miro, was ich zum Glück sowieso vorgehabt hatte. »Darf ich ihn zur Clearwater High bringen?«

»Natürlich. Mach das am besten so schnell wie möglich. In der Gegend gibt's einige Bären und du weißt, was die mit einem Jungtier machen, das sie alleine finden.«

Das wusste ich natürlich. Genau das Gleiche, was die meisten wilden Pumas mit ihm gemacht hätten.

»Aber erst, sobald es dunkel ist – ich will nicht, dass jemand euch sieht«, schärfte Lissa Clearwater uns ein. »Hat er schon mal ein Auto gesehen? Nein? Dann geht besser in zweiter Gestalt quer durchs Gelände. Es wird schwer genug sein, ihn in ein Gebäude hineinzubekommen. Ich bitte Sherri Rivergirl, Miro das Zimmer 10 herzurichten. Hol Isidore Ellwood, wenn du Hilfe brauchst, ja? Bill Brighteye kommt leider erst ganz früh morgens zurück.«

Das war Pech, denn unser junger Kampflehrer war selbst ein Wolf und außerdem Alpha, also höchster Chef, des kleinen Rudels an der Clearwater High. Stillschweigend beschloss ich, entweder keine Hilfe zu brauchen oder James Bridger darum zu bitten.

Aber Zimmer 10 klang gut, das war nicht weit von meinem entfernt, Brandon und ich hatten die Nummer 7. Weit weniger gefiel mir, dass Jeffrey und Cliff direkt neben Miro wohnen würden, sie hatten die 11. Aber vielleicht hielt Lissa Clearwater das für besser, damit Miro wölfische Gesellschaft hatte?

Es war erst sieben Uhr und noch dunkel. Meine Pflegefamilie schlief an Sonntagen mindestens bis neun, deshalb beschloss ich, Anna zu überraschen und schon mal den Tisch zu decken. Doch das klappte nicht ganz, vor allem deshalb, weil ich es nicht für nötig gehalten hatte, das Licht anzuknipsen. Als Anna in Pantoffeln und mit wirren Haaren die Treppe hinunterkam, gellte mir plötzlich ihr Schrei in den Ohren. Vor Schreck rutschte mir ein Teller aus der Hand und klirrte zu Boden. Es dauerte einen Moment, bis wir uns beide entspannt hatten. »Ach du bist es, Jay«, meinte Anna. »Um Himmels willen, du hast mich fast zu Tode erschreckt!«

»Das tut mir leid«, sagte ich entsetzt und hob den Teller auf. Anna tot, wegen mir ... das mochte ich mir nicht mal vorstellen. Wieso beherrschten eigentlich Wesen, die beim ersten Schrecken umfielen, die Erde?

»Ist ja lieb, dass du den Tisch deckst, aber wieso machst du das im Dunkeln? Ich dachte, du wärst dieser Einbrecher, der zurzeit in unserer Gegend sein Unwesen treibt.« Sie zog ihren dunkelroten Morgenmantel enger um sich. Ich fand ihn richtig hübsch und hatte ihr mal gesagt, dass er genau die Farbe von Hirschblut hatte, aber das hatte ihr aus irgendeinem Grund nicht gefallen.

Tief durchatmend nahm Anna die Fernbedienung und schaltete den Fernseher an. Noch so etwas, was ich an den Menschen nicht so recht verstand. Bei allen Familien, die ich bisher kennengelernt hatte, lief fast den ganzen Tag über der Fernseher, auch wenn niemand hinschaute.

Aber diesmal schauten wir hin. Beide. Denn es liefen die Morgennachrichten und die Frau, die sie vorlas, berichtete gerade: *»Wieder ein mysteriöser Diebstahl in Jackson Hole. In einem Haus in Teton Village wurde eingebrochen und Gegenstände im Wert von etwa fünftausend Dollar entwendet – und das, obwohl weder Haustür noch Fenster aufgebrochen wurden.«* Das Gesicht eines Mannes erschien auf dem Bildschirm, laut Untertitel Mike B., der geschockte Hausbesitzer. *»Wir hatten alles verschlossen, nur ein Fenster war gekippt, aber über das kann unmöglich jemand reingekommen sein. Durch den Spalt ist nur 'ne Wespe durchgeflogen, mehr passt nicht durch. Dieser Einbrecher ist echt 'n Phantom!«*

Auch ich war geschockt.

Vielleicht kein Phantom, ging es mir durch den Kopf. Sondern ein Rothörnchen, das irgendwo Schätze hortete wie sonst Kiefernzapfen.

Schwere Entscheidung

Ich musste Holly auf diesen Bankraub und ihre Witterung vor Ort ansprechen. Sie einfach fragen, was sie dazu zu sagen hatte. Aber das musste noch eine Weile warten – jetzt ging es erst mal darum, Miro zur Schule zu lotsen. Als ich die beiden erreichte, schnupperte der Welpe abwesend an einem alten Knochen herum. Immerhin, als er mich in meiner Pumagestalt sah, sprang er auf und wedelte zaghaft.

Alles klar?, fragte ich die beiden.

Klar? Was meinst du mit klar? Holly hockte auf einem Ast und klammerte sich an einen Kiefernzapfen. *Ich bin weit weg von meinem Zuhause und werde ständig angestarrt von einem Wesen, das mich fressen will! Das ist nicht lustig!*

Stimmt – versteh ich, sagte ich und warf Miro einen scharfen Blick zu. Er ließ schuldbewusst Schwanz und Ohren hängen.

Ich will verdammt noch mal zurück in die Schule und mein gemütliches Zimmer!, wütete Holly. *Hier halte ich es nicht mehr aus! Keinen Moment lang! Ich krieg Baumkoller, wenn ich noch länger hierbleiben muss! Und wahrscheinlich Fellausfall! Oder Zahnfäule!*

In der Clearwater High ist es für dich momentan zu gefährlich, erinnerte ich sie und wusste gleichzeitig, dass es nichts brachte und dieses Horrorhörnchen mit dem gesträubten Fell und gefletschten Nagezähnen mir nicht mal mehr zuhörte.

Holly schleuderte einen Kiefernzapfen gegen einen Ast, dann schnappte sie sich einen anderen und warf ihn nach Miro, der zum Glück schnell genug ausweichen konnte. *Und das Essen hier steht mir auch bis sonst wo! Ich sag dir, ich könnte töten für ein ordentliches Butterbrot oder ein Pilzomelette!*

Meine Schnurrhaare zuckten. Na wunderbar! Mord war noch hundertmal schlimmer als Bankraub. *Am Montag ist Lissa wieder da, kümmert sich um deinen Vormund und schaltet wahrscheinlich einen Anwalt des Rates ein oder so was,* versprach ich ihr. *Dann kannst du stapelweise Pilzomelettes essen, wenn du unbedingt so was Scheußliches willst.*

Ich will nicht am Montag in die Schule, sondern jetzt!, schrie Holly zurück.

Nervös fauchte ich sie an. *Kann ja sein, dass du das willst, aber es ist zu riskant!*

Schmollend hockte sie auf ihrem Ast und antwortete nicht.

Na toll. Nun musste ich versuchen, wenigstens Miro zu überzeugen. Eins war klar, die beiden hielten es hier nicht mehr zusammen aus. Aber wenn der Kleine abzog in Richtung Clearwater High, fand sich Holly vielleicht damit ab, noch ein paar Tage hierzubleiben.

Ich wandte mich an Miro. Es kam jetzt darauf an, dass ich wirklich überzeugend war. *Miro, ich hab mit meiner Schulleiterin gesprochen, sie meint, du seist auf der Clearwater High herzlich willkommen,* sagte ich vorsichtig. *Wenn deine Eltern dich später dort abholen wollen, können sie das tun – sie finden dich, wenn sie deiner Fährte folgen.*

Zu meiner Überraschung machte Miro sich sofort bereit zum Aufbruch. *Na gut,* sagte er nur.

Mir wurde klar, dass ich ihn unterschätzt hatte. Sosehr er seine Eltern lieb hatte – ein Idiot war er nicht. Und er wollte überleben. Holly ließ den dritten Zapfen fallen und raste den Baum hinunter, als hätte jemand »Schokolade für alle!« gerufen. *Das ist doch wunderbar, ich komme einfach mit!,* johlte sie.

Mit einem kühnen Satz sprang ich ihr in den Weg. *Kommst du nicht! Willst du, dass Crump dich erwischt?*

Ach was, gab sie zurück, auch wenn ihr buschiger Schwanz nervös zuckte. *Wenn Lissa sowieso morgen früh mit meinem Vormund redet, riskiere ich nicht viel. Ich schaue nur ganz kurz in der Schule vorbei und hole mir ein paar Sachen aus der Küche, dann haue ich wieder ab.*

Und danach bleibst du hier, bis die Gefahr vorbei ist?

Jaja, meinetwegen!

Mit einem leisen Fluch über sturköpfige Hörnchen gab ich Miro ein Zeichen, mir zu folgen, und wir zogen los. Er hatte schon den leichten, ausdauernden Trab aller Wölfe drauf und hätte die ganze Nacht so laufen können. Doch als wir uns der Schule näherten, wurde er immer langsamer. *Da sollen wir rein? Aber ... das ist doch einer dieser Kästen mit Menschen drin!*

In diesem hier ist kein einziger richtiger Mensch, gab ich amüsiert zurück und duldete, dass Holly kichernd zwischen meinen Schulterblättern auf und ab sprang.

Ich streckte meine Gedanken nach Brandon aus und bat ihn, mir ein paar Klamotten aus meinem Zimmer zu bringen, damit ich mich zurückverwandeln konnte, ohne nackt durchs Schulhaus laufen zu müssen. *Kein Problem!,* kam es sofort zurück und Momente später rannte Brandon aufgeregt zu uns herunter, ein paar meiner Sachen in der Hand.

Als er Brandon als Mensch sah, kniff Miro den Schwanz ein, zog die Lefzen hoch und wich knurrend vor ihm zurück.

Hey, Kleiner, ich bin's doch nur, sagte Brandon und ließ sich zwei Hörner auf dem Kopf wachsen. Miros Augen wurden rund wie Murmeln.

Holly, schau jetzt bitte mal weg, sagte ich. Dann murmelte ich im Geist mein Zauberwort *Timbuktu* und fühlte, wie mein Körper sich streckte, das Fell sich zurückzog, meine Zähne schrumpften, die Ohren sich an die Seite des Kopfes anlegten.

Carag, bist du das?, fragte Miro eingeschüchtert und ich nickte, während ich mir rasch Hose und Sweatshirt überstreifte. Ich lächelte ihn mit voller Absicht nicht an, ich wusste noch genau, dass das zu Anfang für mich wie ein Zähnefletschen ausgesehen hatte.

Alles war prima ... bis zu dem Moment, in dem wir Gesellschaft bekamen.

Da kommt die Hechel- und Sabberbande, kündigte Holly an und flitzte – noch immer als Rothörnchen – einen Baum hoch. Jeffrey, Bo und Cliff kamen aus dem Gebäude. Verdammt, wahrscheinlich hatten sie gehört, wie ich Brandon gerufen hatte, und waren neugierig geworden!

Na hallo, wer ist das denn?, sagte Jeffrey und er und die anderen brauchten nur einen Moment, um sich in ihre zweite Gestalt zu verwandeln. Ein dunkelgrauer Timberwolf und zwei graue Wölfe scharten sich um Miro, der sich sofort auf den Rücken legte, um sich ihnen zu unterwerfen. Neugierig beschnüffelten die anderen ihn, doch statt ihn dann einfach in Ruhe zu lassen, schubsten sie ihn herum, knufften ihn, zwickten ihn. Erschrocken sah ich, wie rau sie den Welpen behandelten. Wieso ließen sie ihn so derb spüren, dass er ein Fremder war, reichte es nicht, dass er ihnen Respekt erwiesen hatte?

Geht's noch?, brüllte Holly empört von ihrem Baum herunter. Sie sah aus, als wollte sie Jeffrey und Co jeden Moment ins Gesicht springen und ihnen die Schnauzen zerkratzen. Anscheinend hatte sie Miro doch ins Herz geschlossen!

Auch ich wollte protestieren, aber das nahm mir eine Mädchenstimme ab. Tikaani war vor dem Eingang der Schule aufgetaucht. Wahrscheinlich hatte sie schon geschlafen, sie trug ein Nachthemd und ihre schulterlangen schwarzen Haare sahen aus wie ein Vogelnest. Aber ihre dunklen Augen wirkten nicht müde, sondern sprühten vor Energie und Wut.

Warum seid ihr so grob zu ihm? Ihre Gedankenstimme war klar und schneidend. *Er ist gerade erst hier angekommen.*

Sie schloss die Augen, atmete ein ... und als sie ausatmete, stand sie als große schneeweiße Wölfin vor der Schule. Sofort kroch Miro schwanzwedelnd auf sie zu und schleckte ihr die Schnauze. Gnädig schnupperte Tikaani an ihm und schleckte ihn dann kurz zurück. Miro wedelte stärker. *Oh, du bist aber nett, danke!*, flüsterte er, ich hörte ihn nur, weil ich ganz in seiner Nähe stand.

Halt dich fern, der gehört jetzt zu unserem Rudel, protestierte Jeffrey.

Sagt wer?, gab Tikaani zurück.

Das muss er ja wohl selbst entscheiden, mischte ich mich kühl ein. *Ihr seid weder seine Eltern noch seine Chefs!*

Doch das Problem war, Miro schien selbst nicht zu wissen, was er tun sollte und zu wem er gehören wollte. Unschlüssig lief er von Jeffrey zu Tikaani und wieder zurück. Immer wieder blickte er Hilfe suchend zu mir herüber. Klar, mich kannte er am besten – aber ich war nun mal keiner von seiner Art, sondern ausgerechnet eine große Katze.

Und was ist mit dir, Verräterin? Willst du wirklich weiter mit einem Puma kuscheln?, höhnte Jeffrey in Tikaanis Richtung. *Wenn du zurückkommen willst, dann bin ich ausnahmsweise so gnädig und nehme dich wieder ins Rudel auf. Wenn nicht, dann ...*

Dann was?, fragte ich rebellisch.

Ein Blick ging zwischen Tikaani und Jeffrey hin und her. Irgendwie spürte ich, dass Tikaani im Gegensatz zu mir genau wusste, wovon die Rede war. Sie fletschte wütend die Zähne, erwiderte aber nichts mehr.

Jeffrey hob den Wolfskopf und stieß ein tiefes Heulen aus. Momente später reckte Cliff ebenfalls die Schnauze in den dunklen Himmel und stimmte ein. Bo heulte in einer etwas höheren Tonlage mit, jaulte und japste und jodelte, als würde er zu der Melodie der anderen improvisieren. Mrs Parker, die wir nicht nur in Kunst, sondern auch in Musik hatten, wäre begeistert gewesen – sie machte kein Hehl daraus, dass sie die Wölfe bewunderte. Vielleicht wäre sie selbst gerne eine Wölfin gewesen, nur leider war und blieb ihre zweite Gestalt ein Mops.

Fasziniert starrte Miro die drei Wölfe an und tapste dann zu ihnen hinüber, vielleicht um mitzusingen. Doch anscheinend hatte er sich diesmal nicht respektvoll genug genähert und außerdem taumelte er versehentlich gegen Bos Hinterteil. Sofort knurrte Bo ihn an und schnappte nach ihm, in der Dunkelheit wirkten seine Zähne wie weiße Dolche. Winselnd warf sich Miro auf den Boden.

Es reichte mir. *Könnt ihr nicht verdammt noch mal freundlich zu ihm sein?*, rief ich ihnen zu.

Die Wölfe unterbrachen ihr Heulen und fuhren mit blitzenden Augen zu mir herum. *So, du denkst also, du kannst dich einmischen, Kätzchen?*, schnauzte Jeffrey mich an. *Lass uns kämpfen, dann siehst du, wer hier der Boss ist!*

Du jedenfalls nicht, Jeffrey! Auf einmal war Tikaani an meiner Seite wie ein weißer Schatten im Mondlicht.

Plötzlich war alles wieder da, jede Demütigung, jede herablassende Bemerkung, jede Untat. Mir fielen Lous Paket und mein Geschenk für meine Familie wieder ein und die Wut raste durch mein Blut wie flüssiges Feuer. In einem Atemzug hatte ich mich in meine zweite Gestalt verwandelt und mein Sweatshirt bekam Pfotenabdrücke, als ich darüber hinweglief. Ich war kein Junge mehr, ich war eine Raubkatze mit fingerlangen Fangzähnen und mein Körper fühlte sich an wie eine stählerne Sprungfeder. Mit flach zurückgelegten Ohren fauchte ich Jeffrey an. *Ja, lass uns kämpfen*, gab ich zurück. *Aber nicht hier.*

Kein Lehrer durfte uns sehen, sonst kassierten wir alle Verwarnungen.

Jeffrey bedachte mich mit einem höhnischen Wolfsgrinsen. *Du wählst deine Verbündeten, wir den Ort, okay?*

Na gut, sagte ich, einen Lidschlag bevor Brandon, Holly und Tikaani fast einstimmig *Nein, Carag!* riefen. Ich stutzte erschrocken, aber es war zu spät.

Gut, dann steht das fest, sagte Jeffrey schon, als hätte er die anderen nicht gehört.

Immerhin, ich habe Verbündete – starke Verbündete, tröstete ich mich. Tikaani machte keine Anstalten, zurück in ihr Zimmer zu laufen, und auch Brandon war gerade dabei, sich zu verwandeln. Inzwischen wusste er, wie stark er war, und ich erinnerte mich noch gut daran, wie er geholfen hatte, Andrew Milling zu besiegen. Aufgeregt hüpfte Holly auf ihrem Ast herum und kündigte den Wölfen furchtbare Rache an. Die Wölfe ignorierten sie.

Der arme Miro stand völlig überwältigt zwischen mir und Jeffrey. *Tut mir wirklich leid, das hat nichts mit dir zu tun,* sagte ich ihm. *Ruh dich einfach kurz aus, wir klären das und sind gleich zurück.*

Darf ich zuschauen?, fragte er schüchtern, aber neugierig. Klar, welcher Wolf ließ sich schon einen guten Kampf entgehen?

Ich zögerte, doch Tikaani sagte: *Ja, gut.*

Okay, aber du hältst dich in sicherer Entfernung, ist das klar?, schärfte ich Miro ein.

Dann folgten Tikaani, Brandon, Holly und ich den Wölfen in die nachtdunkle Wildnis hinein.

Gegen die Strömung

Irgendwie hatte ich erwartet, dass die Wölfe zur Waldlichtung laufen würden, auf der wir uns schon einmal duelliert hatten. Stattdessen trabten sie über die Wiese hinweg, an unserem Baumhaus vorbei und hinein in den Espen- und Weidenwald, der um den Fluss herum wuchs. Ich schlich zwischen Weidensträuchern entlang und spürte Kiesel unter meinen Pranken. *Was haben die beknackten Viecher vor?*, flüsterte Holly, die zwischen meinen Ohren saß.

Ich musste nicht mehr antworten, wir sahen es selbst. Jeffrey watete in den Fluss und seine Kumpane folgten ihm ohne Zögern – im Gegensatz zu mir mochten die Wölfe Wasser, ich hatte schon gesehen, wie sie darin spielten.

Hier, verkündete mein Feind frohgemut. *Genau hier, wenn's recht ist, Kätzchen.*

Na großartig. In diesem scheußlichen nassen Zeug, das in der Dunkelheit schwarz glitzerte, sollte ich kämpfen? No

way!, wollte ich sagen, doch da rief Jeffrey schon: *Los, Leute!*, und drei Wölfe stürzten sich knurrend auf uns. Sie drängten uns mit ihrem ersten Ansturm so heftig in Richtung Wasser, dass ich bis zum Bauch im Fluss stand, bevor ich auch nur einen Treffer hatte landen können. Holly hechtete auf eine Espe und zeterte dort, was das Zeug hielt.

Zerfetzte Weidenblätter flogen umher und Gischt spritzte auf, als ich mir Cliff – den kräftigen Beta-Wolf des Rudels – mit harten Prankenschlägen vom Hals hielt. Er wollte mich an der Kehle erwischen und sprang immer wieder aus meiner Reichweite, wenn ich nach ihm schlug. Gleichzeitig versuchte Jeffrey, mich in die Hinterbeine zu beißen.

Doch er und Bo bekamen es mit Tikaani zu tun. Schnell wie eine weiße Lanze schoss sie auf Jeffrey zu und biss ihn in die Schulter. Jeffrey jaulte auf und seine Stimme in meinem Kopf wurde ganz hoch vor Zorn. *Au, verdammt! Du beschissene Verräterin!*

Während Jeffrey zurückwich, wandte Tikaani sich Bo zu, doch der rettete sich vor ihren scharfen Zähnen mit einem Sprung in den Fluss. Dort wartete aber schon ein triefender Bison auf ihn und senkte den massigen Schädel, um ihn auf die Hörner zu nehmen. Panisch paddelte Bo in die andere Richtung.

Jeffrey und Cliff griffen mich gemeinsam an. Ich verpasste Cliff einen Schlag, der ihn beiseitewarf, doch dafür gelang es Jeffrey, mir die Zähne übers Vorderbein zu ziehen.

Ausgerechnet das linke – als Mensch war ich Linkshänder! Ohne den brennenden Schmerz zu beachten, attackierte ich weiter und hörte, wie Miro am Ufer winselte. Wahrscheinlich wusste er nicht genau, zu wem er halten sollte.

Im Wasser konnte ich nicht so gut kämpfen, es machte mich langsamer, hielt mich zurück, störte mich. Aber so leicht war ein Berglöwe nicht zu bändigen. Jeffrey tänzelte tiefer ins Wasser hinein und dachte wohl, er wäre jetzt außer Reichweite. Weit gefehlt. Ich duckte mich und sprang ihm in einem gewaltigen Satz auf den Rücken. Meine Krallen gruben sich in seine Schultern und ich witterte sein frisches Blut. Mit einem tiefen Knurren schnappte Jeffrey nach mir, während ich versuchte, ihn am Genick zu packen – mit einem solchen Todesgriff hätte ich den Kampf beendet. Doch Jeffrey machte sich flach, ließ sich einfach fallen ... mitten ins Wasser hinein. Meine Schnauze tauchte in die Strömung, eisiges Wasser umspülte meine Augen und drang in meine Nase. Niesend und hustend ließ ich ihn los. *Widerlich!*

Ich versuchte, ihn noch einmal zu erwischen, doch dafür musste ich gegen die Strömung ankämpfen. Und die drückte mit gewaltiger Kraft gegen meinen Körper, zog an meinen Pfoten. Mit seinen langen, dünnen Beinen kam Jeffrey viel besser damit klar. Weg war er.

Frustriert sprang ich ans Ufer, wo sich Tikaani gerade Cliff und Bo vom Leib hielt, und stürzte mich dort ins Getümmel. Während Tikaani Cliff ablenkte, kam ich nah genug an ihn heran, um ihm die Krallen über die Flanke zu ziehen. Im Kopf schrie ich alle drei an, so laut ich konnte, versuchte, sie niederzubrüllen mit meiner puren Wut. *Wieso könnt ihr mich nicht einfach in Ruhe lassen? Mich und meine Freunde? Was für ein Problem habt ihr?*

Problem? Wir haben kein Problem, behauptete Jeffrey, doch in Wahrheit sah es schlecht aus für ihn und seine Kumpane. Brandon konnte zwar ebenfalls nicht gut im Wasser kämpfen, doch er hatte sich drohend im Flachwasserbereich aufgebaut. Von dort aus unternahm er kurze Ausfälle nach vorne und hinderte die Wölfe so daran, den Fluss weiterhin als Kampfzone zu verwenden. So konnten Tikaani und ich unsere drei Gegner auf dem völlig zerwühltem Ufer in die Zange nehmen. Ich spürte den Triumph in Tikaanis Gedanken und mischte meine Freude hinein, mit ihr zu kämpfen, völlig im Einklang in jeder Bewegung.

Achtung!, schrillte Holly plötzlich alarmiert.

Verblüfft sah ich mich um. Was hatte sie? Wir waren doch sehr schön dabei, die Wölfe fertigzumachen! Aber dann wagte ich einen kurzen Blick nach oben und erschrak. Was war das? Es war, als senke sich die Nacht auf uns ... als stürze sie auf uns herab. Nein, das waren Wesen, schwarze Flügel schlugen uns um die Ohren. Verdeckten uns die Sicht und waren schon weg, bevor wir nach ihnen schlagen oder schnappen konnten. Fledermäuse, nein, Fledermaus-Wandler! Sie schienen von hinten, vorne, den Seiten und von oben zugleich zu kommen. Was machten die hier, was wollten die von uns?

Gereizt versuchte ich, sie aus der Luft zu krallen, doch der Kampf hatte mich schon zu viel Energie gekostet, ich war nicht mehr schnell genug. Lautlos stürzten sie sich auf uns ... und gaben den Wölfen ihre Chance. Jeffrey sprang mit geöffnetem Maul und gefletschten Zähnen auf mich zu, und weil schwarze Flügel um mich wirbelten und mich ablenkten, konnte ich ihn nicht richtig ins Visier nehmen. Er verfehlte nur knapp meinen Hals, doch dafür zog ein sengender Schmerz durch meine Schulter. Irgendein anderer Wolf biss mich ins Hinterbein, dann grub jemand seine Zähne in meine Flanke. Hinkend kämpfte ich weiter und spürte, wie das Blut aus meinen Wunden rann. Schwarze Flügel huschten um meinen Kopf, ich sah nichts mehr, wusste nicht mehr, woher die Gefahr kam, tobte einfach wie wild, um dabei irgendjemanden zu erwischen. Doch ich spürte, wie meine Kraft nachließ. Die Bisse der Fledermäuse fühlten sich an, als steche mich jemand mit glühenden Nadeln.

Wie lange ging der Kampf noch? Ich wusste es nicht. Doch irgendwann sprang ein weißer Schatten, rot gefleckt an manchen Stellen, vor mich. *Hört auf! Ihr habt gewonnen! Lass uns in Ruhe, Jeffrey, und zieh ab!*

Sieh an, ihr wart zu schwach! Geschieht euch recht! Es kamen noch mehr solcher Sprüche, doch ich achtete nicht mehr darauf. Stumm beobachtete ich, wie das Rudel abzog ... und Miro mitnahm. Doch bevor er ging, wandte er sich noch mal um, blickte mich an und winselte. *Das tut mir leid, das tut mir alles schrecklich leid. Es war DOCH wegen mir, oder?*

Ich hatte nicht mehr die Kraft, ihm zu widersprechen. *Viel Glück,* sagte ich ihm einfach.

Holly huschte vor meinen Pfoten herum, versuchte, uns in eine bestimmte Richtung drängen. *Los, auf zur Schule, ich muss Sherri Rivergirl aufwecken, damit sie euch verarztet!*

Du musst gar nichts, brachte ich irgendwie heraus. *Du musst weg hier, Holly, sonst holt dich Mr Crump ... los, geh!*

Brandon schüttelte sich, er blickte finster drein. *Diese miesen, miesen Fledermäuse! Wenn die nicht mitgemischt hätten ...*

Ja, die Fledermäuse. Woher waren sie gekommen, hatte sie jemand geschickt? Noch nie hatte ich fremde Fledermaus-Wandler in dieser Gegend gesehen!

Jede Bewegung war mühsam. Nebeneinander wankten Tikaani und ich durch die Nacht zur Clearwater High zurück, ein Berglöwe und eine Wölfin, angeführt von einem Rothörnchen und gefolgt von einem triefenden Bison.

Chaos-Montag

Irgendwie schaffte ich es zum Frühstück, obwohl ich mich fühlte, als hätte sich eine ganze Bisonherde auf mir gewälzt. Manche meiner Verbände, die mir Sherri gestern verpasst hatte, wiesen schon wieder Blutflecken auf. Ich konnte nur mit der rechten Hand essen, der linke Arm tat zu weh. »Was ist dir denn passiert?«, fragte Dorian erschrocken.

»Er hat mit den Wölfen gekämpft«, informierte ihn Nell. »Da war ganz schön was los am Fluss!«

Unwillkürlich schaute ich zum Lehrertisch hinüber und James Bridger begegnete meinem Blick stirnrunzelnd. Dem würde ich nachher noch Rede und Antwort stehen müssen!

»Hab halt einen festen Schlaf«, verteidigte sich Dorian und sah ein bisschen verlegen aus. »Wer hat gewonnen?«

Ich zog eine Grimasse und das war ihm Antwort genug. »Ach so, schlechtes Thema, sorry.«

Unruhig schaute ich mich nach Holly um, doch die war nicht da – vielleicht war sie so vernünftig gewesen, schon in der Nacht zu verschwinden? Stattdessen stellte gerade Lou ihr Tablett auf meinen Tisch. Ausgerechnet. Ihr wäre ich heute am liebsten nicht begegnet. Ich senkte die Augen auf meinen Teller und murmelte ein »Guten Morgen«.

»Oh, Carag, du siehst furchtbar aus«, meinte Lou mitleidig.

»Ach, echt?«, brummte ich und tat, als wäre ich mit meinem Frühstücksspeck und dem Spiegelei furchtbar beschäftigt. Nein, ich hatte ihr Paket nicht wiederbeschafft, weder mit noch ohne Inhalt. Ich hatte mich von den Wölfen erledigen lassen und sah jetzt aus wie das älteste von Melodys Stofftieren, aus dem schon die Füllung rausquoll.

»Danke, dass du es versucht hast«, flüsterte Lou mir zu und das brannte komischerweise noch mehr. Versucht, aber nicht geschafft. Bäh. Falls irgendwo ein Verlierer des Jahres gewählt wurde, war ich ein heißer Kandidat.

Und da kamen auch schon die Wölfe, in Menschengestalt wie bei den Mahlzeiten üblich. Sie wirkten angeschlagen, aber gut gelaunt. Neben ihnen tollte ein grauer Jungwolf entlang, der an jeder Ecke schnüffelte und sich erschrocken duckte, wenn ihm ein anderer Woodwalker zu nahe kam. Als Miro mich sah, blieb er kurz stehen und sah mich betroffen mit seinen gelben Wolfsaugen an, doch dann entdeckte er das Frühstücksbüfett. *Oh, das ist so wunderbar! Kann ich mir das alles nehmen?*

Jeffrey lachte. *Nicht alles, bitte, es wollen auch noch ein paar andere Leute etwas abhaben.* Er wählte für Miro Speck, Eier und Würstchen aus und stellte ihm den Teller auf den Boden, wo sich der junge Wandler darüber hermachte. Ich freute mich darüber, wie gut er klarkam – schließlich war er zum ersten Mal in einem Haus. Doch es war bitter, ihn in Gesellschaft von Jeffrey und Co zu sehen.

Tikaani setzte sich an unseren Tisch und aß schweigend; doch wortlos fragten mich ihre dunklen Inuit-Augen, ob ich in Ordnung war. Meine Antwort war ein leichtes Nicken, denn es hätte ja deutlich schlimmer ausgehen können. Ihre eigenen Verbände waren unter der langärmligen Kleidung nicht zu sehen, aber ich merkte, dass sie sich vorsichtig bewegte – wahrscheinlich tat auch ihr alles weh nach dem harten Kampf. Doch ich wusste, dass sie sich nie etwas anmerken lassen würde.

Sie hatte sich so gesetzt, dass sie Miro beobachten konnte. Wir mussten uns nicht einmal in Gedanken unterhalten, ein zweiter Blick, der zwischen uns hin und her ging, genügte. Ob Miro sich mit diesen Jungs wohlfühlen würde? Vielleicht war Jeffrey nett zu ihm, wenn er Miro als Rudelgefährten anerkannt hatte.

Kaum hatten sich die Wölfe mit dem Kleinen an ihrem Tisch niedergelassen, ging Bill Brighteye – unser Kampflehrer, ein Wolfs-Wandler – zu ihnen hinüber und sprach mit ihnen. Dann ging er in die Hocke und streckte vorsichtig die Hand aus, damit Miro daran schnuppern konnte. Miro näherte sich ihm zutraulich. Ich freute mich darüber, dass er mit Bill so gut klarkam. Komisch, dass ich mich weiterhin für ihn verantwortlich fühlte. In der zweiten Stunde hatten wir heute Verwandlung ... ob Mr Ellwood ihn heute schon dazu bewegen konnte, seine Menschengestalt anzunehmen?

Jetzt kam Bill zu mir herüber, als Mensch ein schlanker, muskulöser junger Mann ganz in Schwarz. Einen Moment lang setzte er sich zu uns. »Gute Idee von dir, ihn mitzunehmen, Carag«, sagte er. »Er ist zwar eigentlich zu jung für die Clearwater High und müsste auf eine Woodwalker-Grundschule ...«

Ich will hierbleiben, bitte!, mischte sich Miro in Gedanken erschrocken ein, vielleicht hatte er gespürt, was wir besprochen hatten. *Darf ich das nicht?*

Doch, erst mal jedenfalls, beruhigte ihn Bill und wandte sich wieder an mich. »Ich werde in den nächsten Tagen versuchen, sein ehemaliges Rudel zu finden und mich mit denen auszutauschen. Wir müssen rauskriegen, was eigentlich abgelaufen ist.«

»Das wollen Sie riskieren?«, fragte Tikaani erschrocken. »Einzelgänger sind nicht gerade beliebt. Das Rudel könnte Sie töten.«

Brighteye winkte ab. »Wird es sicher nicht. Hoffentlich kann ich mit seinen Eltern von Kopf zu Kopf reden, wenn sie Wandler sind und es noch nicht wissen.«

»Passen Sie auf sich auf«, meinte Tikaani.

Unser Lehrer lächelte und stand auf. »Mach ich.«

Ah, da kam Holly – nach langer Zeit auch mal wieder als dünnes, hibbeliges Mädchen mit wildem rotbraunem Haar. Sie hatte ihr Tablett mit Ahornsirup-Pfannkuchen, einem Stapel Brotscheiben, Obst und Joghurt vollgeladen. Misstrauisch blickte sie sich um, dann huschte sie zu unserem Tisch.

»Hast du vergessen, dass du dir keinen Winterspeck mehr anfressen musst, weil der Winter vorbei ist?«, stichelte Berta, unsere Grizzly-Wandlerin, vom Nachbartisch aus.

»Ach, der nächste Winter kommt bestimmt!«, sagte Holly, ließ sich neben mir nieder und flüsterte mir finster zu: »Hast du schon gewusst, dass diese beknackten Bären im Frühjahr die Vorräte von Rothörnchen plündern?«

»Ja, wusste ich schon«, sagte ich und ärgerte mich darüber, dass sie riskierte, in Menschengestalt hier aufzukreuzen. Gleich würde irgendein Lehrer sie bemerken! Immerhin konnte ich so noch mit ihr sprechen, ich musste sie dringend wegen des Bankraubs und der anderen Diebstähle zur Rede stellen! Ungeduldig wartete ich, bis sie zumindest die Hälfte ihres Essens verputzt hatte, dann zog ich sie beiseite hinter eine der großen Zimmerpflanzen, die den Essbereich dekorierten. »Jetzt sag mal, was hast du eigentlich in den letzten Nächten gemacht? Ich weiß, dass du weg warst! Bist du diese geheimnisvolle Einbrecherin, die gerade Banken und Häuser ausräumt?«

Meine beste Freundin wurde totenblass. »Du traust mir so was zu? Wirklich? Hey, sag mal, sind wir Freunde oder nicht?«

»Sind wir – egal was passiert«, sagte ich fest. »Bitte sag mir einfach Ja oder Nein. Bist du es oder nicht? Übrigens, wir haben deine Witterung entdeckt. Bei dieser Bank.«

»Ich ...« Holly kämpfte mit den Worten. Jetzt war sie nicht mehr blass, sondern rot. »Ja, ich war dort. Aber ...«

Sie kam nicht dazu, ihren Satz zu beenden. Denn in diesem Moment tauchten vier Personen an der Treppe vom ersten Stock zur Cafeteria auf: Lissa Clearwater ... und neben ihr Mr Crump in Begleitung zweier Männer in schwarzen Uniformen mit goldenen Abzeichen. Polizeibeamte! Unsere Schulleiterin redete eindringlich auf Hollys neuen Vormund ein, aber das schien nichts zu nützen, er ging einfach weiter. Und die Polizisten ließen bereits strenge Blicke durch den Raum schweifen. Noch waren wir hinter der Pflanze verborgen, doch jeden Moment konnten sie Holly entdecken! Und sie durfte sich nicht verwandeln, solange Menschen so nah bei uns waren und es beobachten konnten!

»Ach du Scheiße«, murmelte Holly. Dann war ihre Schrecksekunde vorbei und sie rannte los, mit einer unglaublichen Geschwindigkeit und Wendigkeit. Zwischen den Tischen und dem Grünzeug hindurch, im Slalom um Schüler mit Tabletts herum. Peilte sie die andere Treppe an oder wollte sie zu einem der kleinen Balkons, die an jeder Seite des Gebäudes kleben wie Schwalbennester? Hatte sie noch eine Chance, hier rauszukommen? Schon waren die Polizisten auf sie aufmerksam geworden, sie sprinteten in verschiedene Richtungen, um ihr den Weg abzuschneiden. Auch Mr Crump schien das Jagdfieber gepackt zu haben, mit grimmiger Miene bahnte er sich den Weg durch

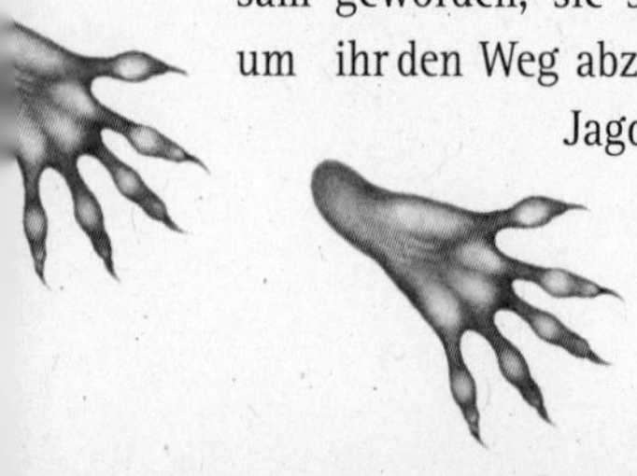

den voll besetzten Essbereich. Gespannt grinsend beobachteten Jeffrey und seine Wölfe die Jagd. Eins war klar – die hofften, dass die Polizisten Holly zu fassen bekamen!

Aber die meisten anderen Schüler wollten das nicht. Ein paar Blicke genügten, um sich wortlos zu verständigen. Nell trat Mr Crump, den noch ein Hauch von Skunk umwehte, ganz beiläufig in den Weg und streckte den Fuß eine Winzigkeit vor. Das reichte schon.

»Oh, Entschuldigung!«, flötete sie, während Hollys Vormund eine nicht sehr elegante Flugbahn beschrieb.

Er landete auf Händen und Knien mitten im Rührei, das Cookie mit perfektem Timing vor ihm hatte fallen lassen. Mit rotem Kopf rappelte er sich auf, brüllte: »Haltet sie!«, und rannte weiter. Jedenfalls hatte er das vor. Doch das Rührei war glitschiger, als es aussah, und als auch noch Frischkäse von Lou hinzukam, war das eine Kombination, die auch als Rutschbahn taugte. Mr Crump ging gleich wieder zu Boden, diesmal neben dem Tisch der Rabengeschwister. Wing – gerade ein Mädchen mit langen schwarzen Haaren – blickte betrübt drein über diese Verschwendung von Lebensmitteln, aber ihr Bruder Shadow lachte sich einfach nur schlapp. »Menschen sind so lustig«, meinte er, stand auf und tat so, als wolle er Mr Crump aufhelfen. Dabei achtete er sehr geschickt darauf, ihm den Weg zu blockieren.

Ich versuchte währenddessen, einem der Polizisten den Weg abzuschneiden, und hatte dabei so unauffällig wie möglich ein paar meiner Verbände entfernt. Blut tropfte auf den Boden, was sehr dramatisch aussah. »Entschuldigen Sie, Sir ...«, sagte ich und tat so, als sei ich kurz davor zusammenzubrechen. »Ich brauche Hilfe, ich bin angegriffen worden!«

»Aus dem Weg, Junge!«, schnauzte mich der Mann an. Ich

hatte nichts dergleichen im Sinn und taumelte in seine Richtung. Jetzt sah der Polizist, dass ich wirklich verletzt war, und stutzte. Das gab mir die Gelegenheit, die ich gebraucht hatte. Sofort ließ ich mich gegen ihn fallen und riss ihn mit mir zu Boden. Natürlich versehentlich, was konnte ich denn dafür, wenn ich einen Schwächeanfall hatte? Der Beamte war vorerst aus dem Rennen.

Aber der zweite Polizist war Holly leider dicht auf den Fersen, und das, obwohl ganz zufällig hier und dort Stühle umfielen, wo er entlangrannte. Gerade hatte Holly festgestellt, dass der Balkon auf der Westseite abgeschlossen war, und jagte weiter durch den Aufenthaltsbereich auf der anderen Seite des Innenhofs. Sie lief, ohne einen Moment innezuhalten, über ein Sofa, sprang mit einem Satz über den Tischkicker, umging das Mini-Gewächshaus und versuchte offenbar, an die Treppe auf der anderen Seite heranzukommen. Doch inzwischen war Mr Crump leider wieder auf den Beinen und breitete die Arme aus, um sie abzufangen. O nein!

Wieder reagierte Holly blitzartig. Zurück im Cafeteria-Bereich, sprang sie auf einen Sechsertisch, an dem zwei ältere Schüler saßen, und hechtete hoch zur Kante der Kuppel. Wie eine riesige Glasschale wölbte sie sich über uns, wegen der Kühle der Nacht war sie gerade nur einen Spalt weit geöffnet. Entsetzt beobachtete ich Holly, was hatte sie jetzt vor? Wollte sie auf die Kuppel klettern? Dort fand nicht mal sie einen Halt, ich sah sie schon mit ausgebreiteten Armen am Glas hinunterrutschen.

Nein, sie schob sich nur durch den Spalt nach draußen und rannte über das mit Gras und kleinen Bäumen bepflanzte Dach an der Seite. Dann begann sie, über die Granitblöcke behände die zwei Stockwerke hinab zum Boden zu klettern. Dazu musste sie sich zum Glück nicht verwandeln, das schaffte sie sogar in ihrer Menschengestalt.

Wir stürzten alle zu den Fenstern, um zu verfolgen, wie sie vorankam – und sahen etwas Schreckliches: Dort unten stand das Polizeiauto und aus dem kam gerade ein dritter Polizist zum Vorschein. Holly konnte ihn von dort aus, wo sie gerade war, nicht sehen, und da keiner von uns in zweiter Gestalt war, konnten wir sie auch nicht mit unseren Gedanken erreichen. Nell begann, sich zu verwandeln, um sie rufen zu können, aber sie brauchte zu lange. Ich brüllte Holly eine Warnung zu, aber es war schon zu spät.

Draußen vor der Schule trat jemand zwischen meine beste Freundin und den Polizisten – Mr Goodfellow, unser Sprachenlehrer! Einen Moment lang schöpfte ich Hoffnung. Mit seinem sonnigen Lächeln, heftig gestikulierend, begann er, auf den Beamten einzureden. Tatsächlich, einen Moment lang wirkte der Mann verdutzt. Aber nicht lange. Als Holly versuchte, an ihm vorbeizuhuschen, lief sie dem Polizisten voll in die Arme. Und der hielt sie eisern fest, sosehr sie auch zappelte und sosehr Goodfellow auch mit ihm diskutierte.

Schon trampelten zwei Dutzend Lehrer und Schüler die beiden Treppen zum Erdgeschoss hinunter. Lissa Clearwater kam als eine der Ersten dort an, sie war blass vor Wut. »Was fällt Ihnen ein, meine Schülerin zu jagen, als wäre sie eine Verbrecherin? Wo ist überhaupt Ihr Durchsuchungsbefehl für die Schule? Ich bestehe darauf, dass Sie Holly Lewis sofort wieder freilassen, sie bleibt hier, bis diese ganze Sache geklärt ist!«

»Sorry, Ma'am, das geht leider nicht«, hörte ich einen der Polizisten sagen. »Bitte klären Sie das mit dem Vormundschaftsgericht.«

»Wir werden unseren Anwalt verständigen und Sie umgehend verklagen!«, verkündete Goodfellow, sein Gesicht war gerötet und seine Augen blitzten. »Dieses arme Mädchen hat nichts getan!«

Völlig fertig drängte ich mich durch die Schüler, um möglichst nah an Holly heranzukommen. Sie sah auf, erkannte mich und lächelte, so gut sie konnte. »Hey, Carag, wir sehen uns bald wieder, wetten?«, meinte sie. »Ich glaub, ich hab das bisher ganz falsch angepackt. Weißt du, ich gehe einfach mal auf diese Highschool und schaue mir an, wie es da so läuft. Wetten, die schmeißen mich nach ein paar Tagen sowieso raus?«

»Gib nicht auf!«, konnte ich ihr nur noch zuraunen, dann wurde sie schon in den schwarz-weißen Polizeiwagen verfrachtet. Stattdessen wandte sich einer der Polizisten stirnrunzelnd an mich: »Du bist also angegriffen worden, Junge? Von wem? Willst du Anzeige erstatten? Sieht übel aus, soll ich dich ins Krankenhaus fahren?« Er schaute sich meine Verletzungen an und wirkte überrascht, dass ich überhaupt noch stehen und herumlaufen konnte. Raubkatzen sind ziemlich zäh.

Noch immer durcheinander und erschüttert davon, dass Holly geschnappt worden war, zuckte ich nur mit den Schultern. »Es war ein Wolf. Ich weiß nicht, ob man die anzeigen kann.«

»Ich fürchte nicht«, sagte er, blickte mich seltsam an und empfahl mir eine Tollwut-Spritze. Ja, genau, aber es waren die *Wölfe*, die so was brauchten! Vielleicht wurden sie dann wieder normal!

Als Mr Crump und die Polizisten abfuhren, blickte ich ihnen in trostloser Stimmung hinterher. Was würden sie jetzt mit Holly machen? Hoffentlich ließ sie sich nicht unterkriegen und hoffentlich konnte Miss Clearwater ihr helfen. In diesem Moment war es mir völlig egal, ob Holly eine Verbrecherin war oder nicht.

»Carag?« Es war Lissa Clearwater, die mich ansprach. »Es tut mir leid. Das war fast ein Überfall, sie haben mich überrumpelt. Aber keine Sorge, ich kläre das mit diesem Vormund. Was genau war eigentlich *los,* während ich weg war?« Sie blickte auf meinen blutenden Arm und auf die rotbraunen Flecken an meiner Jeans.

Worte quollen in mir hoch, jede Menge Worte ... aber ich stopfte sie wieder dorthin zurück, wo sie hergekommen waren. Dort, wo ich aufgewachsen war – in der Wildnis –, regelte jeder seine Angelegenheiten selbst. Ich würde quitt werden mit den Wölfen ... irgendwann. »Ich bin gestolpert und in ein Dornengestrüpp gefallen«, behauptete ich.

»Was auch immer passiert ist, das darf sich nicht wiederholen!« Lissa Clearwater funkelte mich an und schickte mich zu Sherri Rivergirl. Die wiederum gab mir nicht etwa eine Entschuldigung für heute, sondern schob mich mit frischen Verbänden versehen in den Unterricht ab. »Was einen Woodwalker nicht umbringt, macht ihn noch zäher«, behauptete sie.

»Aber ich hab jetzt Mathe, meinen Sie wirklich, das härtet ab?«, gab ich ohne Begeisterung zurück.

Unsere Biber-Wandlerin verzog keine Miene. »Ja, genau!«, sagte sie und schloss die Tür hinter mir.

Wolfsaugen

In Mathe meldete ich mich kein einziges Mal – ich musste ständig an Holly denken. Zum Glück ließ mich James Bridger in Ruhe und es waren Leroy und Viola, die sich an der Tafel mit Gleichungen abplagen mussten. »Wenn ich als Ziege leben würde, bräuchte ich das alles nicht!«, meckerte Viola.

»Wenn du als Ziege leben würdest, müsstest du leider auf Fernsehen, Internet und Tomatensalat verzichten«, sagte Mr Bridger liebenswürdig.

Am Schluss der Stunde, als alle ihre Sachen einpackten und sich für Verwandlung auf den Weg zum Innenhof machten, raunte Bridger mir zu: »Es wird sich schon alles finden, Carag. Lissa bekommt das hin, du wirst sehen. Alles Weitere besprechen wir in meiner Stunde nachher. Und jetzt geh und ruh dich aus, du bist ja völlig fertig!«

Ich nickte wortlos, während die Wölfe aus dem Klassenraum stolzierten. Was war, wenn Holly wirklich ernste Menschengesetze gebrochen hatte? Konnte Miss Clearwater ihr auch dann noch helfen?

»Also bis nachher«, sagte ich, denn auf keinen Fall wollte ich Miros erste Lektion in Verwandlung verpassen! Während unserer Mathe-Stunde hatte ihn ein Tutor aus dem dritten Schuljahr abgeholt, um ihm die Zahlen von eins bis zehn beizubringen. Die nächste Stunde hatten wir dann gemeinsam.

Doch James Bridger hielt mich auf. »Moment mal – was sind das eigentlich für Bisse?«, fragte er mit gerunzelter Stirn und musterte meine Wange, meinen Nacken und meine Ohren, auf denen von gestern noch rote Punkte prangten.

»Ein Schwarm Fledermaus-Wandler hat uns angegriffen«, berichtete ich ihm.

»Fledermaus-Wandler?« Selten hatte ich Bridger so verblüfft erlebt. »Es leben keine hier in der Gegend!«

»Na ja, jedenfalls tauchten die gestern Nacht ganz plötzlich auf und haben sich auf uns gestürzt ...«

»Nur auf euch ... oder auch auf die Wölfe?«

»Nur auf uns«, bestätigte ich. »Meinen Sie, die Wölfe haben die irgendwie gerufen?«

Spontan schüttelte Bridger den Kopf. »Ich glaube nicht, dass sie so etwas können. Es muss jemand anders gewesen sein, der sie geschickt hat.«

Wir blickten uns an und ich spürte, wie ein kalter Schauer mich durchlief. Wir wussten beide, um wen es ging. Hatte Andrew Milling die Fledermäuse gesandt? Hatten die Wölfe Milling womöglich gebeten, ihnen seine Helfer zu schicken? Wir wussten bereits, dass Milling Schlangen, Bären und vermutlich Hunderte von anderen Woodwalkern im ganzen Westen der USA rekrutiert hatte. Es wäre nicht wirklich eine Überraschung, wenn er es geschafft hätte, auch noch einen Schwarm Fledermaus-Wandler von seinen Plänen zu überzeugen. Aber wir hatten keinerlei Anhaltspunkte, ob das stimmte. Er hatte mir nicht mehr gedroht. Mehr noch, seit unserem Kampf auf dem Berg hatte ich kein Wort mehr von ihm gehört. Warum hätte er plötzlich seine Leute in einen Kampf gegen mich schicken sollen?

Sehr nachdenklich nahm ich meine Sachen, ging bei der

Krankenstation vorbei und dann zum Innenhof, in dem wir Verwandlung hatten. Kurz darauf saßen die anderen Schüler und ich – bis auf Juanita und Miro alle in Menschengestalt – in unsere Sportsachen gekleidet nebeneinander dort im Gras. Miro lag eingeschüchtert auf dem Bauch neben Jeffrey und witterte mit der grauen Schnauze nach rechts und links. Mit mildem Blick musterte Isidore Ellwood den Welpen, doch als sein Blick uns andere erreichte, war er wieder durchdringend wie eh und je. Niemand wagte, sich zu rühren, jeder hoffte, dass es die üblichen Verdächtigen treffen würde. Also im Zweifelsfall mich! Und so war es. »Carag, würdest du unserem neusten Mitschüler bitte demonstrieren, was wir in den letzten Stunden geübt haben?«

Eulendreck! Verwandlung im Sprung. Ausgerechnet. Ich war noch nicht sicher, ob ich es heute schaffte, vom Boden hochzukommen. Aber ich musste es hinkriegen – es reichte, dass ich mich gestern mit dem verlorenen Duell vor Miro blamiert hatte,

und schlechte Noten hatte ich in Verwandlung auch schon genug. Sehr langsam erhob ich mich, gespannt beobachtet von den anderen, die inzwischen alle mitbekommen hatten, was letzte Nacht so abgegangen war.

»Spring bitte von hier aus den Baum dort vorne an«, kommandierte Ellwood. »Jetzt, wenn ich bitten darf!«

Es war sehr still im Innenhof, alle warteten neugierig. Ich atmete tief und versuchte, mich zu entspannen, wie Bridger es mir beigebracht hatte. Alles auszublenden, die Sorgen und Schmerzen wegzuschieben. Währenddessen peilte ich die Espe an, die etwa zwei Menschenlängen von mir entfernt stand, und federte leicht in den Knien. Wenn ich die Verwandlung nicht schaffte, würde ich entweder vor dem Baum zu Boden plumpsen oder gegen den Stamm prallen ... und in beiden Fällen wirken wie ein Vollidiot.

Ohne Anlauf sprang ich, wisperte mir noch in der Luft *Timbuktu* zu ... und spürte erleichtert, wie mein Körper sich verwandelte. Dass dabei ein paar Nähte meines T-Shirts aufrissen und die Shorts mir halb über den pelzigen Hintern rutschte, war mir egal. Schon war ich beim Baum angekommen und grub meine Krallen in die Rinde.

Ein Geräusch wie starker Regen – die anderen applaudierten. Ein warmes Gefühl durchströmte mich. Nein, ich war kein völliger Versager. Mit federnden Schritten lief ich in Pumagestalt auf meinen Platz zurück und schob die Klamotten mit der Pfote hinter mich. Das nächste Mal zog ich das meiste davon besser vor dem Sprung aus.

»Na also, geht doch«, sagte Ellwood – das war das höchste Lob, das ich von ihm zu erwarten hatte. »Wer um alles in der Welt hat dich so zugerichtet?«

Zum Glück erwartete er nicht wirklich eine Antwort, schon wandte er sich dem jungen Wolf zu. *Guten Morgen, Miro,* sagte er sanft. *Kennst du deine Menschengestalt schon?*

Ich hab wirklich eine? Miro hechelte schüchtern.

Da bin ich mir ziemlich sicher. Willst du sie ausprobieren?

Ja, wieso nicht? Miro kratzte sich mit der Hinterpfote am Ohr. Ich musste lächeln. Na, die Übung konnte er sich als Mensch abschminken.

Isidore Ellwood brachte ein großes Handtuch und dann ein paar Fotos zum Vorschein. Auf einem davon stand ein Junge in Badehose am Flussufer und lächelte in die Kamera. Ein zweites Bild, derselbe Junge in ein Handtuch gewickelt, wahrscheinlich damit Miro kapierte, wozu so was gut war. *Schau dir die Bilder ganz genau an. Was fühlst du?*

Es kribbelt ein bisschen in mir, meinte Miro.

Das ist prima. Konzentrier dich auf das Bild und lass das Kribbeln durch dich hindurchströmen. Versuch nicht, dagegen anzukämpfen!

Mit angehaltenem Atem warteten wir. Miros Wolfsgesicht begann schon, sich zu verändern, wurde flacher. Das Fell wich zurück und rosige Haut schimmerte hindurch. Mehr passierte nicht. Noch war er mehr Wolf als Mensch.

Ganz ruhig, murmelte Isidore Ellwood. *Schließ die Augen! Siehst du die Bilder noch vor dir?*

Plötzlich ging alles ganz schnell. Da saß er, ein Junge von vielleicht fünf oder sechs Jahren mit buschigen dunklen Haaren und gelben Wolfsaugen. Er jubelte: »Ich hab's geschafft!«, und wir mussten alle lachen: Miro hatte sich fast perfekt verwandelt – nur der hintere Teil seines Körpers war wölfisch geblieben und wedelte gerade begeistert.

Oh, ist der niedlich ..., seufzte von irgendwoher eine Mädchenstimme und wir anderen lachten noch mehr. War das Lou gewesen? Schwer zu sagen. Na, hoffentlich fand sie *mich* nicht auch niedlich.

»Cliff, hilfst du ihm bitte mit dem Handtuch?«, bat Mr Ellwood und unglaublicherweise lächelte er. Es war also nicht nur ein Gerücht, dass er das konnte.

Miro dagegen lächelte nicht mehr, er starrte entsetzt auf seine Hände. »He, mein Fell ist weg. Mein Fell ist weg! Aber das brauche ich doch noch!«

»Jetzt gerade nicht«, beruhigte ihn Ellwood. »Du bekommst es wieder, wenn du dich zurückverwandelst.«

»Ach so.« Miro begann, auf seine Menschenstimme zu lauschen, die er heute zum ersten Mal vernahm. »Oh, ich kann mich hören! Ooohohoh, mmuhuhumu, ahahaha ...«

»Du kannst deine Stimme in der Pause ausprobieren«, bremste ihn unser Verwandlungslehrer. »Bleib bitte bis dahin in deiner Menschengestalt, damit du dich an sie gewöhnst, ja?«

Miro hörte nicht mehr zu. Er beobachtete sich selbst fasziniert dabei, wie er mit den Zehen wackelte.

Am nächsten Morgen fanden wir wieder einen neuen Spruch in Lous schöner, geschwungener Schrift auf der Schiefertafel.

Jedes Wesen ist nur ein Atemhauch der Erde.

Klang richtig schön. Auch wenn ich mich gerade nicht wie ein Atemhauch fühlte.

Zwei Ausraster

Seit sich Mr Goodfellow für Holly eingesetzt hatte, war er mir noch sympathischer als vorher. Deswegen war ich erschrocken, als ich sah, wie unbeholfen er nach dem Frühstück die Treppen von der Cafeteria herabging. Er bewegte sich, als sei er eher sechzig als dreißig. »Alles klar, Mr Goodfellow?«

»Alles wie üblich«, meinte er und lächelte mich auf seine sonnige Art an. »Dieser Menschenkörper ist manchmal richtig *lästig,* findest du nicht? Mir tun oft die verdammten Füße weh und alles geht so *langsam.«*

»Oh, das tut mir leid«, sagte ich betroffen. Mir gefiel mein Menschenkörper gut, obwohl er nicht ganz so stark und schnell war wie meine zweite Gestalt. »Kann ich Ihnen bei irgendwas helfen?«

»Du könntest in der Küche fragen, ob du ein oder zwei Sirupwaffeln bekommst.« Er zwinkerte mir zu und tätschelte seinen Bauch, der aussah, als hätte der im Laufe der Zeit schon einen ordentlichen Stapel Waffeln und anderen Kram dieser Art bekommen. »Für mich rückt Miss Rivergirl keine raus, aber ich glaube, dich mag sie sehr.«

Typisch Bär, wer sonst mochte dieses klebrige Zeug? Niemals würde Sherri mir glauben, dass die Dinger für mich waren, aber einen Versuch war es wert. Obwohl ich mich alles andere als fit fühlte, lief ich los, war schon zurück, als Julian Goodfellow gerade eben sein Büro im Erdgeschoss erreicht hatte, und streckte ihm die Waffel hin. Anerkennend hob er die Augenbrauen. »Respekt. Man könnte fast meinen, du wärst geflogen. Vielleicht rufe ich dich heute in der Stunde nicht auf ...«

Ich zuckte die Schultern, auf einmal war mir unwohl zumute. »Bis später dann«, sagte ich nur und machte mich wieder auf den Weg. Hoffentlich dachte er nicht wirklich, dass ich das gemacht hatte, weil ich auf irgendwelche Bevorzugung hoffte! Gut, dass die Wölfe nichts von der ganzen Sache mitbekommen hatten.

Normalerweise freute ich mich auf die Tiersprachen-Lektion bei Mr Goodfellow, doch diesmal hatte ich nach der Waffel-Sache weniger Lust darauf als sonst und außerdem wartete ich nur darauf, dass wir nach dem Mittagessen endlich Verhalten in besonderen Fällen hatten. Mr Bridger hatte ja versprochen, dass wir dann über Holly reden würden und wie wir ihr helfen konnten.

»So, meine Damen und Herren, jetzt sprechen Sie mir bitte diese Entschuldigungsformel in Füchsisch nach«, sagte Julian Goodfellow gerade gut gelaunt und gab eine Folge von Fieptönen von sich. Himmel, ob ich das jemals lernen würde?

Cookie, Lou und Shadow gaben sich richtig Mühe, klangen aber wie kaputte Autohupen. Nimble kam am besten klar mit der Übung, vielleicht weil er so musikalisch war. Gelangweilt fiepten die Wölfe vor sich hin, bis auf Jeffrey. Der schlug gerade genervt nach einer Biene, die durchs offene Fenster gekommen war und ihm um den Kopf summte. Mit verstohlenen Bewegungen rollte er sein Heft zusammen ... und als die Biene sich kurz setzte, ließ er es herabsausen. Zufrieden betrachtete er den Insektenmatsch ... und schrak hoch, als Mr Goodfellow vor seiner Nase ein Lineal auf seinen Tisch knallte. *»Mach so* *was nie wieder!«*, brüllte er. »So was geht gar nicht! In einer Million Jahre nicht!«

Jeffrey schaute so verdattert drein, dass ich beinahe losgeprustet hätte.

In der Klasse war es geradezu unheimlich still. So still, dass ich deutlich hören konnte, wie Jeffrey den angehaltenen Atem ausstieß. Dann winselte Miro – inzwischen wieder in Wolfsgestalt – leise. »Halt die Klappe!«, brummte Jeffrey.

Mit einem letzten Killerblick wandte sich unser neuer Lehrer wieder der Tafel zu und der Unterricht ging weiter.

Brandon und ich tauschten einen Blick. So nett Goodfellow auch war, gelegentlich hatte er seltsame Aussetzer!

Nach dem Mittagessen war es endlich so weit – während ein Tutor weiter mit Miro übte, hatten wir Verhalten in besonderen Fällen. James Bridger tat nicht einmal so, als würde er normalen Unterricht halten. »Ihr habt alle mitbekommen, was mit Holly los ist«, begann er. »Ich bin auch schon mal verhaftet worden, aber das erzähle ich euch ein anderes Mal. Jetzt müssen wir erst mal feststellen, was diese Leute mit Holly vorhaben.« Er warf einen Blick in die Runde. »Ein Team wird sofort auf Lernexpedition gehen und versuchen, mehr über den Aufenthaltsort und die Gewohnheiten ihres neuen Vormunds herauszufinden. Ein anderes Team wird ab morgen die Highschool ausspähen, damit wir mitkriegen, ob Holly schon dort ist und wie sie sich hält. Meldet sich jemand freiwillig?«

Sofort schossen zehn Hände in die Höhe, meine war natürlich darunter.

»Team 1 – Tikaani, Shadow und Nell, ihr überwacht Crump«, bestimmte Bridger. »Tikaani kann ihn aufspüren, Shadow ihn aus der Luft überwachen und Nell in seine Räume eindringen. Team 2 – Carag, Henry, Berta, ihr geht morgen in die Highschool.«

»Ja, Sir«, sagte ich und fühlte, wie Aufregung mich durchströmte.

»Aber ich bin erst seit ein paar Wochen hier, darf ich so was überhaupt schon?«, wandte Henry ein, der kaum stillhalten konnte.

»Ich erteile dir hiermit eine Sondergenehmigung«, sagte James Bridger. »Du kennst dich am besten in dieser Schule aus, das Team braucht dich.«

Den Rest der Stunde besprachen wir den Einsatz, dann zog das Team der Crump-Überwacher, das heute schon losdurfte, triumphierend ab. »Noch viel Spaß in Kunst!«, wünschte uns Shadow scheinheilig. Er war gerade ein schmaler Junge mit feinen Zügen und langem schwarzem Haar, aber nur, weil das während des Unterrichts so üblich war, er war viel lieber als Rabe unterwegs.

»Oh, danke«, sagte ich und verzog das Gesicht. Als letzte Stunde hatten wir montags im Wechsel Kunst und Musik; heute war mal wieder Kunst bei Mrs Parker dran. Da sie sich leidenschaftlich gerne selbst porträtierte (die scheußlichen Ergebnisse hingen überall im Erdgeschoss), sollten wir zurzeit Selbstporträts malen. Entweder in erster oder in zweiter Gestalt. Ich hatte mich entschieden, mein Menschengesicht zu malen mit ganz viel Wald im Hintergrund.

»Lasst die Bilder *sprechen!«* Mrs Parker blickte dramatisch nach oben und presste eine Hand aufs Herz. »Ihr werdet sehen, dann wird die Inspiration euch besuchen!«

»Eher *heim*suchen«, flüsterte Cookie, die sich als Opossum auf einem Ast malte. Es war allerdings kein normales Opossum, sondern eins mit Sonnenbrille und Smartphone. Sie hatte eine Menge dazugelernt, seit sie vor einem Jahr aus ihrem heimatlichen Sumpf an die Clearwater High gekommen war.

»Also wenn mein Bild mit mir sprechen könnte, würde es sagen, ich soll es zerfetzen«, brummte Brandon und kleckste noch mehr Farbe auf das, was im Moment noch wie ein großer brauner Haufen aussah, aber wahrscheinlich ein Bison sein sollte.

Frankie lachte. »Echt? Meins bettelt gerade, aufgehängt zu werden, aber bloß nicht neben die Bilder von Mrs Parker.«

»Was hast du gesagt, Frankie?« Zum Glück hörte Amelia Parker nicht allzu gut ... und in diesem Moment lenkte ein splitterndes Geräusch sie ab. Omega-Wolf Bo hatte gerade seinen Pinsel zerbissen. »Ich kann das nicht! Lassen Sie mich irgendwas anderes machen, bitte!«

Wir reckten die Hälse. Hm, ja, der Junge auf seiner Leinwand sah aus wie irgendwas aus dem Zombie-Film, den Brandon, Holly, Dorian, Lou und ich im Februar heimlich angeschaut hatten. Ganz so hässlich war nicht mal Bo.

Den Rest des Tages verbrachte ich im Bett, um mich zu erholen, während meine Freunde in der Aula eine Runde Basketball spielten. Ich hörte gerade auf Brandons Player meine neue CD von den *Imagine Dragons*, als plötzlich meine Tür einen Spalt weit aufging.

»Ja, hallo?«, fragte ich erstaunt, doch niemand antwortete, ich hörte nur, wie jemand den Atem einsog, also buchstäblich bei mir herumschnüffelte. Das war irgendwie unheimlich.

Ganz langsam richtete ich mich auf und ließ für alle Fälle meine Fangzähne wachsen. Plötzlich musste ich wieder an die Fledermäuse denken, diese Angreifer, die aus dem Nichts gekommen waren und uns fertiggemacht hatten. Daran, dass der mächtigste Mann des amerikanischen Westens mich nun bestimmt noch mehr hasste ... und vielleicht in unserer Schule einen seiner Handlanger eingeschleust hatte. Nein, keinen gewöhnlichen Handlanger, sondern jemanden, den er zugleich als eine Art Ersten Offizier aufbauen wollte. Und der vielleicht heiß darauf war, sich zu bewähren. Zum Beispiel, indem er diesen lästigen Puma-Wandler umbrachte, der es gewagt hatte, seinen Chef zu besiegen.

Doch einen Moment später hörte ich ein schüchternes *Darf ich in dein Revier, Carag?* und wusste, dass ich einfach nur Besuch von Miro in seiner Wolfsgestalt hatte.

Ich freute mich und fragte mich sofort, ob sein Rudel davon wusste. Immerhin schien er allein zu sein. *Klar,* sagte ich sofort, machte meine Teilverwandlung rückgängig und setzte mich auf den Bettrand. *Wie war es heute für dich? Sind deine neuen Wolfsfreunde wenigstens ein bisschen nett zu dir?*

Miro zögerte. *Cliff ist lieb, er bringt mir gerade die Bachstaben bei.*

Buchstaben, korrigierte ich ihn lächelnd und wunderte mich. Ich kannte Cliff nur als dumpfen, meist etwas verpennten Schlägertypen, der ungern selber dachte. Durch Tikaani hatte ich erfahren, dass er aus einer reichen Familie stammte, aber davon merkte man wenig, er schien nicht viel mehr Geld zu haben als wir anderen. *Das ist nett von ihm,* meinte ich. *Wenn ich dir auch etwas beibringen soll, sag Bescheid.*

Der Welpe ließ den Kopf hängen. *Jeffrey sagt, ich darf nicht mehr mit dir reden, weil du gemein und feige bist und außerdem natürlich eine Katze.*

Mein Herz fühlte sich an, als hätte jemand Steine darauf abgeladen. Aber mir wurde klar, wie mutig es von Miro gewesen war, trotzdem herzukommen.

Ich mag dich trotzdem und du bist auch nicht feige, sagte Miro trotzig in meinen Kopf und ich lächelte ihm dankbar zu. *Geht es dir schon besser?*, fuhr er fort. *Die Fledermäuse waren gemein. Jeffrey hat gesagt, es hätten noch mehr sein sollen, aber Mill hätte nicht mehr geschickt.*

Mein Puls jagte hoch. *Mill?*

Oder so ähnlich, ich hab nicht genau hingehört. Miro schnüffelte an einem meiner Schuhe und begann, daran herumzunagen. »Hey!«, rief ich und riss ihm das Ding aus dem Maul. Als Puma brauchte ich solche Treter zwar nicht, aber als Mensch bekam ich ohne sie kalte Füße.

Meine Gedanken rasten dahin wie ein Blatt, das in einen Wildbach gefallen ist. Es war klar, wer gemeint war. Aber was hatten die Wölfe mit Andrew Milling zu tun? War ihnen bewusst, wie gefährlich er war, dass er vermutlich vorhatte, so viele der verhassten Menschen wie möglich zu töten? *Kennen Jeffrey und die anderen diesen Mill gut?*, fragte ich beiläufig, um den Kleinen nicht zu erschrecken.

Nicht sehr. Miro warf einen begehrlichen Blick auf meinen anderen Schuh. *Ich glaube, er hat sie gerade erst gefragt, ob sie ihm helfen wollen.*

Diesmal konnte ich nicht ganz verbergen, wie geschockt ich war. Es war klar, welche Antwort die Wölfe Milling gegeben hatten, sonst hätte er ihnen keine Verstärkung geschickt. Ich hatte abgelehnt, ihn bei seinen Plänen zu unterstützen ... und nun hatte er sich andere Verbündete gesucht, auch wenn er Wölfe sicher so wie ich nicht sonderlich mochte. Beim großen Gipfel! Deshalb also waren die Wölfe in letzter Zeit noch überzeugter von sich als sonst, deshalb hatte Jeffrey so eigenartige Bemerkungen von sich gegeben, ich hätte ja keine Ahnung, was wirklich liefe, und ich hätte einen großen Fehler gemacht.

Wahrscheinlich hatten sie sich furchtbar geehrt gefühlt, dass ein so wichtiger Mann mit ihnen zusammenarbeiten wollte. War Jeffrey der neue Kronprinz, der vielversprechende, besondere Wandler, von dem Theo gesprochen hatte?

Der junge Wolf schnüffelte an meinem Schrank. *Hast du noch Würstchen übrig?*, fragte Miro und blickte mich hoffnungsvoll an.

Leider nein, antwortete ich und zwang mich zu einem Lächeln. *Wie hat dir eigentlich der Unterricht gefallen?*

Sehr sehr schmackig! Eine kleine Glückswelle strömte mir aus seinem Kopf entgegen. *Es ist toll, was ich hier alles lernen kann. Aber es war ein komisches Gefühl, ein Mensch zu sein, und meine Eltern fänden es bestimmt nicht gut, dass ich es absichtlich gemacht habe.*

Sofort erwiderte ich: *Stimmt, aber das liegt nur daran, dass sie nicht wissen, dass sie auch Woodwalker sind.*

Ich brauchte eine Weile dafür, ihn zu trösten und zu beruhigen, dann schaute sich Miro nervös um und verabschiedete sich wieder.

Jeffrey und die anderen Wölfe hatten einen unglaublich guten Geruchssinn, es würde nicht ganz leicht, vor ihnen geheim zu halten, dass Miro weiterhin mit mir redete. Sofort schnappte ich mir einen Lappen aus dem Jungs-Waschraum und wischte damit Brandons und meine Tür sowie den Flur vor unserem Zimmer. Dann lieh ich mir Brandons Deo-Spray aus und besprühte damit sämtliche Stellen in meinem Zimmer und davor, an denen Miro sich aufgehalten hatte. Das reichte hoffentlich.

An diesem Abend fiel es mir schwer einzuschlafen, und nicht nur, weil meine Verletzungen schmerzten. Jeffrey und Co, die Verbündeten von Andrew Milling ... was bedeutete das für mich? Für uns alle? Eins war klar, Milling schaffte es, immer mehr Woodwalker auf seine Seite zu ziehen. Waren es erst Hunderte oder schon Tausende? Ich fühlte mich, als wären unsichtbare Käfigstäbe um mich herum, die nicht einmal ich verbiegen konnte, so heftig ich mich auch gegen sie warf.

Da tat ich es einfach. Ich nahm mein Handy, dessen Akku ausnahmsweise mal nicht leer war. Ja, natürlich hatte ich Andrew Millings Nummer noch immer gespeichert.

Meine so unheimlich praktischen Menschenfinger glitten über die Tasten.

Was muss passieren, damit Sie zufrieden sind?, schrieben sie und tippten auf *Abschicken,* bevor ich sie daran hindern konnte.

Ein Zittern lief durch meinen ganzen Körper. Wahrscheinlich antwortet er sowieso nicht, versuchte ich, mich zu beruhigen. Doch ich hatte trotzdem das ungute Gefühl, dass diese Nachricht ein Fehler gewesen war. Damit hatte ich ihn an mich erinnert. An diesen Feind, der sein Blut vergossen hatte. Er konnte sich bestimmt denken, dass ich noch immer entschlossen war, die Menschen vor ihm zu schützen.

So schwer es mir auch fiel, ich stand noch einmal auf und streifte mir schnell T-Shirt, Jeans und Pullover über. Dann hinkte ich hinunter zum Büro von Miss Clearwater, das gleich neben dem Lehrerzimmer im Erdgeschoss war, nur ein paar Schritte entfernt von unserem Klassenraum Nummer 8. Drinnen hörte ich Lissas Stimme, sie schien gerade zu telefonieren und rief trotzdem »Herein«, als ich klopfte.

»... unbedingt in den Griff bekommen, sonst kann das die ganze Schule gefährden«, sagte sie gerade und bedeutete mir, es mir schon mal auf dem Stuhl vor ihrem Schreibtisch bequem zu machen. Etwas eingeschüchtert setzte ich mich und sah mich in ihrem Büro um, das mit indianischer Keramik geschmückt war und nach frischem Zedernholz roch. Mein Blick blieb an einem Kalender mit Naturfotos hängen, der seltsamerweise beim August aufgeschlagen war und einen springenden Delfin zeigte.

Alarmiert hörte ich weiterhin mit halbem Ohr zu. Die ganze Schule gefährden? Unsere etwa? Beim großen Wald, um was ging es? »Es darf nichts nach außen dringen, wirklich *nichts*, verstehst du?«, sagte Miss Clearwater nun, ihre Stimme klang sorgenschwer. »So, ich muss jetzt Schluss machen, ich habe Besuch.«

Sie wandte sich in meine Richtung und sah wohl, dass ich beunruhigt war, denn sie lächelte mir zu. »Das war mein Sohn Jack. In der Blue Reef High geht es gerade ganz schön rund, aber er schafft das schon. Also, was hast du auf dem Herzen, Carag?«

Es fiel mir schwer, es ihr zu sagen, weil sich das wie Petzen anfühlte. Aber ich musste ihr sagen, dass Jeffrey jetzt anscheinend mit Andrew Milling im Bunde war und er möglicherweise eine wichtige Rolle in dessen Organisation spielen sollte. Als ich fertig erzählt hatte, seufzte Lissa Clearwater. »Gleiches Problem wie letztes Mal – zu wenig Beweise, richtig? Miro hat sich nicht mal den Namen richtig gemerkt. Und Theo hat nur Gerüchte gehört.«

»Stimmt«, sagte ich entmutigt und mein Handy – noch stumm – schien mir fast ein Loch in die Tasche zu brennen. Noch hatte Milling nicht auf meine Nachricht geantwortet. »Aber ich dachte, ich sage Ihnen einfach schon mal Bescheid.«

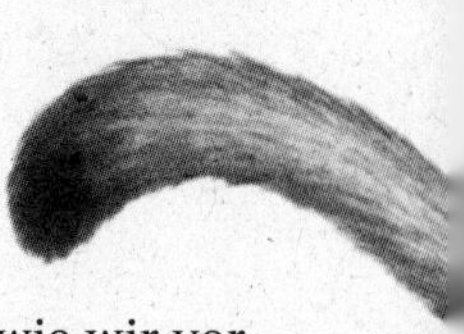

»Das war richtig von dir. Wenn wir mehr Indizien haben, dann bespreche ich mit dem Rat, wie wir vorgehen.« Lissa Clearwater deutete mit dem Daumen auf den

Kalender an der Wand. Wahrscheinlich glotzte ich nur wie ein Kaninchen, wenn's donnert, denn sie lächelte und fuhr fort: »Das sieht aus wie ein Kalender und man kann ihn sogar kaufen, aber in Wirklichkeit ist das eine Übersicht über alle zehn derzeitigen Ratsmitglieder und zwei Bewerber für frei werdende Positionen im nächsten Jahr. Darunter steht jeweils der Name und der Ort, wo man denjenigen finden kann, alles getarnt als Nachweis über den Fotografen.«

»Darf ich?«, meinte ich und blätterte den Kalender fasziniert durch. Der Delfin-Wandler hieß anscheinend Farryn García und lebte in Florida. »Er ist Lehrer an unserer Schule dort«, erzählte Lissa Clearwater. »Ein netter Kerl mit einem schrägen Humor.«

Außer ihm gab es noch einen Fuchs, der mir aus klugen Augen ins Gesicht blickte, einen Raben, eine Bienenkönigin, einen Weißwedelhirsch, einen Falken und sogar eine Ratte ... das waren alles Woodwalker und Ratsmitglieder? Fasziniert entdeckte ich unten neben jedem Bild ein Feld zum Rubbeln und stellte fest, dass man dort die Witterung des Ratsmitglieds und damit wichtige Informationen über denjenigen aufnehmen konnte. Ein Riech-Kalender – das fanden die ahnungslosen menschlichen Kalenderkäufer bestimmt lustig.

In diesem Moment vibrierte mein Handy kurz, eine Nachricht war angekommen. Unwillkürlich fuhr meine Hand in meine Tasche. »Also dann, schönen Abend noch«, sagte ich hastig zu Lissa Clearwater und sie wünschte mir ein wenig spitz gute Besserung – auch sie hatte wohl von dem Kampf gehört.

»Ach ja, haben Sie zufällig irgendeine Notiz oder so was in der Handschrift von Andrew Milling?«, fragte ich sie. Schließlich hatten wir es noch nicht geschafft, den Zettel mit dem Wort darauf zuzuordnen. Miss Clearwarter nickte etwas erstaunt, kramte in ihren Ablagen herum und brachte schließlich ein Blatt zum Vorschein, auf dem einige wenige Zeilen in einer kräftigen, geschwungenen Handschrift standen. Sofort sah ich, dass es die gleiche Schrift war. Aber wie hatte ein Zettel mit einer Notiz meines Feindes ihren Weg vor eine Bank gefunden, die vor Kurzem ausgeraubt worden war? Ich blickte nicht mehr durch. Mit gewöhnlichen Einbrüchen hatte Milling sicher nichts zu tun! Vielleicht wurde Brandon schlau daraus, gleich nachher würde ich es ihm erzählen.

Kaum war ich draußen aus Lissa Clearwaters Büro, rief ich die Nachricht auf. Ja, Andrew Milling hatte mir geantwortet. Wieder durchlief mich ein Zittern.

> Wann ich zufrieden bin? Wenn sie weinen, so wie ich geweint habe. Der Große Tag wird kommen, Carag! Spätestens dann wirst du dafür büßen, dass du dich für die falsche Seite entschieden hast. Oder vielleicht schon früher. Viel früher.

»Das werden wir noch sehen«, murmelte ich und umklammerte das Handy mit Fingern, an denen mir Krallen gewachsen waren.

Als es Dienstag früh zu Hollys Menschen-Highschool losgehen sollte, fühlte ich mich schon sehr viel besser – jedenfalls körperlich. Mit langen Schritten lief ich die Treppe zur Eingangshalle hinunter – und stutzte. Eins der Bilder von Mrs Parker sah irgendwie anders aus als sonst. Ich schaute genauer hin und musste lachen. Jemand hatte den Mops, der sich mit Perlenkette auf einem roten Samtsofa rekelte, ein wenig verändert. Jetzt prangte auf dem Teppich vor ihm ein dampfendes

Hundehäufchen. Der Mops hielt ein riesiges Glas Bier in der Pfote und tauchte gerade die Zunge hinein, was irgendwie eklig aussah. Außerdem trug er jetzt eine Leine, die von einem wirklich überzeugend gemalten Zombie gehalten wurde.

Henry tauchte neben mir auf und staunte. »Wow, Mrs Parker wird einen Kläff-Anfall bekommen, wenn sie das sieht. Wisst ihr, wer das war?«

»Ich tippe auf Frankie«, sagte ich, denn unser Otter-Wandler hatte einen fiesen Humor.

»Ich war's aber nicht.« Wie aufs Stichwort erschien Frankie, um ebenfalls die neue Wanddekoration zu bewundern. »Es ist zu gut gemacht.«

Immer mehr Schüler sammelten sich vor dem Bild, bis sich die Verschönerung schließlich zu den Lehrern herumsprach. Kurz darauf half Theo einer vor Wut jaulenden Mrs Parker, das Gemälde abzuhängen. Yeah! Ein großes Dankeschön an Unbekannt.

Grinsend sah ich mich nach der dritten Teilnehmerin unserer Expedition um, der molligen Berta, die mit ihrer rot-gelben Daunenjacke aussah wie einer dieser aufgeplusterten Piepmätze, die Menschen Kieferntangare nannten. Sie war gerade erst beim Friseur gewesen und trug eine sportliche Kurzhaarfrisur.

»Bist du jetzt ein halb kahler Grizzly?«, fragte Henry, unser Frosch-Wandler, neugierig.

Berta blickte unglücklich drein. »Ich hoffe nicht – diese blöde Friseuse schneidet immer mehr ab, als sie soll!«

»Bill Brighteye hat sich sämtliche Haare abrasiert und er hat als Wolf ein ganz normales Fell«, tröstete ich sie. »Also, ziehen wir los?«

Theo wartete schon mit dem Kombi. Auf der Fahrt verfielen wir in Schweigen, wir waren alle etwas nervös. Ich, weil ich mit dieser Highschool keine guten Erinnerungen verband, Berta, weil sie immer wieder betrübt ihre Frisur in einem Minispiegel untersuchte, und Henry, weil ihm beim Autofahren meistens schlecht wurde.

»Sag mal, Berta, was meinst du zu diesem Ausraster von Mr Goodfellow gestern Morgen?«, fragte ich, um sie abzulenken.

Endlich steckte sie den Spiegel weg. »Das war irgendwie komisch, oder? Ich meine, wegen einem zermatschten *Insekt,* das kein Wandler war! Anscheinend hat er nie als Grizzly in der Wildnis gelebt und Millionen von Motten gefressen, wie mir Mrs Parker das mal empfohlen hat!«

»Hast du ihn schon mal als Bär gesehen?«, fragte Henry. Auch bei ihm funktionierte die Ablenkung.

»Ja, einmal, er ist ein Riesenkerl, enorm stark. Aber er verwandelt sich nicht gerne, hab ich gehört.« Berta zuckte die Schultern. »So was kenn ich. Wenn man fast nur als Mensch gelebt hat, fühlt sich das Bärsein zwar irgendwie richtig, aber auch ziemlich fremd an.«

Es war eine kurze Fahrt, schon waren wir angekommen und Theo wünschte uns viel Erfolg.

Mit gemischten Gefühlen musterte ich die gelben Steingebäude der Highschool mit den gewölbten rot-silbernen Dächern. War Holly dadrinnen? Wie ging es ihr? Wahrscheinlich würden wir es gleich erfahren.

Expedition Highschool

Wir waren absichtlich zur Pausenzeit gekommen. Die Flure wimmelten von Schülern, die zu ihren Schließfächern gingen, sich unterhielten und zu ihrem nächsten Kurs eilten. Jeder Lehrer hatte hier seinen eigenen Fachraum und die Schüler mussten zu ihnen kommen. Gespannt und besorgt sahen wir uns nach Holly um.

Es war ein seltsames Gefühl, nach einem halben Jahr wieder hier zu sein. Genauer gesagt fühlte es sich so an wie damals zu meiner Kätzchenzeit, als ich eine Kröte gefressen hatte, bevor meine Mutter mich warnen konnte.

Und dann sah ich ausgerechnet jemanden, den ich kannte – zum Glück nicht Kevin, Beverly und Sean, für die es der Höhepunkt des Tages gewesen war, meine Fahrradreifen mit Reißnägeln zu spicken. Anthony war ganz nett, ich hatte mit ihm zusammen den Wahlkurs Astronomie gehabt. Wie mein Stiefbruder Marlon war er im Footballteam der Schule, aber er mochte Marlon ungefähr so sehr wie einen Brechdurchfall.

Anthony stutzte kurz, als er mich sah, dann hellte sich sein Gesicht auf. »He, Jay, bist du das? Bist du wieder hier oder noch auf diesem komischen Internat?«

»Hi, Anthony«, sagte ich und grinste verkrampft. »Es ist nicht komisch, sondern richtig gut. Und, wie läuft's so?« Das war eine der ersten Redewendungen, die ich damals auswendig gelernt hatte.

»Mr Sanchez ist nicht mehr sauer auf dich, sondern trauert dir hinterher.« Anthony grinste zurück, beäugte neugierig Henry und Berta und fuhr fort: »Der hätte dich ja gerne im Footballteam gehabt, weil er meinte, du bist ein Kämpfer und irre schnell. Aber dann hattest du irgendwie 'nen schlechten Tag ...«

»Eher schlechte fünf Minuten«, sagte ich. Im Training war ich richtig gut gewesen, aber beim ersten echten Spiel, als Musik durch die Lautsprecher dröhnte, die Cheerleader herumhüpften und das Publikum grölte, war ich einfach wieder umgedreht und hatte gemacht, dass ich von all diesem Lärm wegkam. Der Football-Coach war nicht *wirklich* begeistert gewesen.

»Sag mal, hast du zufällig ein dünnes rothaariges Mädchen gesehen, das neu auf der Schule ist?«, mischte Berta sich ein.

Anthonys Grinsen wurde noch breiter. »Ich glaube, ich weiß, wen du meinst. Die war heute früh in meinem Englisch-Kurs! Es war so krass! Als sie ihre Lektüre bekommen hat, hat sie seelenruhig eine Seite *rausgerissen* und *aufgegessen*. Und dabei frech gegrinst und gesagt, das sei ein echt gutes Buch, total lecker. Du hättest mal das Gesicht unserer Lehrerin sehen sollen, haha!«

Henry, Berta und ich blickten uns an. Also setzte Holly ihren Plan, sich hier so unbeliebt wie möglich zu machen, in die Tat um! Ich fragte mich, ob die Buchseite ähnlich geschmeckt hatte wie ein Kiefernzapfen.

Mein ehemaliger Mitschüler warf einen Blick auf seine Uhr, winkte uns zu und zog ab. »Also dann, muss los, hab jetzt Chemie.«

Als Anthony abzog, griff Henry mich am Arm und deutete in

die andere Richtung, zu den Schließfächern hin. »Schau mal, da vorne. Da geht irgendwas ab!«

Ja, das stimmte. Der Hausmeister und ein anderer Mann schwangen ein Brecheisen, rückten damit einem Spind zu Leibe und gaben dabei Wörter von sich, die ich zuletzt von meinem Football-Coach gehört hatte. Neugierig gingen wir näher und ein scheußlicher Geruch stieg uns in die Nasen. Beinahe wäre ich ein paar Schritte zurückgetaumelt und auch Berta drehte sich sofort weg, ihre Sinne waren ebenso empfindlich wie meine.

»Eulendreck, was ist das?«, flüsterte ich den anderen zu.

Henry prüfte die Luft. Als Mensch und als Frosch hatte er einen recht guten Geruchssinn. »Nein, kein Eulendreck, aber dafür ein paar andere Ausscheidungen, dazu vergammelter Fisch, wenn ich mich nicht irre.« Mutig ging er näher heran und wechselte ein paar Sätze mit dem Hausmeister. Als er zurückkehrte, war sein großer Mund zu einem extrabreiten Lächeln verzogen. »Das ist Hollys Spind und sie hat leider, leider den Schlüssel im Schloss abgebrochen«, erzählte er. »Jetzt versuchen sie, den Spind aufzubekommen, bevor sämtliche Schüler und Lehrer in Ohnmacht fallen.«

Ich war gespannt, was Holly sich noch hatte einfallen lassen. Viel Zeit hatten wir nicht mehr, um sie zu finden, denn bald war die Pause vorbei. Und dann würde es auffallen, wenn drei Jugendliche in den Gängen herumlungerten. Dort durfte man sich normalerweise nur aufhalten, wenn einem der Lehrer eine Genehmigungskarte mitgegeben hatte. Ich stieß einen Fernruf aus – wenn man in Gedanken wirklich laut rief, konnte man andere Wandler noch etwa in einem Kilometer Entfernung erreichen. *Holly, wo bist du?* Leider konnten wir uns nicht von Kopf zu Kopf verständigen, wenn sie gerade ebenfalls ein

Mensch war. Sie konnte meinen Ruf nur hören, wenn sie gerade in zweiter Gestalt war. Wahrscheinlich deshalb bekam ich keine Antwort.

»Spürt ihr schon was?«, drängte ich die anderen. »Wenn wir sie jetzt nicht entdecken, wird das heute nichts mehr!«

Henry zuckte hilflos die Schultern, er konnte so etwas noch nicht, aber Berta und ich lauschten konzentriert in uns hinein. In »Verwandlung« hatten wir auch geübt, wie man andere Woodwalker erkannte, und unsere Sinne geschult, um andere Wesen unserer Art aus größerer Entfernung zu erkennen. Wenn ich einen guten Tag hatte und mich anstrengte, schaffte ich inzwischen drei Baumlängen und konnte bestimmte Woodwalker voneinander unterscheiden. Aber heute hatte ich keinen guten Tag – zu viele Bisswunden. Deswegen war es Berta, die schließlich sagte: »In dieser Richtung, glaube ich«, und den linken Gang hinunter zeigte.

Rasch, aber ohne zu rennen, gingen wir dort entlang – auf den ersten Blick ganz normale Schüler mit Rucksack und Büchern unter dem Arm. Berta watschelte ein wenig, weil sie nicht gerade dünn war, aber das täuschte darüber hinweg, wie schnell sie sprinten konnte, wenn nötig. Vielleicht würde es heute noch nötig werden ... wenn irgendjemand Verdacht schöpfte.

Hin und wieder schloss ich die Augen, um mich auf meine Empfindungen zu konzentrieren. Drei Räume mit schlichten grau gestrichenen Türen kamen infrage. Wieder tauschten Henry, Berta und ich einen kurzen Blick. »Also ich tippe auf den Raum da«, meinte ich und zeigte auf einen davon.

Dass ich falsch getippt hatte, merkten wir innerhalb von Momenten. Hinter einer anderen Tür ein paar Meter weiter gab es einen Aufruhr, die Tür flog auf und ein Lehrer marschierte heraus ... mit einer gut gelaunten Holly im Schlepptau.

»Unverschämtheit!«, motzte der Lehrer, der eine Brille trug und Hasenzähne hatte, aber offenbar kein Hasen-Wandler war, jedenfalls schnaubte er gerade wie ein gereizter Bulle. »Das geht nicht, nein, so was geht gar nicht, Mädchen! Und das kannst du dir gleich auch vom Direktor anhören!«

Wir drückten uns an die Wand, damit der Lehrer an uns vorbeistürmen konnte. Er beachtete uns nicht. Dafür aber Holly – als sie uns sah, strahlte sie.

»Alles bestens«, wisperte sie uns zu, wippte kurz in den Knien und schlug ein Rad, was der wütende Lehrer vor ihr nicht mal merkte. Federnd kam sie wieder auf die Füße und lief weiter.

»Was hast du dem Typen angetan?«, versuchte ich, sie zu fragen, doch schon waren die beiden an uns vorbeigestürmt. Wir hefteten uns an ihre Fersen.

»Wie wär's, wenn ich mich verwandle?«, flüsterte Henry mir aufgeregt zu. »Dann könnte ich von Kopf zu Kopf mit ihr reden.«

»Wenn du schnell bist, okay«, wisperte ich zurück, da wir gerade am Jungenklo vorbeikamen. Zum Glück hatte Henry in Verwandlung gute Fortschritte gemacht, er brauchte nur ein paar Momente, um seine zweite Gestalt anzunehmen. Schon lag auf dem Boden ein Haufen Klamotten, aber ein Wandler war nicht in Sicht. Ich grub mich durch Jacke, Pullover und ein T-Shirt, bis ich Henry-den-Frosch eingeklemmt unter seiner Jeans vorfand.

Es ist blöd, so klein zu sein! Strampelnd kämpfte sich Henry frei und ich steckte ihn kurzerhand in meine Jackentasche. *Puh, ist das stickig hier drin,* beschwerte er sich, während ich seine Sachen in meinen Rucksack stopfte.

Im Rucksack ist es nicht besser, also Klappe!, sagte ich ihm, dann nichts wie weiter, hinter Holly her. Schon konnte ich mithören, wie Henry sich mit ihr zu unterhalten begann.

Ich weiß gar nicht, wieso der sich so aufregt, erklärte Holly. *Ich hab ganz ruhig und nett in seiner Klasse gesessen, obwohl er überhaupt nicht freundlich zu mir war!*

Aha, und deswegen musst du jetzt zum Direktor?, fragte Henry trocken.

Na ja, ich hab dann die ganze Zeit über so getan, als hätte ich auch solche Hasenzähne wie er, gab Holly zu. *Irgendwann war er so beschäftigt damit, mir fiese Blicke zuzuwerfen, dass der Unterricht nicht mehr richtig weiterging ...*

Holly schob sich neben den wütenden Lehrer und blickte ernsthaft zu ihm hoch. »Übrigens, Ihre Brille ist dreckig«, hörte ich sie sagen. »Warten Sie mal, ich putze Ihnen die.« Bevor der Typ es sich versah, hatte sie ihm die Brille von der Nase genommen. Zu seinem Pech kamen wir gerade in einem Bereich vorbei, in dem sich ein Glasdach mit Streben über uns wölbte. »Richtig putzen kann ich nur bei Tageslicht, sonst sehe ich den Dreck nicht«, sagte Holly und schon begann sie, schnell und geschmeidig an diesen Streben hochzuklettern. Sie balancierte auf einem handbreiten Sims in einigen Metern Höhe und hielt dabei die Brille mit zwei Fingern hoch. »Einen Moment noch, bin gleich so weit«, rief sie herunter. »Ups!« Sie tat so, als wäre ihr die Brille aus der Hand gerutscht, fing sie aber blitzschnell wieder auf.

»Komm da runter – *sofort!*« Der Lehrer, jetzt brillenlos, sah aus wie ein Hase, der schon den heißen Atem eines Wolfs im Nacken spürt.

»Sie sind wirklich sehr ungeduldig.« Mit gerunzelter Stirn zog Holly ein Taschentuch hervor, das nicht wirklich frisch aussah. Selbst von hier aus sah ich die gelblichen Flecken darauf.

Gründlich putzte sie mit dem Ding die Brille, dann kletterte sie mit der gleichen Geschwindigkeit herunter wie vorhin hinauf und überreichte ihre Beute dem Lehrer. »So, bitte schön!«

In meiner Jackentasche strampelte etwas. *Was macht sie gerade?* Ein grünbraunes Köpfchen lugte über den Rand.

Kopf runter!, sagte ich und drückte Henry zurück. Hier draußen war es gerade zu gefährlich – der Lehrer sah aus, als würde er jeden Moment anfangen, auf Holly einzudreschen. Seine Hände zitterten, als er die Brille noch einmal an seinem Hemd nachpolierte und dann aufsetzte. »Du wirst schon sehen, was du davon hast!«, zischte er.

Schon waren wir vor den Räumen des Schulleiters angekommen. Holly tanzte förmlich in sein Büro, nicht ohne dem Lehrer mit den Hasenzähnen ein strahlendes Lächeln zu schenken. Alle drei verschwanden im Büro, dann wurde die Tür so laut zugeknallt, dass wir alle zusammenzuckten. Sogar Henry-der-Frosch.

»Ich weiß wirklich nicht, warum Menschen absichtlich solche scheußlichen Geräusche machen«, murmelte ich und setzte mich auf die aufgereihten Stühle vor dem Büro.

Berta nahm den Stuhl daneben, auf den ihr Hintern knapp draufpasste. »Es tut einfach gut, eine Tür zu knallen, wenn man wütend ist. Hab ich auch schon oft gemacht, wenn meine Mutter mich genervt hat.«

»Ach so.« Vielleicht sollte ich das ausprobieren, wenn Jeffreys Rudel mal wieder versuchte, mir das Leben vergällen. Mit etwas Glück war dabei noch ein Stück Pfote oder Wolfsschwanz in der Tür. Was für eine schöne Vorstellung.

Ich hätte nie gedacht, dass ich als Frosch in meiner alten Schule aufkreuzen würde, murmelte Henry fasziniert vor sich hin. *Es sieht alles so anders aus, wenn man ...*

Jaja, das ist schön, aber ich will viel lieber wissen, was die dadrinnen reden, drängte ihn Berta. *Also sag schon!*

Achtung, ich versuche jetzt mal was, sagte Henry und es wurde ganz still in meiner Tasche. Dann schickte er uns ein Bild, das er gerade über Holly bekam. Ich sah den Direktor, der steif dasaß und förmlich-kühl wirkte, und daneben den Lehrer, der inzwischen nicht mehr rot vor Wut war, sondern blass. Wie er dreinschaute, konnte man nicht genau erkennen, denn seine Brille war ein wenig verschmiert.

Der Direktor versuchte gerade, zu Wort zu kommen, womit er jedoch gewisse Schwierigkeiten hatte, denn Holly gab ihm gerade wichtige Tipps für sein weiteres Leben. »Wissen Sie, Sie sollten einfach lockerer werden«, empfahl sie ihm. »Es würde helfen, wenn Sie sich den Stock aus dem Hintern ziehen. Sie wirken jedenfalls so, als hätten Sie da einen, wissen Sie ...«

Wir hätten furchtbar gerne noch mehr gehört. Nur leider tauchte der Hausmeister auf, der einen müffelnden Plastiksack und einen mürrischen Gesichtsausdruck trug. Anscheinend hatten er und seine Kollegen es inzwischen geschafft, Hollys Spind zu öffnen. Das bedeutete leider, dass er Gelegenheit bekam, uns Aufmerksamkeit zu schenken. »He, ihr da – habt ihr einen Termin beim Direktor?«

»Äh, ja«, sagte Berta. Sie konnte noch schlechter lügen als ich und wurde leider auch rot dabei. Allmählich machte ich mir Sorgen, dass sie sich vor Stress an Ort und Stelle verwandeln und dem armen Mann einen Herzinfarkt bescheren würde.

»Eigentlich müssen wir gerade los«, sagte ich und stand hastig auf.

Das machte den Mann noch misstrauischer. »Zeigt mal eure Schülerausweise.«

Ich griff in meine Tasche, um so zu tun, als würde ich das

Ding suchen – nur leider hatte ich vergessen, dass dort jemand steckte. *He, das kitzelt, nimm deine verdammte Riesenpranke da raus,* beschwerte sich Henry und fing an, mit den Hinterbeinen zu treten. Mit Augen, die immer größer wurden, betrachtete der Hausmeister den Aufruhr in meiner Tasche. Nicht gut, gar nicht gut. Es war Zeit für einen schnellen Abgang – unser »Hörnchen des Schreckens« kam offensichtlich ohne Hilfe klar.

»Jetzt!«, sagte ich zu Berta und wir rannten los.

Grizzlys sind schnell, aber Pumas sind schneller. Ich kam vor Berta am Schultor an. Geschlossen, aber das machte nichts. Schon waren wir über den Zaun gesprungen und versteckten uns hinter ein paar Containern in der Nähe.

»Ist doch prima gelaufen«, fand Berta. »Jetzt wissen wir wenigstens, dass Holly bald wieder auf unsere Schule kommt.«

»Wenn sie nicht vorher von irgendjemandem erschlagen wird«, wandte ich ein und zog unser Gruppenhandy hervor, um Theo anzurufen.

Geständnisse

Holly kam noch am selben Abend zurück, allerdings nicht mit guten Nachrichten. »Diese Leute wollen mich weiter behalten, ist das nicht unfassbar?«, beschwerte sie sich während des Essens und kämmte ihren wilden Haarschopf mit den Fingern durch. »Aber weil sie noch keine beknackte Pflegefamilie für mich gefunden haben, soll ich erst mal weiter hier pennen. Morgens holt mich einer dieser pissgelben Schulbusse ab und bringt mich am Nachmittag zurück.« Sie rümpfte die kleine sommersprossige Nase. »Wartet nur ab, in ein paar Tagen haben sie endgültig genug von mir und ich kann ganz zurück.«

»Ich tue weiterhin, was ich kann«, versprach ihr Lissa Clearwater, die in diesem Moment mit James Bridger an unseren Tisch kam. »Aber im Moment hängt leider alles an diesem Vormund.«

»Mein Team 1 hat herausgefunden, dass er ein Alkoholproblem hat, vielleicht könnte man das mal seinem Arbeitgeber stecken«, sagte Bridger.

»James! Das meinst du nicht ernst.« Mit hochgezogenen Augenbrauen blickte Lissa Clearwater ihn an und ihre geisterweißen Haare wehten in einem Luftzug, der durch die halb offene Glaskuppel hereinkam. »Du würdest wirklich jemanden bei seinem Chef anschwärzen?«

Mein Lieblingslehrer verzog keine Miene. »Was erwartest du,

Lissa? Wenn wir unsere Leute nicht schützen, macht es niemand. Und mir ist ziemlich egal, wie wir das tun, solange niemand verletzt wird.«

Hitzig diskutierend gingen sie zurück an den Lehrertisch. Holly hatte nur Augen für ihren Nachtisch – Grießbrei mit Zimt –, aber Brandon, Dorian, Nell und ich blickten uns eingeschüchtert an. Hoffentlich war es nicht nötig, so weit zu gehen, das klang fast schon wie eine verbotene Menschentat.

So wie Bankraub und Einbruch. Noch war ich nicht dazu gekommen, Holly ausführlich zur Rede zu stellen, aber nun konnte ich das nicht länger aufschieben. Gleich nachdem ich meinen eigenen Nachtisch verputzt hatte – inzwischen wusste ich, dass man den Teller nicht abschleckte –, lotste ich Holly nach draußen, zu unserem Baumhaus am Rand der Wiese.

»Ich komme mit«, verkündete Brandon, doch instinktiv schüttelte ich den Kopf. Auch Brandon war Hollys Freund, aber ich hatte das Gefühl, dass sie mir mehr sagen würde, wenn wir alleine waren.

Eine Leiter brauchte keiner von uns beiden, um ins Baumhaus zu gelangen – Holly flitzte als Rothörnchen hinauf und ich jagte den Stamm als Puma nach oben. Im Klettern war ich sogar noch besser als mein Vater, das hatten wir mal in einem kleinen Wettbewerb

geklärt. Er war der beste Jäger der Familie, dafür hatte uns Mia alle im Schwimmen geschlagen und meine Mutter hatte den weitesten Sprung geschafft.

Es war eine kühle Nacht und Holly zischte nicht wie üblich auf Geländer und Dach herum, sondern kuschelte sich schon bald zwischen meine Vorderpranken. *Du willst mit mir reden, stimmt's?*, fragte sie mit ganz kleiner Stimme.

Vertraust du mir?, fragte ich zurück.

Ja, tu ich, kam es zurück. *Du mir auch? Glaubst du mir, dass ich mit diesen großen Klauereien nichts zu tun habe?*

Ganz kurz schleckte ich ihr übers Fell. *Ja. Aber ich mag es nicht besonders, wenn du mich anlügst. Was ist denn nun mit dir? Wohin gehst du in diesen Nächten?*

Ein winziger Hörnchenseufzer in meinem Kopf. *Es ist so peinlich. Eigentlich wollte ich es niemandem sagen. Wirklich niemandem.*

Schweigend wartete ich ab, obwohl mir vor Neugier fast die Krallen ausfielen.

Ich glaube, dazu muss ich ein bisschen was erklären, begann Holly. *Hab ich dir mal erzählt, dass meine Mama von einer Eule erwischt worden ist, ziemlich bald nach-*

dem ich geboren war? Danach hat sich mein Papa um mich gekümmert, aber irgendwann war auch er dran. Ein Luchs. Da war ich sechs Jahre alt.

So klein. Mein Herz krampfte sich zusammen, wenn ich nur daran dachte. *Habt ihr nur in zweiter Gestalt gelebt?*

Nein, halb-halb, wir hatten eine kleine Wohnung am Rand von dem Ort, wo wir damals wohnten, meinte Holly. *An meinen Papa kann ich mich noch ein bisschen erinnern, er hat gerne Witze gemacht, mir Nussmilch mit Karamell gekocht und ist mit mir durch den Wald getobt. Tagsüber war er mit mir zusammen, abends hat er dann für andere Leute Burger gebraten, damit wir Geld hatten.*

Vorsichtig fragte ich: *Als er tot war, haben sie dich da gleich ins Waisenhaus gesteckt?*

Ja – und du meine Fresse, war das ein hässlicher Betonkasten! Mitten im Industriegebiet zwischen Motels und irgendwelchen grauen Firmengebäuden, kein Baum und kein Gras weit und breit. Und drinnen war auch alles grau. In unserer alten Wohnung hatten wir jede Wand in einer anderen Farbe gestrichen und sind dann absichtlich noch mal mit bunten Pfoten drübergelaufen. Als Dekoration, weißt du? Hollys Stimme war immer leiser geworden, ich hörte sie kaum noch in meinem Kopf.

Das sah bestimmt schön aus, antwortete ich.

Den meisten Leuten im Heim war ich egal und manche mochten mich nicht. Die anderen Kinder fanden mich komisch. Immer wieder bin ich ausgerissen und musste wieder zurück, ich war noch zu jung, um in der Wildnis klarzukommen. Richtig schlimm wurde es aber erst nach der Sache mit der Decke.

Decke?, fragte ich verblüfft.

Weißt du, ich hatte nicht viele Sachen aus meinem alten Leben, erklärte Holly. *Für uns Woodwalker sind Sachen ja nicht so wichtig. Aber ich hatte diese ganz bunte Decke für mein Bett, ich hatte sie mir gewünscht und mein Vater hatte lange gespart, um sie mir kaufen zu können.*

Jetzt fiel mir ein, welche Decke sie meinte. Ich hatte sie in ihrem Zimmer gesehen, wie immer über das Bett gebreitet, ein Wirbel aus Smaragdgrün und Orange und Violett. Noch bunter als die heißen Teiche von Yellowstone, die meine Eltern und ich so oft aus sicherer Entfernung bewundert hatten.

Tja, das Problem war, in diesem beknackten Heim sollten alle Betten gleich aussehen, es waren immer sechs in einem Zimmer. Ich spürte, wie Hollys kleiner Körper zwischen meinen Pfoten zitterte. *Mit einer Erzieherin verstand ich mich sowieso nicht gut und wir hatten einen tierischen Streit darüber, ob ich diese Decke benutzen darf oder nicht. Also, um es kurz zu machen, ich durfte nicht. Da bin ich völlig ausgerastet und hab sogar mit Dingen geworfen, kannst du dir das vorstellen?*

Innerlich musste ich grinsen. Und ob ich mir das vorstellen konnte. Wenn Holly durchdrehte, dann richtig! *Mit harten, schweren Dingen hoffentlich?*, meinte ich und ihre haarigen Öhrchen kitzelten mich unter dem Kinn.

Aber hallo. Leider habe ich die hohle Nuss von einer Erzieherin auch mit meinen Menschenzähnen gebissen.

Ich versuchte, mir nicht anmerken zu lassen, wie erschrocken ich war. Unter Menschen war es nicht üblich, einander zu beißen, so viel hatte ich schon mitbekommen!

Natürlich gab's dafür 'ne fette Strafe, fuhr Holly fort. *Ich hab mich verkrochen und war wütend auf alle Menschen, aber ich war auch erschrocken über mich selbst und furchtbar traurig, weil ich meinen Papa vermisste. Und ausgerechnet ein paar*

Tage später, während alle in diesem Heim dachten, ich bin total gefährlich, und ich Menschen immer noch blöd fand ...

Was? Meine Schnurrhaare vibrierten vor Neugier.

Da kamen diese netten Leute, die ein Kind zu sich nehmen wollten. Kein Baby, sondern ein schon etwas älteres Kind wie mich. Ein sehr, sehr tiefer Seufzer. *Wir redeten ein bisschen miteinander und sie waren total lieb zu mir, anscheinend gefiel ich denen. Aber ich wollte damals mit Menschen nichts mehr zu tun haben, weil die mich sowieso nicht verstehen konnten, weißt du? Ich war immer noch scheißwütend und plante, bald in zweiter Gestalt in den Wald zu gehen und nie wiederzukommen.*

O nein! Ich nahm sie behutsam zwischen die Zähne und schüttelte sie. *Hast du die netten Leute etwa rausgeekelt?*

Sag mal, wann hast du dir eigentlich zuletzt die Beißerchen geputzt?, zeterte Holly, strampelte sich frei und gab mir einen Faustschlag mit ihrer winzigen Pfote auf die Schnauze.

Au!, sagte ich pflichtbewusst. *Also, was war denn jetzt mit diesen Besuchern?*

Ich glaube, ich war sogar absichtlich frech zu ihnen. Holly vergrub den Kopf in den Pfötchen. *Weißt du, ich dachte, ich bin sowieso nicht gut für sie. Wenn sie mich mitgenommen hätten, hätte ich ihnen vielleicht auch etwas getan – so wie dieser Erzieherin.*

Ich seufzte. *Aber was genau hat das alles damit zu tun, dass du in den Nächten so oft abhaust und irgendwo ... ah!* In meinem Kopf sortierte sich etwas. *Sag bloß, du besuchst sie? Deshalb war deine Witterung vor dieser Bank zu finden – du bist dort vorbeigegangen, als du diese Leute besucht hast. Aber was ist daran peinlich?*

Na ja, ich ... äh, ich ..., stammelte Holly herum.

Plötzlich wurde mir alles klar. *Eulendreck, besuchst du sie etwa in zweiter Gestalt? So, dass sie gar nicht wissen, dass du dieses Mädchen aus dem Heim bist?*

Genau, gestand Holly beschämt. *Sie nennen mich Sunday, weil ich beim ersten Mal an einem Sonntag zu ihnen gekommen bin. Ich muss schon sagen, die Nüsse, die sie mir spendieren, sind saulecker.*

Da konnte ich nicht anders, ich musste einfach loslachen. Ich schnaubte und prustete, mein Schwanz peitschte hin und her und ich grub die Krallen in die Bretter des Baumhauses. *Ausgerechnet du! Irre ich mich oder hast du immer drauflosgelästert über Woodwalker, die als Haustiere leben? Du verachtest alle, die sich füttern und versorgen lassen, erinnere ich mich da richtig?*

Holly schoss zwischen meinen Pfoten hervor wie ein kleiner rotbrauner Tornado. *Könntest du vielleicht mal aufhören, so herumzugrölen, sonst wissen bald alle, was los ist!*, zischte sie und wollte mich an den Ohren ziehen.

Doch bevor sie auf meinen Kopf klettern konnte, fing ich sie unter meiner Pranke. *Weißt du, was, du Blödhörnchen? Du solltest die mal richtig besuchen. Als Mensch.*

Kaum hatte ich sie losgelassen, lief Holly in Höchstgeschwindigkeit auf dem Geländer hin und her. *Du hast wohl Matsch im Kopf! Das kann ich nicht! Ich hab mich wirklich blöd benommen damals!*

Aber das ist schon Jahre her, richtig?, sagte ich. *Gib ihnen doch eine Chance.*

Wieder einmal musste ich an meine eigenen Eltern denken. Noch drei Tage, bis ich sie endlich besuchen konnte, manchmal hatte ich richtig Magenschmerzen vor Sehnsucht. Bald kam es darauf an, ob mein Vater und ich einander eine Chance gaben. Mühsam wandte ich meine Gedanken wieder Holly zu. *Wer sind die beiden denn?*

Holly gab auf. *Sie heißen Silver mit Nachnamen,* erzählte sie. *Kenny arbeitet in einem Ski-Geschäft, repariert Skier und Schneemobile und so, manchmal führt er auch irgendwelche beknackten Touristen in die Berge. Doris putzt in Hotels und sieht oft ganz schön fertig aus. Abends sitzen sie vor dem Kamin zusammen auf ihrem bunten Sofa, trinken Kaffee mit Haselnussgeschmack und hören Country-Musik.*

Das klingt doch toll, ich wette, sie würden sich freuen, dich zu sehen, sagte ich und wünschte mir aus ganzem Herzen, dass es wirklich so sein würde. Und dass die Silvers sich überhaupt noch an diesen Tag im Waisenhaus erinnerten. *Wenn du willst, komme ich mit. Als Junge, damit sich die beiden nicht zu Tode erschrecken.*

Na gut. Auch wenn ich Country-Musik hasse. Aber das brauche ich ihnen ja nicht zu sagen. Holly setzte sich auf die Hinterbeine und putzte sich das Gesicht, obwohl es ausnahmsweise mal nicht dreckig war. *Morgen Abend, okay?*

Ich nickte. Nur ein Problem blieb – wenn Holly es nicht war, wer beging dann all diese Einbrüche in Jackson Hole?

Für die Katz

Holly durfte in ihrem Zimmer mit Wing (und ihrer geliebten Decke) übernachten, aber pünktlich am nächsten Morgen stand ein gelb-schwarzer Schulbus vor unserer Eingangstür, um sie zur Jackson Hole Highschool zu bringen. Arme Holly! Wütend musterte sie den Bus, der schon voll besetzt war mit gelangweilten Menschenjugendlichen, die auf ihren Smartphones daddelten, sich gegenseitig Dinge an den Kopf warfen oder schnell noch Hausaufgaben machten. Manche musterten durch die Fenster neugierig unsere Schule, Holly, Wing und mich. Sie hatten so dermaßen keine Ahnung, wer da vor ihnen stand!

»Na gut«, knirschte Holly und setzte sich in Bewegung. »Aber die werden schon sehen, was sie davon haben!«

Ich blickte sie an. »Du ziehst es also durch?«

Holly erwiderte meinen Blick und auf ihrem Gesicht blitzte ein Lächeln auf. »Ja – wenn ich abhaue, holt mich nur wieder die Polizei. Ihr werdet sehen, in ein paar Tagen habe ich es geschafft, dass sie mich rauswerfen, und alles ist nussig, okay?«

»Stürz nicht ab!«, sagte Wing besorgt und gab Holly eine ihrer eigenen schwarzen Federn als Glücksbringer mit.

Nachdem der Bus losgefahren war, schlurfte ich bedrückt um das Gebäude herum – durch die seitliche Pausenhof-Tür kam ich in der Nähe unseres Klassenraums heraus. Doch kaum war ich im Gebäude, fiel mir auf, dass es dort stank. Uäh, Wolfspisse! Ich konnte gerade noch verhindern, dass an meinen Fingern Krallen wuchsen.

»Was ist denn hier passiert?«, fragte ich Theo, der im Korridor den Wischlappen schwang.

»Jemand hatte Miro eingeredet, dass man als Geste des Respekts vor dem Lehrerzimmer markieren muss«, brummte unser Hausmeister, in seiner zweiten Gestalt ein massiger Elchbulle. »Wenn ich den Mistkerl erwische, der ihm das weisgemacht hat, wird man den Hufabdruck auf seinem Hintern noch lange sehen!«

»Guter Plan«, meinte ich, hielt mir die Nase zu – Finger sind unglaublich praktisch! – und ging weiter zum Klassenzimmer, in dem wir gleich Menschenkunde hatten. Dabei kam ich an Mr Goodfellow vorbei. Er lächelte und summte gedankenverloren vor sich hin, hörte jedoch sofort auf, als ich ihn grüßte. »Ach ja, Carag, guten Morgen«, meinte er und ging dann rasch weiter, was mir seltsam vorkam. So, als ob ich ihn bei irgendwas ertappt hätte.

Aus einer Eingebung heraus wanderte ich an unserem Klassenzimmer vorbei und schaute mir Mrs Parkers Bilder in den Fluren weiter vorne an. Ich musste grinsen, als ich sah, dass der unbekannte Täter wieder zugeschlagen hatte. Das Bild, in dem der edle Mops gerade einen fiesen Drachen bezwingt, sah nicht mehr ganz so aus wie zuvor. Der Drache war jetzt rosa, lächelte und trug Lippenstift, der Mops dagegen hatte lange Reißzähne und einen hinterhältigen Blick bekommen. Er trug ein sehr unvorteilhaftes Muskelshirt. War es unser neuer Lehrer, der die Bilder verzierte? Oder warum genau hatte er eben so eigenartig gewirkt, als er mir aus Richtung der Gemälde entgegenkam?

Miro, der gerade mit Jeffrey, Cliff und Bo vorbeikam, sah betrübt aus. *Ach wie schade, ich fand das vorher so schön. Hoffentlich bleiben wenigstens die anderen tollen Bilder ganz!*

Die Wölfe starrten ihn so verblüfft an, dass sie vergaßen, sich über mich lustig zu machen, dann gingen sie glucksend zum Klassenzimmer weiter. So entging ihnen zum Glück, wie starr ich dastand und ihnen hinterherblickte. Jeffrey und sein Rudel, Andrew Millings Verbündete. Damit waren sie gefährlicher denn je und Milling hatte es nicht mehr nötig, andere Spione in der Schule unterzubringen.

Es war schwer, sich überhaupt nichts anmerken zu lassen. Die Wölfe durften nicht ahnen, dass Miro mit mir gesprochen hatte – und was er mir unabsichtlich offenbart hatte.

Die erste Stunde mittwochs war immer Menschenkunde. Miro, noch immer in Wolfsgestalt, bestaunte die neue Wanddekoration – wir hatten in einer der letzten Stunden einen Ausflug gemacht und Fotos davon geschossen, was in der Menschenwelt erlaubt war und was nicht. Alles Verbotene hatten wir anschließend durchgestrichen. Man sah noch, wie lustig der Ausflug gewesen war: Cookie baumelte mit dem Greifschwanz an einer Fernsehantenne und schaute verschmitzt in die Kamera. Holly tat als Rothörnchen so, als würde sie einen Haufen direkt auf die Kühlerhaube eines Autos setzen. Jeffrey posierte mit ausgestreckter Zunge vor einem Schaufenster, als wolle er es abschlecken, und Shadow steckte im Supermarkt einen Apfel unter sein Sweatshirt (Mrs Calloway hatte ihn anschließend gezwungen, ihn wieder zurückzulegen).

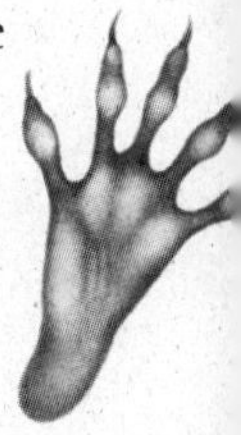

Was macht der Rabenjunge da?, fragte Miro interessiert.

Obst entführen, informierte ihn Wing. *Aber Miss Calloway hat ihm gesagt, er muss erst an der Kasse Lösegeld bezahlen.*

Ich musste lächeln. Die Rabengeschwister waren schwer beeindruckt gewesen von Melodys Entführung.

»Heute besprechen wir Sprichwörter und Redewendungen der Menschenwelt«, kündigte Sarah Calloway an. »Kennt ihr schon ein paar, besonders welche, die mit Tieren zu tun haben?«

»Ich hab mal gehört, dass jemand *Das war für die Katz* gesagt hat, aber es war keine Katze in Sicht«, meldete sich Cookie.

»Und was heißt eigentlich *Einen Vogel haben?*«, meinte Wing ratlos. »Ich hab ja schon mitbekommen, dass manche Leute Vögel in Käfige stecken, aber so war das nicht gemeint, glaube ich.«

Einen Vogel haben heißt verrückt sein, meldete sich Juanita schüchtern zu Wort und verblüfft starrten wir alle hoch zu ihr an die Decke des Klassenzimmers. Manchmal vergaßen wir, dass sie dort oben hockte, doch hin und wieder sagte sie kluge Dinge.

»Prima, Juanita, das stimmt«, lobte sie Sarah Calloway. »Die Menschen stellen sich vor, dass verrückte Leute statt eines Gehirns einen kleinen Vogel im Schädel haben, der dort herumhüpft.«

»Ach so«, meinte Shadow. »Wahrscheinlich einen Spatz, Spatzen plappern ja ständig. Mit so einem im Kopf könnte ich auch nicht denken.«

»Und was bedeutet das mit der Katz?«, fragte ich neugierig.

Verlegen räusperte sich Miss Calloway. »Ich fürchte leider, es heißt, dass etwas vergeblich war.«

»Aha.« Grimmig schrieb ich mit. *Vergeblich,* ja, das passte gerade. Ich hatte einzelne Hinweise, dass Andrew Milling plante, den Menschen etwas anzutun, das für sie schlimmer war als der Tod – das hatte er am Tag meiner letzten Prüfung selbst gesagt. Doch ich hatte keine Ahnung, was ich dagegen unternehmen sollte – außer tatenlos zusehen, wie er immer mehr Woodwalker auf seine Seite brachte. Ich mochte ihn einmal mithilfe meiner Freunde besiegt haben, aber das war vergeblich – er war reich und mächtig und wer war ich schon?

Brandon hatte bei *vergeblich* offenbar an etwas anderes gedacht. Er kritzelte etwas auf einen Zettel und schob ihn mir zu. Unter dem Tisch las ich ihn.

Wir müssen weiter nach Hinweisen suchen! Noch wissen wir nicht, wer wirklich diese Bank ausgeraubt hat!

Ich weiß, kritzelte ich darunter. *Holly und ich gehen heute Abend zusammen auf Geheimmission in die Stadt, komm einfach mit.* Hoffentlich ging alles gut, wenn sie die Silvers zum ersten Mal als Menschenmädchen besuchte!

Cliffs Stimme riss mich aus meinen Gedanken. »Ich kenne noch eins – *Wasch mir den Pelz, aber mach mich nicht nass!* Ich glaube, das heißt, dass man gerne die Vorteile einer Sache hat, aber nicht die Nachteile in Kauf nehmen mag.«

Dafür bekam er ein Lob von Mrs Calloway und einen bewundernden Blick von Miro.

»Du musst den Bären erlegen, bevor du das Fell verteilen kannst«, trug Bo bei und Berta warf ihm einen superfinsteren Blick zu.

»Ich kenne noch eins«, meldete sich Jeffrey hochmütig zu Wort. *»Besser als Wolf sterben denn als Hund leben.«* Wahrscheinlich fantasierte er schon darüber, wie er als Andrew Millings rechte Hand die Welt beherrschen würde. In Wahrheit war auch Jeffrey lieber ein lebendiger Wolf und würde sich garantiert nicht trauen, dieses Sprichwort in Mrs Parkers Unterricht zu wiederholen. Denn dann würde er zum ersten Mal eine miese Note in Musik kassieren!

»Besprechen wir irgendwann noch Woodwalker-Sprichwörter?«, fragte Viola höflich. »Ich kenne nämlich ein echt schönes: *Wenn du den Weg des Lebens gehst, vergiss nicht, die Blumen am Wegesrand zu fressen!«*

Die Wölfe – inklusive Tikaani – lachten sich schlapp. »Ach, da gibt es noch bessere«, meinte Jeffrey. *»Wenn du durch den Wald trabst, vergiss nicht, das Kaninchen am Wegesrand zu erlegen.«*

Eingeschnappt klappte Nimble sein Heft zu. »Vielen Dank, Jeffrey.«

»Aus einer Mücke einen Elefanten machen«, mischte sich Lou ein, vielleicht um die Klasse wieder aufzuheitern. Es funktionierte, nicht nur ich musste lachen über diese Vorstellung. Ein Glück, dass wir keinen Elefanten-Wandler an der Schule hatten – wenn der seine zweite Gestalt annahm, riss er das halbe Gebäude ein!

»Jemanden zur Schnecke machen, kennt ihr den?«, fuhr Lou fort. »Klingt irgendwie komisch, denn Menschen können das doch gar nicht, andere Leute verwandeln.«

»Ja, aber den Spruch mit dem Elefanten finde ich noch bescheuerter«, meinte ich. »Der klingt, als gäbe es Wandler mit zwei Tiergestalten.«

Mrs Calloway blickte mich nachdenklich an. »Das ist ein sehr interessanter Punkt, Carag. Es gibt nämlich tatsächlich Legenden darüber, dass ...«

Der Schulgong unterbrach sie. Ich hätte gerne gewusst, was sie erzählen wollte, doch Brandon sprang schon auf und kam zu mir, um unsere weiteren Detektiv-Aktivitäten zu besprechen.

Der Eindringling

Die letzte Stunde an diesem Tag war Kampf und Überleben. »Haben Sie Miros altes Rudel schon gefunden?«, fragte ich Bill Brighteye schnell, bevor die Stunde begann.

Er schüttelte den Kopf. »Es ist seltsam. Mir scheint, sie haben ihr Revier eigentlich viel weiter nördlich, in Yellowstone. Vielleicht sind sie mit voller Absicht in den Süden gekommen, um Miro möglichst weit wegzubringen, bevor sie ihn ausstoßen.«

Sein Gesicht war so grimmig wie meins.

Weil Miro gerade wedelnd auf uns zutappte, wechselten wir rasch das Thema. »Carag, du kämpfst heute mit Brandon – in Menschengestalt«, kommandierte Brighteye. »Miro, du übst bitte in zweiter Gestalt mit Cookie.«

Mit einem Opossum? Miro war empört. *Das ist Beute und kein Rudelmitglied!*

Brandon und ich blickten uns an. O nein, das klang schon ziemlich nach Jeffrey! Zufrieden grinsend beobachtete Jeffrey, was geschah, doch das Grinsen verging ihm schnell. Bill Brighteye packte Miro am Nackenfell. *Cookie ist keine Beute, sondern deine Mitschülerin! Ich will so was nicht mehr hören, nie wieder, klar? Egal, was die anderen Wölfe sagen. Die haben hier nämlich nichts zu melden.*

Nie wieder, alles klar, fiepte Miro und machte, dass er zu Cookie hinüberkam.

»Na dann, legen wir los«, sagte ich zu Brandon. Wir standen uns gegenüber und lächelten uns ein bisschen verlegen an – noch nie zuvor hatten wir gegeneinander kämpfen müssen.

»Du tust mir nicht weh und ich tu dir nicht weh, okay?«, sagte er.

»Deal«, meinte ich. »Es hilft, dass du gerade keine Hörner hast und ich keine Zähne.«

»Klar hast du Zähne, schau doch mal in den Spiegel«, protestierte Brandon.

»Machst du Witze?« Ich berührte mein lächerliches Menschengebiss. »Die zählen nicht.«

Zum Glück standen sowieso keine kompletten Kämpfe, sondern nur Übungen auf dem Programm. Wie Brighteye es uns gezeigt hatte, packte Brandon mein rechtes Handgelenk, als wäre er mir feindlich gesinnt. Ich ergriff mit der anderen Hand meine Rechte, um sie zu stützen, bewegte mich ruckartig zur Seite neben ihn und schleuderte dann meinen ausgestreckten linken Arm auf sein Gesicht zu. Hätten wir Ernst gemacht, hätte ich ihm mit der waagrechten flachen Hand die Nase gebrochen.

»Schaute schon gut aus«, lobte mich Mr Brighteye und wir wechselten die Rollen. Jetzt war ich dran, Brandon am Arm zu packen. Obwohl Brandon das nervös machte, sah es gut aus, wie er mir den einen Arm entriss und den anderen zur Seite schnellen ließ. Nur leider kalkulierte er die Entfernung falsch und stoppte seinen Arm zu spät ab. »Aua!«, beschwerte ich mich und hielt mir die getroffene Nase. »Was sollte das denn, du Huftier-Trampel?«

»O nein, Carag, das tut mir total leid, wirklich!« Brandon war tief betroffen.

»Fast nichts passiert«, brummte ich etwas besänftigt. »Wart

nur ab, jetzt bin ich wieder dran.« Doch vor dem nächsten Durchgang nutzte ich die Chance und schaute nach, wie Miro und Cookie sich hielten.

Cookie war zwar als Mädchen klein und zart, doch Bill hatte ihr in den letzten Monaten beigebracht, sich erfolgreich zu wehren. Nur hatte sie leider Angst vor Wölfen, selbst vor einer solchen Miniaturausgabe wie Miro. Prompt stellte sie sich tot, als er auf sie zusprang.

Ich hab gewonnen, oder?, fragte Miro zufrieden und schnupperte an dem Opossum, das vor ihm lag und alle viere von sich streckte.

Bill Brighteye seufzte. *Cookie! Los jetzt! Sonst muss ich dir leider eine Sechs verpassen!*

Das wirkte. Blitzartig sprang Cookie auf und schnappte mit ihren nadelspitzen Zähnen nach Miros Nase. Der Welpe erschrak so sehr, dass er viel zu schnell zurückwich, sich in seinen eigenen Pfoten verhedderte und auf den Hintern plumpste.

Punkt für Cookie, stellte Bill Brighteye fest. *Miro, lass dich nicht von einem scheinbar hilflosen Gegner täuschen.*

Schwer beleidigt griff Miro an – so heftig, dass Cookie noch einmal ihr Heil im Scheintod suchte. Damit hatte Miro wohl nicht gerechnet. Er stolperte über das daliegende Opossum und fiel voll auf die Nase.

Brandon und ich grinsten. Jeffrey – gerade ein Mensch – sah mich an, als würde er planen, wie er mir am besten das Fell abziehen könnte. Ganz klar, für ihn war ich an allem schuld, was bei ihm schieflief, sogar am Versagen seines jüngsten Rudelmitglieds!

In diesem Moment bemerkte ich, dass Tikaani Kurs auf Jeffrey genommen hatte. Ihre Miene war seltsam starr. Was wollte sie denn von dem? Irgendwas stimmte da nicht! Hätte ich gerade ein Nackenfell gehabt, hätte es sich jetzt gesträubt.

Tikaani sagte ein paar Worte zu Jeffrey und der schob mit einem breiten Grinsen seine Basecap in den Nacken. Ungläubig sah ich, dass Jeffrey ihr den Arm um die Schultern legte und den anderen Wölfen etwas signalisierte. Sofort kamen Cliff, Bo und Miro heran und scharten sich freudig um Tikaani, drückten sie und knufften sie. Ich begriff, was das bedeutete ... aber ich wollte es nicht glauben. Wie irgendeine halb betäubte Beute stand ich in der Gegend herum und starrte.

»Nächste Übung, Leute!«, rief Bill Brighteye und das Rudel lief wieder auseinander.

Obwohl Tikaani versuchte, mir aus dem Weg zu gehen, schaffte ich es, sie später im Flur vor den Schülerzimmern zur Rede zu stellen. »Warum hast du das gemacht? Du weißt doch, was für ein Kerl Jeffrey ist! Du willst allen Ernstes wieder seine Beta sein? Ich kapiere das nicht!«

»Du kapierst so manches nicht, Carag«, sagte Tikaani, sie klang nicht ärgerlich, sondern nur traurig. Mit einem langen Blick sah sie mich an, einem Blick, der durch mich hindurchzugehen schien bis in die Tiefen meiner Seele.

Dann ging sie in ihr Zimmer und schloss die Tür hinter sich.

Als Holly an diesem Nachmittag aus dem gelben Schulbus sprang, sah sie ein bisschen zerzaust, aber triumphierend aus.

»Und, wie ist es gelaufen?«, fragte ich besorgt.

»Gut«, berichtete Holly mit unschuldigem Blick. »Für mich jedenfalls. Ich glaube, die Lehrer fanden es nicht so toll, dass ihre Toilette unter Wasser stand. Außerdem konnten leider viele von ihnen ihre Schlüssel nicht finden, ich weiß auch nicht, warum.«

Brandon schnaubte vor Lachen und zerkaute vergnügt ein

Maiskorn, aber ich brachte kaum ein Lächeln zustande. »Tikaani hat sich wieder Jeffreys Rudel angeschlossen«, berichtete ich Holly.

»Was? Diesem Dreckswolf? Will sie nichts mehr mit uns zu tun haben oder was?«

»Keine Ahnung«, sagte ich und mein Herz fühlte sich so schwer an, als wäre es aus Granit. Ich mochte diese verdammte Wölfin und bisher hatte ich gedacht, dass sie mich auch mochte ... oder hatte sie mir nur etwas vorgespielt?

Beim Abendessen setzten wir uns nicht wie sonst zu den anderen an einen Sechsertisch, sondern suchten uns einen Platz, an dem wir drei unter uns sein konnten. Denn Holly hatte beschlossen, auch Brandon von der Sache mit den Silvers zu erzählen. Brandon hörte aufmerksam zu und verzichtete im Gegensatz zu mir auf billige Lästereien. »Verstehe«, sagte er nur ernsthaft. »Ich hoffe, die beiden sind wirklich so nett, wie du sie in Erinnerung hast.«

Wir beschlossen, zusammen nach Jackson zu radeln – während Holly mit meiner Unterstützung die Silvers besuchte, würde Brandon Indizien sammeln. Zum Schluss würden wir uns auf eine heiße Schokolade im *Lotus Café* treffen und berichten, was wir erlebt und herausgefunden hatten. »Wir kriegen diesen Bankräuber schon noch!«, tönte Holly, anscheinend froh, dass wir sie nicht mehr für eine Diebin-die-Kassen-ausräumt hielten.

Als wir am Abend nach Jackson hineinradelten, hatte sich die Sonne längst hinter den Horizont verzogen. Der Himmel war bedeckt, es war kühl und nieselte. Für Menschen wahrscheinlich das, was man »schlechtes Wetter« nennen könnte – uns war es egal.

Weniger egal war mir, dass Holly schon jetzt so nervös war,

dass sie zitterte. »Aber was ist, wenn sie gar nicht mehr wissen, wer ich bin? Wenn sie einfach weiter auf Sunday warten?«

Ich hob die Schultern. »Dann sind sie es nicht wert, deine Freunde zu sein. Ich kann ihnen ja sagen, sie sollen sich eine Katze besorgen. Katzen sind sowieso viel netter.«

Holly knuffte mich in die Seite. »Wehe! Wenn du das machst, schnappe ich mir 'ne Schere und verpasse dir 'ne neue Fellfrisur, während du schläfst!«

»Das musst du erst mal schaffen.« Ich hatte einen sehr leichten Schlaf.

Damit Holly sich beruhigen konnte, stellten wir die Räder etwas entfernt ab und liefen das letzte Stück – nicht brav an der Straße entlang wie bei den Lernexpeditionen, sondern einfach geradeaus, quer über irgendwelche Grundstücke, Straßen, Hauseinfahrten. Doch weit kamen wir nicht, denn in der Nähe der East Simpson Avenue stutzte ich. »He, das ist doch unser Mr Goodfellow!« Ich hatte unseren Sprachenlehrer sofort erkannt, obwohl ich ihn eben nur von hinten gesehen hatte und eine Mütze sein blondes, sorgfältig gescheiteltes Haar verbarg. Er hatte seine birnenförmige Gestalt in eine grünbraune Windjacke gehüllt und trug Wanderschuhe. Hin und wieder blickte er sich um, doch da wir gerade hinter einem Gebüsch standen, hatte er uns anscheinend nicht gesehen. Und der Wind trug unsere Witterung von ihm fort.

»Stimmt«, sagte Holly und knibbelte an ihren Fingernägeln herum. »Der macht sich bestimmt 'nen netten Abend in der Stadt.«

»Hier?«, fragte ich verblüfft. Wir waren in einem Wohnviertel, hier gab es keine Geschäfte und Restaurants. Schnurgerade lag die asphaltierte Straße vor uns, auf der um diese Uhrzeit und bei diesem Wetter niemand mehr unterwegs war. Hier und da erhoben sich zwischen Pappeln, Kiefern und Büschen in unauffälligen Farben gestrichene Holzhäuser. Zäune gab es keine. In den Einfahrten standen meist Kombis mit offener Ladefläche und der eine oder andere schicke Geländewagen.

»Wir könnten ja mal schauen, wohin er geht«, schlug Holly vor.

»Du willst dich nur davor drücken, den Silvers Hallo zu sagen.«

»Gar nicht wahr! Ich ... äh ... muss nur noch meine inneren Energien sammeln oder so.«

Doch ich hörte nicht mehr zu, sondern witterte in die Luft. »Wo ist er jetzt hin?«

Eben noch war Goodfellow an der Hinterseite eines gelb-weiß gestrichenen Hauses vorbeigegangen, dessen Fenster dunkel waren. Jetzt war er einfach weg.

Neugierig pirschten wir uns näher und sahen sofort den Klamottenhaufen, der sich durch seine unauffällige Farbe kaum vom Rasen abhob.

»Der hat sich verwandelt – aber wo ist er?« Unwillkürlich flüsterte Holly. Verblüfft studierte ich den Boden der Umgebung, doch ich sah keine Grizzlyspuren von der Kleidung wegführen.

Meine Ohren meldeten mir ein leises Geräusch aus dem Haus und die Härchen an meinem Nacken stellten sich auf. Noch immer waren die Fenster dunkel und es stand kein Wagen in der Einfahrt – niemand war daheim. Das dadrinnen musste Goodfellow sein! Holly und ich wechselten einen erschrockenen Blick. Mein Puls raste wie bei einer Jagd. Sollte ich Brandon sagen, dass er Unterstützung schicken sollte? Nein, besser nicht ... wenn ich einen Fernruf ausstieß, konnten alle Woodwalker in der Umgebung ihn im Kopf hören. Auch Goodfellow.

Ein Grizzly hätte die Hintertür des Hauses aufhebeln können, doch wir sahen nichts dergleichen. Nur ein gekipptes Fenster. Ich quälte meinen Kopf gar nicht erst mit der Frage, wie das sein konnte, sondern nickte Holly zu. Obwohl wir unsere Gedanken nicht erreichen konnten, weil wir beide in Menschengestalt waren, kapierte sie sofort. Momente später hockte ein Rothörnchen auf einem Kleidungsstapel. Es warf mir noch einen kurzen Blick zu, dann lief es rasch auf das Fenster zu und schlüpfte hindurch. Dann klickte es und die Hintertür wurde von innen geöffnet.

Auch ich verwandelte mich, bevor ich durch die Tür glitt. Als große Raubkatze fühlte ich mich einfach sicherer.

Drinnen konnte ich spüren, dass außer Holly noch ein anderer Wandler in der Nähe war. Ich folgte dem Gefühl die Treppe hoch in den ersten Stock des Hauses. Meine breiten, weichen Pranken machten kein Geräusch auf dem glatten Holz und Holly lief ebenso lautlos neben mir. Durch die Fenster drang etwas Sternenlicht, das reichte mir, um mich zu orientieren. Noch immer keine Witterung – seltsam. Aber jetzt hörte ich ein Geräusch. Es klang, als würde ein Dachs an seinem Bau arbeiten, aber wahrscheinlicher war, dass jemand ganz in der Nähe Schubladen durchwühlte.

Dann sah ich ihn. Gebückt stand Mr Goodfellow – gekleidet wie am Tag seiner Geburt – über einem Schreibtisch und kramte darin. Diesmal witterte er mich sofort und fuhr herum. Einen Moment lang starrten wir uns einfach nur an. Dann richtete er sich auf und lächelte. »Hallo, Carag. Es ist mir ein Vergnügen. Wie geht es dir?«

Gut, danke, erwiderte ich vor lauter Verblüffung.

Es hatte etwas sehr, sehr Unwirkliches, in einem fremden Haus einem nackten Lehrer gegenüberzustehen und mit ihm über das eigene Befinden zu plaudern.

»Das hier ist das Haus meines Onkels, er hat mich gebeten, ihm noch ein paar Unterlagen herauszusuchen«, meinte Goodfellow, er lächelte immer noch, während seine Augen durch den Raum schweiften. »Ah, Holly ist auch da! Darf ich fragen, was ihr beide hier zu suchen habt?«

Sie sind das, sprudelte Holly heraus. *Sie sind dieser geheimnisvolle Einbrecher und Bankräuber! Aber wieso haben Sie versucht, mich vor der Polizei zu beschützen? Wahrscheinlich mögen Sie einfach keine Polizei, oder?*

Ach, Blödsinn, was redest du da?, protestierte Goodfellow, doch ich merkte, dass er die Muskeln anspannte. Gleich würde es brenzlig werden. Musste ich noch in dieser Nacht mit einem ausgewachsenen Grizzly fertigwerden? Aber er konnte kein Grizzly sein, sonst wäre er nicht durch das Fenster reingekommen! Doch, er musste einer sein, Berta hatte ihn schon als einen gesehen! Konnte es sein, dass er *zwei* Gestalten hatte? Aber das gab es nicht! Oder doch? Mrs Calloway hatte irgendetwas über eine Legende erzählen wollen, bevor der Gong ertönte ...

Gerade noch rechtzeitig sah ich, dass seine Finger den Brieföffner ergriffen – so einen hatte auch Isidore Ellwood in seinem Büro. Eine lange silberne Klinge mit Holzgriff. Schon sauste diese Klinge auf mich zu, er hatte mit aller Kraft geworfen.

Carag!, schrie Holly auf und warf sich in meine Richtung. Wozu? Um diesen verdammten Dolch seitlich aus der Flugbahn zu rammen?

Instinktiv duckte ich mich weg, bevor die Waffe mich erreichte ... aber was war mit Holly? Wenn dieser Dolch sie traf, würde er sie glatt durchbohren! Schneller, als ein menschliches Auge es beobachten konnte, holte ich mit der Pranke aus und schlug Holly mitten im Sprung zur Seite.

Sie flog in die andere Richtung, rutschte noch ein Stück über den Boden und blieb bewegungslos liegen. Mir wurde eiskalt vor Angst. War das zu heftig gewesen, hatte ich ihr das Genick gebrochen? Mit einem Satz war ich bei Holly, stupste ihren bewegungslosen Körper mit der Schnauze an und meine Gedanken waren ein einziger stummer Schrei. *Wach auf wach jetzt auf bitte bitte beweg dich!*

Ein Geräusch aus Richtung des Schreibtischs warnte mich. Ich glitt zur Seite, ganz kurz bevor der Baseballschläger auf mich niedersauste. Das Holz streifte mich nur an der Schulter, ein dumpfer Schmerz.

»Na, na, mein Lieber, das war aber unschön.« Mit hochgezogenen Augenbrauen musterte Goodfellow Hollys kleinen, zerbrochenen Körper. »Pumas sind einfach keine Hauskatzen, sie machen drinnen zu viel Ärger.« Unfassbar, dieser Typ lächelte immer noch. Aber das hier war kein Spiel. Holly war tot, ich hatte sie wegen ihm getötet und in mir war eine sengend heiße Wut. Noch war er ein Mensch! Ich konnte ihn innerhalb von Sekunden töten, wenn ich es darauf anlegte.

Vielleicht sah er es in meinen Augen, Momente bevor ich sprang. Als ich ihn erreicht hatte, war er kein Mensch mehr, sondern ein Grizzly. Die Krallen meiner Vorderpranken senkten sich in seine pelzige Flanke und mit den Hinterpfoten kratzte ich ihm ganze Fellbüschel heraus.

Gleichzeitig schickte ich ihm einen wortlosen Schrei in den Kopf, schrie meine ganze Wut und Trauer hinaus, damit dieser Scheißkerl nicht mehr denken konnte, nichts mehr hörte außer mich.

Wütend schüttelte der riesige Bär mich ab und ging dann brüllend auf mich los wie eine wild gewordene Dampfwalze.

Krallen und Zähne

Der Schreibtischstuhl verwandelte sich unter uns in einen Haufen Splitter, der Tisch fiel um und löste sich in seine Bestandteile auf. Ein Prankenschlag, der eigentlich für mich gedacht war, gab der Lampe den Rest. Wenn dieses Riesenvieh es fertigbrachte, mich mit den gewaltigen Vorderpranken zu packen, dann konnte es mich zerquetschen wie eine dieser weichen gelbroten Früchte, deren Name mir gerade nicht einfiel. Doch obwohl er stärker war als ich, war ich schneller. Immer wieder witschte ich aus seinem Griff, bevor er mich mit seinem Gewicht niederdrücken konnte, und grub meine Zähne in das nächstbeste Stück Bär vor meiner Schnauze.

Trotzdem drängte er mich immer weiter zurück, bis ich ein Bücherregal an meinen Hinterpfoten spürte. Ich versuchte, dem Grizzly auf den Rücken zu springen, doch er warf sich zur Seite und

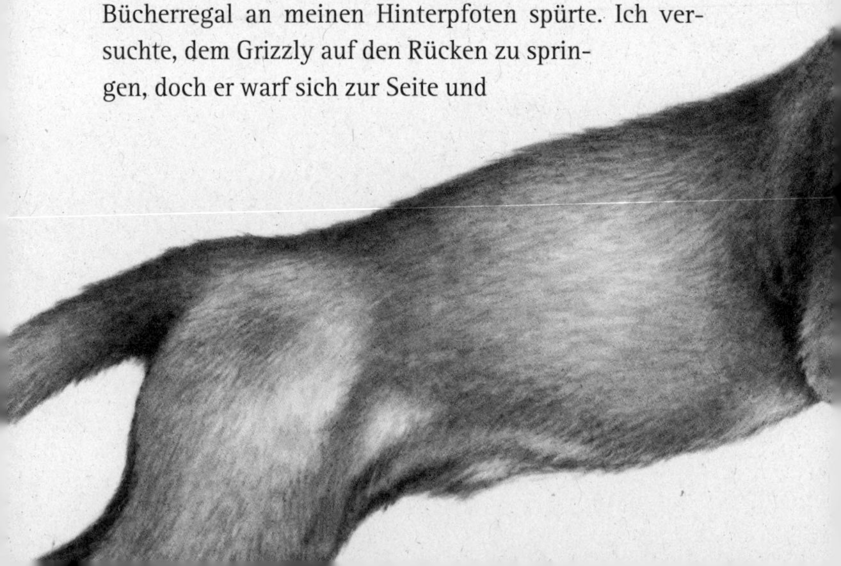

ich landete stattdessen auf einem Schränkchen. Es kippte um und spuckte Stifte, Papier und Büroklammern durch den halben Raum. Zum Glück fiel das Ding wenigstens nicht auf die arme Holly, die halb unter einen Sessel gerutscht war. Das hätte ich jetzt nicht ertragen.

Geben Sie auf, Sie können uns nicht beide töten!, schrie ich ihn an.

Wieso, das blöde Hörnchen hast DU doch getötet, gab er zurück und drängte mich mit seiner puren Masse zur Tür hinaus.

Nein, hab ich nicht!, schrie ich zurück, weil ich es einfach nicht wahrhaben wollte. Der Schmerz in mir fühlte sich an, als würde Theos große Kreissäge gerade mein Herz durchtrennen. Konnte das wirklich sein, gab es Holly nicht mehr?

Ich sprang Goodfellow fauchend ins Gesicht, obwohl er die gewaltigen Zähne fletschte und ich für diesen Sprung in die Reichweite seiner Pranken musste. Ohne darauf zu achten, was er mit mir machte, verpasste ich seiner empfindlichen Schnauze ein paar tiefe blutige Krallenspuren und versuchte, dem Drecksack die Augen auszukratzen.

Au, verdammt, nennst du das Respekt vor einem Lehrer?, schrie Mr Goodfellow und flüchtete ins nächste Zimmer, das Bad. Er trampelte über das Klo, das unter seinem Gewicht nachgab, und sprang auf die Waschbecken, die er damit aus der Wand riss.

Jemand wie Sie hat keinen Respekt verdient!, brüllte ich zurück, immer noch halb irre vor Trauer.

Inzwischen war der Grizzly in der Dusche gelandet und hatte dabei den Duschvorhang auf sich heruntergerissen. Er taumelte durch die Gegend wie ein riesiger, weiß verpackter und mit bunten Fischen dekorierter Kloß. Jetzt konnte ich ihn fertigmachen ... und dann die Polizei rufen! Ich duckte mich zum letzten, entscheidenden Sprung.

Doch während der Mistkerl den Duschvorhang in kleine Fetzen verwandelte, stieß er versehentlich oder absichtlich an das Ding, mit dem man das Wasser aufdrehte. *Wuuusch!* Der Duschschlauch wand sich wie eine Schlange und spuckte Wasserstrahlen genau in mein Gesicht. Angewidert zuckte ich zurück.

Haha, Katzen sind doch alle gleich! Sofort nutzte Mr Goodfellow meinen Moment der Blindheit, um mich unter sich zu begraben. Sein enormes Gewicht drückte mir die Luft aus den Lungen. Verzweifelt schlug ich um mich. Jetzt konnte mich nur noch ein Bluff retten. *Wir haben die Polizei angerufen, bevor wir ins Haus rein sind – die kommen bestimmt jeden Moment!*

Ich spürte seine Überraschung, einen Moment lang drückte er mich weniger stark zu Boden. Ein schwerer Fehler, wenn man es mit fünfzig Kilo wilder Energie zu tun hat. Ich schoss schneller unter seinen Pranken hervor, als er begriff, was los war.

Instinktiv sprang ich zur Tür – und verwandelte mich im Sprung, wie Mr Ellwood es mit uns geübt hatte. Doch diesmal nicht vom Menschen zum Puma, sondern umgekehrt. Auf Händen und Knien kam ich auf und verschwendete keine Zeit. Sofort wandte ich mich um, zog den Schlüssel von der Badezimmertür ab, knallte die Tür zu und schloss sie von außen ab. Ein wütendes Aufbrüllen von drinnen antwortete mir. Schon war ich dabei, den schweren geschnitzten Holzschrank, der im Flur stand, vor die Tür zu schieben. Würde ich es noch rechtzeitig schaffen? Oder würde er einfach durch diese Tür brechen, als bestünde sie aus Pappe?

Die Tür war zu zwei Dritteln blockiert, als eine gewaltige Masse von innen gegen die Tür donnerte. Stellenweise wurde das Holz der Tür eingedrückt, die Scharniere ächzten und der Schrank wackelte. Doch das Ganze hielt. Ich zog den Schlüssel der Badezimmertür ab und warf ihn ins Erdgeschoss hinunter. Keuchend und schwitzend lehnte ich mich mit dem Rücken gegen den Schrank und versuchte, wieder zu Atem zu kommen. *Brandon, ich brauche Hilfe!,* brüllte ich lautlos ins Nichts hinaus. *Wir haben den Einbrecher gestellt und es ist Mr Goodfellow! East Simpson Avenue ... bitte komm schnell ...*

Im Bad war es inzwischen still geworden. Verdächtig still. Auf meinen Armen bildete sich eine Gänsehaut. Da stimmte etwas nicht!

Ganz langsam stieß ich mich von diesem Schrank ab und starrte die Tür an. Und dann sah ich es. Zwei Fühler tasteten durchs Schlüsselloch, dann kam ein gelb-schwarzes Köpfchen hinterher. Schon hatte die Wespe das Schlüsselloch durchquert und flog mit einem tiefen, aggressiven Brummen los.

»Ach du Scheiße«, murmelte ich. Er hatte noch eine Gestalt als verdammtes Insekt!

Schon kreiste er mir als Wespe um den Kopf und stach mich ausgerechnet in die schon von Brandon zermatschte Nase! Während ich zurückzuckte, verwandelte er sich und stand wieder als Grizzly vor mir. Seine dunklen Augen leuchteten schadenfroh. *Na, überrascht?*

Ich antwortete nicht.

Ich drehte mich einfach um und rannte.

Sieben Leben

Vor ein paar Wochen hatten wir in Menschenkunde darüber gesprochen, was Menschen über Tiere denken und welche Vorurteile sie haben. Da kam eine Menge zusammen, zum Beispiel, dass Katzen angeblich sieben Leben haben. Keine Ahnung, ob das stimmt, aber in dieser Nacht habe ich garantiert eins dieser Leben aufgebraucht. Ich war so durcheinander, dass ich einfach wegrannte, was so ungefähr das Falscheste ist, was man machen kann, wenn man einem Grizzly gegenübersteht. Sei er nun ein Woodwalker oder nicht.

Goodfellow jagte mich durch den Flur des ersten Stocks. Erst als wir durch ein Schlafzimmer mit gelber Seidenbettwäsche und einem riesigen Fenster rasten, wurde mir klar, dass ich das auf diese Art nicht überleben konnte. Ich atmete ein-, zweimal tief durch, verwandelte mich und fuhr im selben Moment herum.

Damit hatte mein Lehrer wohl nicht gerechnet. Er war viel zu schnell unterwegs, um sofort stoppen zu können. *He!,* schrie er und versuchte abzubremsen, aber sein schwerer Körper trug ihn voran. Obwohl ich blitzschnell auswich, riss er mich mit und wir donnerten beide gegen dieses Fenster, das bis zum Boden reichte. Mit einem scheußlichen Knacken gab das Glas nach und wir stürzten in einem Schauer von Splittern aus dem ersten Stock nach unten.

Einen Moment lang flogen wir durch die Luft, dann kamen wir auf einer harten, aber nicht sehr dicken Oberfläche auf und krachten hindurch. Dann erst landeten wir auf dem Boden. Eulendreck, tat das weh! Ich sah, dass es ein überdachter Parkplatz war, den wir gerade geschrottet hatten. Viel zu langsam und ziemlich zerschnitten rappelte ich mich auf und Goodfellow – durch sein dickes Fell besser geschützt als ich – stürzte auf mich zu, um mir den Rest zu geben. Doch dann zögerte er.

Noch war Brandon nicht in Sicht, dafür hörte ich eine Polizeisirene. Wahrscheinlich hatten irgendwelche Nachbarn den Notruf gewählt, weil es gerade klang, als würde hier ein Haus abgerissen.

Goodfellow sah mich mit einem mörderischen Blick an und stieß ein tiefes Brummen aus, bei dem sich mir wieder das Fell aufstellte. Dann drehte er sich ohne ein weiteres Wort um, verwandelte sich, nahm seine Klamotten und zog sich rasch an. Keine Ahnung, warum ich die Gelegenheit nicht nutzte, ihn anzugreifen. Vielleicht war mir klar, dass ich hier draußen keine Chance hatte, ihn zu erwischen – er brauchte ja nur als Wespe wegzufliegen. Wie hypnotisiert beobachtete ich ihn, diesen Mann, der unser Sprachenlehrer gewesen war. Schnell, aber ohne Eile trat er zwischen die Bäume, verschmolz mit der Grazie eines wilden Tiers mit der Landschaft und war weg.

Irgendwie war ich erleichtert, ihn gehen zu sehen. Ich konnte nur an eins denken: Holly! Es war mir egal, ob die Polizei mich schnappte, ich musste versuchen, sie aus diesem Haus zu holen und zur Schule zurückzubringen. Das war das Mindeste, das ich noch für sie tun konnte.

Mit einem furchtbaren, tiefschwarzen Gefühl im Herzen stieß ich mit der Schnauze die Hintertür auf, sprintete in zwei Sätzen die Treppe hinauf und sah mich in dem um, was einmal ein prächtiges Arbeitszimmer gewesen war. Ja, da lag noch immer der kleine, schlaffe Körper eines Rothörnchens. O Holly!

Plötzlich hob das tote Tier den Kopf. *Boah, Carag, was genau ist passiert? Ich fühle mich, als hätte mich jemand mit einer Bratpfanne gehauen!*

Als Mensch hätte ich garantiert geheult, so viel meine Augen hergaben. Aber diesmal vor Erleichterung.

So was Ähnliches, sagte ich und nahm sie vorsichtig ins Maul, um sie nach draußen zu tragen.

Da kam endlich Brandon an, er radelte, so schnell es seine Beine hergaben, und sprang, als er uns sah, einfach vom fahrenden Rad. Unbeachtet klapperte es auf den Gehsteig. »Seid ihr ... was ...«, stammelte er, doch ich ließ ihm keine Zeit auszureden. Ich drückte ihm Holly in die Hände, verwandelte mich und raste zu meinen Klamotten. Während ich hastig meine Sachen überstreifte, zwang ich mich, nicht auf die Blaulichter zu achten, die immer näher kamen. Im allerletzten Moment hechtete ich mit einem großen Satz zu Brandon hinüber, stellte mich neben ihn an den Straßenrand und setzte eine staunende Miene auf. Als der Streifenwagen vorgefahren kam, sahen die Polizisten nur zwei neugierige Jugendliche, die das gelbe Haus beobachteten.

»He ihr, habt ihr gesehen, ob da jemand rausgekommen ist?«, fragten sie uns.

Worte stiegen in mir auf – und ich schluckte sie hinunter. Besser, wir sagten ihnen nicht, dass Mr Goodfellow der Täter war. Sonst hatten wir spätestens morgen schon wieder Polizisten in der Schule und den ganzen Tag Menschenalarm! Es war besser, wenn wir solche Dinge unter uns Woodwalkern regelten. Die Polizei hatte sowieso keine Möglichkeit, einen Tripel-Wandler wirklich zu bestrafen oder ihn gefangen zu halten. So etwas konnte nur der Rat und der war es, dem wir möglichst bald Bescheid geben mussten.

Also schüttelte ich den Kopf und Brandon folgte meinem Beispiel. Ich sagte: »Wir waren zufällig in der Gegend und haben Lärm von drinnen gehört, das kam uns komisch vor.« Vorsichtig befühlte ich meine schmerzende Nase, auf der sich durch den Wespenstich ein roter Hubbel gebildet hatte. Es war nicht das Einzige, das mir wehtat.

Die Polizisten stürmten mit den Waffen im Anschlag ins Haus und wir konnten uns endlich davonmachen. Brandon brachte Holly in seinem Rucksack unter – sie war so fertig, dass sie nicht mal dagegen protestierte. »Was sollte das eigentlich, wieso bist du vorhin gesprungen?«, fragte ich sie. »Wolltest du etwa den Dolch von mir ablenken?«

Warum denken Jungs und besonders Pumas immer, dass sich alles um sie dreht?, kam es schlecht gelaunt aus den Tiefen des Rucksacks zurück. Ich musste lächeln. Sie hatte versucht, mir das Leben zu retten, und wir wussten es beide.

»Das war ziemlich knapp«, erzählte ich Brandon. »Wir müssen sofort Lissa Clearwater Bescheid geben. Vielleicht schafft sie es mit der Fliegerstaffel, ihn irgendwie zu verfolgen.«

Noch völlig geschockt von den neusten Entwicklungen gab Brandon mir sein Smartphone – bei meinem war wie üblich der Akku leer. Während ich mit unserer Schulleiterin redete, wurden seine Augen immer größer. Als ich aufgelegt hatte, sprudelte er hervor: »Du meinst wirklich, *Goodfellow* ist der Einbrecher, den wir die ganze Zeit gesucht haben? Konntest du ihn ganz klar erkennen?«

»Ganz klar erkennen?« Ich starrte ihn an. »Ja. Ich denke schon, dass ich das konnte, während er versucht hat, mich umzubringen.«

»Ach du große Prärie!« Das musste Brandon erst mal verarbeiten. »Ich vermute, wir brauchen die Füchsisch-Vokabeln für morgen nicht zu lernen.«

»Genau, und Elchisch kannst du ab jetzt auch vergessen.«

»Und er ist wirklich ein Tripel-Wandler? Ich wusste nicht mal, dass es so was gibt!«

»Das wussten die meisten nicht, glaube ich. Lissa Clearwater war es auch neu, dass das möglich ist. Aber sie und die anderen machen sich gleich auf den Weg, um ihn aufzuspüren und zu stellen.«

»Was ist mit der Polizei?«

»Was soll mit der sein?« Ich zuckte die Schultern. »Die werden drinnen Haare eines Grizzlys und eines Pumas finden und sich das Herz darüber zerbrechen.«

»Wenn nicht sogar den Kopf«, sagte Brandon und grinste schief.

Ich hatte ein ziemlich schlechtes Gewissen. Von innen sah dieses Menschenhaus nicht mehr schön aus ... und das war Hollys und meine Schuld. Hätten wir sofort die Polizei gerufen oder Goodfellow einfach machen lassen und ihn später ganz in Ruhe verpetzt, hätten nur ein paar Juwelen oder andere Wertsachen gefehlt. So aber war die halbe Einrichtung zu Bruch gegangen. Würden wir deswegen Ärger bekommen?

Doch als wir in der Clearwater High ankamen, gab es weder Lob noch Ärger. Alle waren viel zu beschäftigt mit der Suche nach Mr Goodfellow. Lissa Clearwater hatte den Rat eingeschaltet, denn was unser ehemaliger Sprachenlehrer getan hatte, war kein einfacher Einbruch mehr, für den die menschliche

Polizei zuständig gewesen wäre. Jetzt ging es um versuchten Mord an zwei jungen Wandlern, Holly und mir.

Leider wurde schnell klar, dass diese Suche nicht gut voranging. *Bisher keine Spur,* berichtete uns Bill Brighteye, als wir mit Holly in der Krankenstation hockten und zusahen, wie Sherri Rivergirl ihren verstauchten Arm bandagierte. *Was mich nicht besonders wundert, wenn eine seiner Gestalten eine Wespe ist. Die kann nicht mal Lissa von oben erkennen. Und Witterung ist auch Fehlanzeige.*

Unser junger Kampflehrer war noch in seiner Gestalt als schwarzer Timberwolf, er kam direkt von draußen und roch nach nassem Fell. Hoffentlich dachte er daran, sich nicht hier drin zu schütteln.

»Aber wir können den Sausack nicht einfach davonkommen lassen!« Holly wollte aufspringen, doch Sherri Rivergirl drückte sie wieder zurück auf die Liege und brummte: »Jetzt nicht das Hektikhörnchen machen!«

Brighteye blickte Holly an und nickte. *Mir stinkt's auch, dass ihm die Flucht geglückt ist, das könnt ihr mir glauben. Hast du ihn verletzt, Carag?*

»Nicht genug«, gab ich zurück. Hätte ich ihn nur härter erwischt! Dann wäre er als Wespe nicht mehr vom Boden hochgekommen.

Nun kam auch James Bridger herein und kratzte sich abwesend den Bart. »Immerhin musste er all seine Sachen hierlassen, gerade haben wir alles durchsucht«, meinte er und blätterte durch das schwarze Notizbuch, das Mr Goodfellow gehört hatte. »Schade, er hat nur Details über das Wetter, das Essen und ... hm ... seine Verdauung notiert. Außerdem eure Noten – falls es dich interessiert, Carag, du standest bei ihm auf einer Fünf.«

Nein, das interessierte mich gerade nicht. »War Beute dabei?«, fragte ich gespannt.

Bridger schüttelte den Kopf. »Er muss den Krempel, den er erbeutet hat, irgendwo anders verstaut haben. Ich frage mich, was er damit wollte. Ein Woodwalker braucht doch keine Reichtümer.«

Ratlos blickten wir uns an, dann sprang ich auf. »Ich suche mit! Am besten ...«

Das brachte mir einen durchdringenden Blick von gleich zwei Lehrern ein. *Du gehst erst mal nirgendwohin,* sagte Bill Brighteye und sprang mir in den Weg. *Zwei harte Kämpfe innerhalb von wenigen Tagen, das ist sogar für einen Puma mehr als genug!*

Bridger hatte unsere Auseinandersetzung kaum beachtet, nachdenklich starrte er in die Luft. »Wenn die Beute nicht hier ist, hat er sie irgendwo versteckt. Ich wette, er ist gerade auf dem Weg zu diesem Versteck ... wo auch immer es ist.«

Wenn wir das nur wüssten. Bill Brighteye zeigte die Zähne und knurrte leise. *Dann wären wir ein ganzes Stück weiter.*

Welpenweisheit

So viele heftige Dinge waren geschehen – jetzt zu schlafen, war unmöglich. Ich nahm schnell eine heiße Dusche, um Dreck und Blut von mir abzuwaschen, dann schnappten Brandon, ich und Holly uns die zwei gegenüberstehenden Couches im Aufenthaltsbereich. Holly legte die Beine hoch, sie sah buchstäblich geknickt aus. »Ich wünschte, es hätte geklappt«, seufzte sie und warf mir einen jämmerlichen Blick zu. Klar, Mr Goodfellow hatte ihr, ohne es zu wissen, das Wiedersehen mit den Silvers verpatzt.

»Wir holen es einfach nach – sobald es dir besser geht«, versprach ich Holly und sie sah ein klein bisschen getröstet aus.

Brandon warf sich ein Maiskorn in den Mund und zerkaute es krachend. Seine Augen blitzten. »Jetzt ist mir auch klar, was in dieser Bank abgelaufen ist – er hat sich als Wespe nachts einschließen lassen, hat als Grizzly die Wertfächer aufgebrochen und ist am nächsten Morgen als Insekt wieder davongeflattert. Aber wie hat er seine Beute da rausgeschafft?«

»Vielleicht hat er die als Mensch in ein Schließfach gestopft, das ihm gehörte«, meinte ich. »Jedenfalls wissen wir jetzt, von wem das Haar war, das ich bei der Bank gefunden habe. Nur aus dem Stück Papier mit Millings Schrift und der Puma-Witterung werde ich nicht ganz schlau. Anscheinend hatten die beiden Kontakt.«

Mir kam ein beunruhigender Gedanke. Was war, wenn Goodfellow der ganz besondere Wandler war, den Andrew Milling in unsere Schule eingeschleust hatte und den er als seine zukünftige rechte Hand aufbauen wollte? Ja, je länger ich darüber nachdachte, desto plausibler erschien mir das. Jeffrey hatte beim besten Willen nichts Besonderes an sich. Aber ein Tripel-Wandler war unglaublich vielseitig ... und dass unser ehemaliger Lehrer gefährlich und skrupellos war, hatte er bereits bewiesen. Genau die Art Wandler, die Andrew Milling anscheinend suchte ... und die ich eben nicht war. Anscheinend hatte mein schlimmster Feind beide, Jeffrey und Mr Goodfellow, rekrutiert!

Doch als ich den Mund öffnete, um all das hervorzusprudeln, sprach Brandon schon weiter. »Die Hauseinbrüche waren für ihn noch einfacher«, meinte er nachdenklich. »Der räudige Bastard musste nur ein Haus auswählen, in dem gerade niemand war, aber bei dem ein Fenster gekippt war. Er ist als Wespe rein, hat als Mensch die Sachen durchwühlt und dann durchs Fenster nach draußen geworfen, wo er sie nur noch einsammeln musste.«

Ja, das stimmte. Ich schlug mir gegen die Stirn. »Von einer Wespe war auch in diesem Fernsehbeitrag die Rede ... da hätte ich gleich stutzig werden müssen! In dieser Jahreszeit sind noch gar keine Wespen unterwegs, also musste es ein Woodwalker sein! Stimmt doch, Holly, oder?«

Doch von Holly war nur noch ein leises Schnarchen zu hören, sie war auf dem Sofa eingepennt. Brandon war der Stärkste von uns, er lud sie sich auf die Arme und trug sie behutsam in ihr Zimmer.

Dafür erschien Tikaani lautlos in der Nähe der Sitzgruppe. Beinahe wäre ich zusammengezuckt, als ich sie sah. Meine Augen schweiften an ihr vorbei, suchten automatisch nach ihrem Rudel. Ich konnte ihre Stimmen schon auf der Treppe hören, doch noch waren sie nicht da.

»Geht's dir gut?«, fragte sie mich.

»Halbwegs«, sagte ich und befühlte meine geschwollene Nase. Eins war klar: Solange ich so aussah, sollte mich Lou möglichst nicht sehen! Aber bei Tikaani machte es mir nichts aus, sie achtete bei niemandem auf das Äußere. »Und dir? Fühlt es sich gut an, keine Verräterin mehr zu sein?«

»Für irgendjemanden bin ich das doch immer«, sagte Tikaani bitter. »Aber vielleicht pendelt sich jetzt alles wieder ein. Nur diese Wir-sind-die-Größten-Sprüche nerven ziemlich. Die hab ich nicht vermisst, das kann ich dir sagen.«

Ganz plötzlich und instinktiv entschied ich mich, ihr zu sagen, was ich wusste. »Jeffrey und die anderen arbeiten jetzt mit Andrew Milling zusammen. Ich hab's nur durch Zufall rausbekommen.«

Ihre schwarzen Augen weiteten sich und sie murmelte einen Fluch. »Das ist eine andere Nummer, als dir ein paar geräucherte Würstchen aus dem Schrank zu klauen. Was willst du tun?«

»Was kann ich denn tun?«, fragte ich. »Mit ihm reden? Ich glaube nicht, dass Jeffrey mir zuhören würde.«

»Vielleicht unterschätzt du ihn«, meinte Tikaani. »Blöd ist er nicht, weißt du?«

»Das ist ja das Problem. Mit einem dummen Gegner kann man viel leichter fertigwerden.«

Mehr konnten wir nicht reden, denn schon marschierten die anderen Wölfe auf unsere Sofas zu. Bill Brighteye und ein paar Schritte hinter ihm Jeffrey, Cliff und Bo – nur Miro war nicht in Sicht. »Wir machen uns wieder auf die Suche nach Goodfellow, bevor er sein Versteck ausräumen und verschwinden kann«, sagte unser Kampflehrer. »Tikaani, kommst du?«

Tikaani nickte und verwandelte sich, einen Wimpernschlag später stand sie als weiße Wölfin neben ihren Rudelgefährten. *Kein Problem, wo suchen wir?*

Wortlos hörte ich zu, wie sie die Suchgebiete durchgingen: Elk Refuge, Bridger-Teton National Forest, Snake River. Es lohnte sich nicht, etwas zu sagen, ich durfte ja sowieso nicht mit. Ein paar Minuten später war ich allein im Aufenthaltsraum, denn fast alle Schüler beteiligten sich an der Suche. Nur ein paar wenige, die sich dafür nicht eigneten, waren noch da – Nell, Juanita, Cookie, Viola und ein paar Leute aus dem zweiten und dritten Jahrgang, zum Beispiel die Ameisen-Wandlerin Amber. Niedergeschlagen beschloss ich, dass ich genauso gut schlafen gehen konnte, da bemerkte ich Miro, wieder mal in seiner Gestalt als Wolfswelpe.

Er hüpfte zu mir aufs Sofa und kuschelte sich an mich. *Du riechst nicht so scheußlich nach Katze wie sonst,* sagte er großmütig.

Oh, danke. Ich musste lachen und legte den Arm um ihn. *Das macht die Dusche, schätze ich.*

Er schnupperte an meinem Arm. *Aber ein bisschen Bär kann man noch an dir wittern. Ist es wahr, dass du mit diesem Lehrer-Wandler gekämpft hast?*

Ja, genau, mit Mr Goodfellow. Wie seltsam, es war erst ein paar Tage her, dass ich im Klassenraum zwei Stockwerke tiefer bei ihm Elchisch gepaukt hatte. *Fandest du ihn nett? Ich leider schon.*

Geht so, sagte Miro. Er versuchte, sich auf meinem Schoß zusammenzurollen, und rutschte wieder herunter, weil er dafür schon zu groß war. *Er roch oft nicht so gut.*

Wonach denn?, erkundigte ich mich erstaunt, denn ich hatte nie eine besondere Witterung an ihm bemerkt. Aber ein wilder Wolfs-Wandler hatte natürlich einen viel besseren Geruchssinn als ich.

Der Welpe ließ sich neben mir nieder, gähnte und knabberte an seiner Pfote. *Nach den heißen Orten. Wir waren ein paarmal da, aber ich empfand es immer als einen Nasen-Angriff.*

Ich runzelte die Stirn. Die heißen Orte ... so hatten meine Eltern und ich die Geysire, kochenden Teiche und vulkanischen Schlammfelder genannt, von denen es in Yellowstone so viele gab. Anscheinend kannten andere Woodwalker sie auch unter diesem Namen. *Ist ja komisch*, sagte ich fast zu mir selbst. *Die sind viel weiter nördlich. Bist du sicher, dass er danach gerochen hat?*

Miro schaute mich an, als hätte ich ihn gefragt, ob er zum Mond fliegen wolle. *Ja, klar. Er war*

gerne dort. Mit meinem alten Rudel habe ich ihn sogar mal da gesehen.

Ich wandte mich ihm so abrupt zu, dass Miro erschrocken zurückwich. *Mr Goodfellow? Bist du sicher?*

Diesmal war er wirklich beleidigt. *Ja, natürlich!*

Schon war ich aufgesprungen. »Wir müssen los! Und zwar sofort!«

Es war ein wirklich geniales Versteck, das Mr Goodfellow sich ausgedacht hatte. Menschen war es verboten, sich in die Geysirfelder hineinzuwagen, hier war der Boden trügerisch und möglicherweise tödlich, weil er aus heißem Säureschlamm bestand, in den man einsinken konnte. Die meisten Tiere mieden die Gegend, so wie meine Eltern und ich sie damals gemieden hatten – außer im Winter, wenn es so bitterkalt war, dass wir uns hin und wieder dort gewärmt hatten. Vielleicht warf Goodfellow-der-Mensch sein Zeug über ein solches Feld hinweg an eine geeignete Stelle, flog als Wespe dorthin und wurde an einer Stelle mit festem Boden zum Menschen oder Grizzly, um seine Beute zu verstecken. Dort war sie absolut sicher. Oder war das alles Blödsinn, was ich mir hier zusammenreimte?

Ich rannte die Treppen zum ersten Stock hinunter und hämmerte an die Türen sämtlicher Lehrer-Privaträume. Doch keine der Türen ging auf und nichts rührte sich dahinter. Beim großen Gipfel, die waren alle weg und auf der Suche nach dem Woodwalker, der mich um ein Haar umgebracht hätte. Nur leider durchkämmten sie die völlig falsche Gegend!

Mir fiel ein, dass sogar Theo in seiner Elchgestalt losgezogen war. Eulendreck! Das hieß, ich hatte nicht mal jemanden, der mich fahren konnte – zu Fuß würden wir ewig brauchen dorthin! Aber Nell war noch da und Nell hatte mal erzählt, dass ihr Onkel ihr Fahrstunden gegeben hatte. Den jungen Wolf mussten wir mitnehmen, damit er uns zeigen konnte, wo genau er Goodfellow damals gesehen hatte.

Miro war mir nachgelaufen und blickte verwirrt zu mir hoch. *Was ist? Was machst du?*

Miro, du musst jetzt ganz tapfer sein, sagte ich ihm. *Du wirst gleich zusammen mit einem Puma und einer Maus auf Verbrecherjagd gehen. Und zwar in einem stinkenden Blechkasten mit Rädern.*

Mit großen Augen blickte er mich an. *Oje! Wenn meine Eltern das wüssten!*

Dann grinste er so breit, wie sein Maul es zuließ, und lief los. *Aber die sind ja nicht da. Gehen wir?*

Schwefelschwaden

Sofort weckte ich Nell, aber ihr fehlte ein wenig die Begeisterung für meinen Plan. Um genauer zu sein, sie gähnte mir ins Gesicht und bekam gerade mal ein Auge auf. Ich schaute mich nach einem kalten Lappen um, den ich ihr ins Gesicht werfen konnte. Zu ihrem Glück war keiner in Sicht. »Du musst uns fahren, schließlich hast du schon Fahrstunden gehabt«, drängte ich sie, als sie halbwegs wach war.

»Fahrstunden ist grob übertrieben«, murmelte Nell. *»Eine* Fahrstunde war es ... und das ist, lass mich mal nachdenken, eineinhalb Jahre her ...«

»Ist doch egal, das ist eine Stunde mehr, als ich jemals hatte, und wir müssen diesen Mistkerl kriegen, bevor er auf Nimmerwiedersehen verschwunden ist!« Mir entfuhr ein gefährliches Fauchen und jetzt war Nell *richtig* wach.

»Ist ja schon gut, Carag, reg dich ab! Und kannst du bitte das Fell von deinen Armen wegmachen?« Nell starrte mich an.

Es war mir lange nicht mehr passiert, dass ich mich unfreiwillig teilverwandelt hatte. Verlegen machte ich das mit dem Fell rückgängig und trat einen Schritt von ihrem Bett zurück. Nell sagte: »Du wartest draußen, ich bin gleich so weit.« Sie schob mich mit der flachen Hand aus dem Zimmer und schloss die Tür. Ich hörte, wie es in dem Waschbecken in ihrem Zimmer plätscherte. Ungeduldig trat ich von einem Fuß auf den anderen und Miro fiepte leise. *Was macht die Maus jetzt?*

Sich waschen, informierte ich ihn und verblüfft schaute er mich an. *Mit Wasser?*

Obwohl mir nicht danach zumute war, musste ich grinsen. *Wahrscheinlich schon. Einen Menschenkörper kann man nicht so gut mit der Zunge sauber machen.*

Dann kam Nell endlich und wir fanden auch problemlos den Autoschlüssel, den Theo immer an einen Haken in seinem – unverschlossenen – Zimmer hängte. Dann standen wir in der Dunkelheit auf dem Rasenparkplatz und betrachteten eingeschüchtert den ramponierten Kombi der Clearwater High.

»Immerhin, er hat schon ziemlich viele Dellen, es macht also nichts, wenn du einen Baum streifst oder so«, sagte ich zu Nell.

»Wenn ich einen Baum streife, haben wir noch ganz andere Probleme als eine Delle, weil wir dann nicht mehr auf der Straße sind!« Nervös ordnete Nell ihre perlenbesetzten Zöpfchen mit den Fingern. Dann friemelte sie den Schlüssel ins Schloss und bekam tatsächlich die Tür auf. »Rein mit euch!«

Doch Miro stemmte alle vier Pfoten gegen den Boden. *Da soll ich rein?! Was ist das für ein stinkiges Ding? Ich hab solche Kästen schon von Weitem gesehen und fand sie immer grässlich!*

Das ist ein Auto, wir brauchen es, um schnell an einen anderen Ort zu kommen. Und ja, es stinkt, aber das lässt sich nicht ändern. Ich schob ihn am Hinterteil in die richtige Richtung, doch Miro knurrte mich an und zeigte die Zähne.

Lass das! Ich bin ein wilder Wolf und keine Katze darf mich herumschubsen!

Ich verdrehte die Augen. *Jaja, schon gut, dann zeig, wie wild und mutig du bist, und spring in dieses verdammte Auto!*

Er setzte eine Pfote in die offene Tür. *Wie kann dieses Ding uns denn an einen anderen Ort bringen?*

Das erkläre ich dir, wenn wir unterwegs sind. Am liebsten hätte ich ihn mit Schwung nach drinnen befördert, aber ich zwang mich zur Geduld. Wenn er im Auto durchdrehte, hatten wir nichts davon.

Es dauerte noch ein paar Minuten, dann hatten wir ihn auf der Rückbank und ich stieg auf den Beifahrersitz. In der Zwischenzeit hantierte Nell nervös mit allen Hebeln und Schaltern, die ein Auto so hatte. Ich blickte auch nicht genau durch, was die alle bedeuteten.

»Zum Glück ist das ein Automatik-Getriebe«, murmelte Nell vor sich hin. Schließlich schaffte sie es, den Motor zu starten, und ihre weißen Zähne leuchteten in der Dunkelheit auf. »Na also«, sagte sie im selben Moment, in dem Miro vor Schreck aufheulte. Er versuchte, sich durch das halb offene Seitenfenster nach draußen zu zwängen, aber ich zog ihn zurück. *Das ist normal! Das ist der Motor! Reg dich bitte wieder ab!*

Was ist ein Motor? Kann der mir wehtun?, jaulte Miro in unsere Köpfe, aber Nell war so beschäftigt, dass sie ihm keinen Blick gönnte. Sie hantierte mit einem Hebel in der Mitte des Autos, stellte ihn auf »D« und drückte mit dem Fuß auf eine Pedale. Mit einem kleinen Ruck schoss die Karre voran. Schon jetzt glänzte Nells dunkles Gesicht vor Schweiß, sie atmete aus und lenkte den Kombi vorsichtig auf die Straße.

»So! Wo müssen wir entlangfahren, Carag? Hast du wenigstens daran gedacht, eine verdammte Straßenkarte mitzunehmen? Wir haben nämlich kein Navi!«

»Straßenkarte? Ach so, ich weiß, was du meinst. Diese Papierdinger mit den bunten Linien und Punkten, die wir mal in Menschenkunde durchgenommen haben.« Ich kramte im

Handschuhfach und fand eine halb leere Blechdose mit verklebten Bonbons, ein benutztes Taschentuch, eine Tube Geweihpolitur, die gerade dabei war auszulaufen, eine alte Stofftasche und einen Stapel Papier. Ja, das schien eine Karte zu sein. Nervös versuchte ich, daraus schlau zu werden, aber das klappte nicht allzu gut.

»Nur zur Info, du hältst das Ding verkehrt herum«, motzte Nell mich an. »Außerdem ist das eine Karte von Idaho und wir sind gerade in Wyoming, also schau noch mal nach, ob du was Besseres findest.«

»Kein Grund, mich anzuschnauzen«, sagte ich beleidigt, machte mich aber trotzdem wieder auf die Suche, während Miro zitternd auf dem Rücksitz kauerte.

Unsere Scheinwerfer strichen durch die Dunkelheit und beleuchteten das graue Asphaltband vor uns. Nell lenkte uns mit ruckartigen Bewegungen um eine Kurve, fuhr anscheinend aber zu schnell. Wir schafften die Kurve nicht ganz, unsere Räder rumpelten über den Seitenstreifen und machten ein paar Pflanzen platt.

»Verdammt, ich schaff das nicht! Wir kommen von der Straße ab!«, schrie Nell – und vor lauter Schreck verwandelte sie sich. Von einem Moment zum nächsten war ihr Menschenkörper weg und sie hing als Maus am Lenkrad. Na toll. Ausgerechnet jetzt.

Was machst du?, heulte Miro auf.

Alles gut, Miro, alles gut!, schrie ich zurück, beugte mich zur Seite und packte das Lenkrad. Dabei hätte ich Nell beinahe zerquetscht, die sich mit winzigen Pfötchen auf dem glatten Plastik festklammerte. Der Kombi schlingerte wild und streifte einen Baum. War mir so dermaßen klar gewesen! Aber ich schaffte es irgendwie, die Karre zurück auf die Straße zu bringen.

Hab ich schon gesagt, dass ich Autos hasse?, winselte unser Jungwolf.

Mir wurde gerade klar, dass ich sie auch hasste. *Nell, was machen wir jetzt?,* fragte ich meine Mitschülerin und sie blickte mit ihren schwarzen Knopfaugen zu mir hoch.

Vielleicht kann ich das Gaspedal runterdrücken, dann musst du nur noch lenken, sagte sie und hüpfte in den Fußraum. Doch selbst für eine fitte Woodwalkerin war das Gaspedal zu schwergängig, langsamer als ein Silberdachs kroch der Wagen voran.

Kannst du dich bitte schnell zurückverwandeln?, ächzte ich.

Ich fürchte, das geht nicht, wenn ich aufgeregt bin, gestand Nell verlegen.

Deswegen konnte ich sie schlecht anschnauzen, vor James Bridgers Spezialtraining war es mir ja genauso gegangen. Also sagte ich nur: *Dann rutsch rüber,* und wir wechselten die Plätze – ich warf Nells Kleidung nach hinten, dann schob ich mich auf den Fahrersitz und sie krabbelte rüber auf den Platz des Beifahrers.

Ich glaube, du brauchst dich nicht anzuschnallen, meinte ich mit einem schnellen Seitenblick, während ich meinen Gurt einklickte.

Haha, sehr witzig, erwiderte das winzige graubraune Tierchen neben mir. *Los, gib Gas – tritt auf das Pedal ganz rechts! Fest!*

Keine Ahnung, wie wir es schafften. Aber wir kamen voran und es war gar nicht so schwer. Jedenfalls nachdem ich mir gemerkt hatte, welches das Bremspedal und welches das Gaspedal war. Wir fuhren nach Norden, an Jenny Lake vorbei, durch den Grand Teton National Park. Dann bogen wir Richtung Old Faithful ab und fuhren noch ein Stück weiter. Zum

Glück kannte ich mich nun aus, das hier war früher ein Teil unseres Familienreviers gewesen.

Miro streckte die ganze Zeit über die Nase aus dem Fenster und witterte, was das Zeug hielt. Schließlich rief er uns zu: *Hier ungefähr! Bei diesen heißen Orten haben wir ihn gesehen, diesen Lehrer!*

Versehentlich trat ich so hart aufs Bremspedal, dass Miro von der Rückbank rutschte und Nell eine unfreiwillige Flugstunde bekam. Zum Glück klatschte sie nicht gegen die Frontscheibe, sondern landete im Fußraum. *O Mann, ich werd morgen jede Menge blaue Flecken haben,* stöhnte sie und lief mir erst das Bein und dann den Arm hoch.

Es war inzwischen ganz früher Morgen und noch dunkel. Tagsüber wimmelte diese Gegend von Touristen, doch gerade war kein einziger in Sicht. Zum Glück. Meine Augen schweiften über die Landschaft, doch Goodfellow war nicht so nett, mir direkt vor die Kühlerhaube zu laufen.

Ich stellte den Wagen auf den Parkplatz von Fountain Paint Pot, einem ziemlich großen Geysirfeld. Miro trampelte über mich drüber, so eilig hatte er es, aus dem Wagen zu kommen. *He, nimm deine verdammte Pfote aus meinem Gesicht,* beschwerte sich Nell und klang dabei so sehr wie Holly, dass ich sie einen Moment lang furchtbar vermisste. Sie würde wütend sein, dass sie all das hier verpasste – jedenfalls, falls es keine totale Katastrophe wurde.

Schon auf der Straße hatte ich die Scheinwerfer abgedreht, damit meine Augen sich wieder an die Dunkelheit gewöhnen konnten. Aufgeregt, mit holprig-raschem Herzschlag, schaute ich mich um. Schwefelgestank stach mir in die Nase – die ganze Gegend hier war ein einziges Gebrodel, das Schwaden widerlicher Dämpfe ausstieß. Tagsüber, im Licht der Sonne, war diese Vulkangegend voller Farben – die schlammige, verkrustete Erde war knochenbleich, grau, rötlich, gelblich, der kochend heiße Teich leuchtete im schönsten Türkis. Doch jetzt, in der Nacht, sah man nichts davon. Und ich hätte sowieso nicht darauf geachtet, ich suchte nach einer Gestalt. Grizzly oder Mensch. Wenn Goodfellow als Wespe hier war, würde ich ihn nicht entdecken. Aber er würde nicht lange Wespe bleiben können, weil diese Dämpfe nicht gut für Insekten waren ... oder irgendeine andere Lebensform. Pflanzen gab es hier keine bis zum Waldrand.

Moment mal ... dort zwischen den Kiefern, war da nicht eine Bewegung gewesen? Ich hob die Hand und Nell und Miro, die sich gerade in die Haare geraten waren, verstummten. Sofort schlich ich ein Stück von den beiden weg und konzentrierte mich auf das, was ich sah und spürte, streckte meine Sinne in alle Richtungen aus. Ganz leise hörte ich das Blubbern von kochendem Schlamm, das Zischen eines kleinen Geysirs. Und ich spürte etwas, das mich erstarren ließ.

Außer uns war noch ein anderer Woodwalker hier. Und gar nicht weit entfernt!

Hätten wir nur den anderen Bescheid geben können! Aber wie es aussah, musste ich mit Goodfellow schon zum zweiten Mal allein fertigwerden. Denn vermutlich konnten mir weder Nell noch Miro helfen.

Hinterhältig

Ihr bleibt beim Auto!, kommandierte ich. Zurück kamen eingeschüchterte Zustimmung von Miro und ein *Ja, aber ...* von Nell-der-Maus, auf das ich nicht weiter einging.

Nell, du versuchst bitte, einen der Lehrer zu erreichen und ihn hierherzudirigieren, sagte ich, kramte aus ihren Sachen das Smartphone heraus und legte es ihr auf den Beifahrersitz. Schließlich hatten wir für genau solche Situationen geübt, das Handy in unserer zweiten Gestalt zu bedienen. Ich war froh, dass James Bridger auf dieser Übung bestanden hatte. *So, ich gehe jetzt.*

Viel Glück – bis später, sagte Nell und begann, mit ihren winzigen Pfötchen auf das Smartphone einzuprügeln. So sah es jedenfalls aus.

Ich wollte jetzt kein Mensch sein, ich fühlte mich so furchtbar angreifbar in dieser weichen, fast haarlosen Gestalt. Lautlos sprach ich mir *Timbuktu* vor und spürte, wie ich vornübersank, als meine Arme zu Vorderläufen wurden. Irritiert schüttelte ich meine Unterhose von einem Hinterlauf ab und schlich als Puma davon, zu der kleinen Baumgruppe in der Nähe. Dorthin, wo ich eine Bewegung bemerkt hatte. Aber dort war niemand ... oder niemand mehr.

Von Nell und Miro kamen plötzlich eigenartige, wirre Gedanken. Erstaunt versuchte ich zu lauschen, aber es folgte nichts mehr. Vielleicht verwandelte sich Nell gerade zurück und das hatte Miro erschreckt. Ich suchte weiter, versuchte, möglichst rasch die Gegend zu durchkämmen. Moment mal, was war das für ein krachendes Geräusch aus Richtung der Geysire gewesen?

Ich wollte gerade nachsehen gehen, als ich plötzlich eine fremde Stimme in meinem Kopf hörte und zusammenzuckte.

Du bist der Pumajunge, nicht wahr? Der mit dem miesen Akzent in Elchisch?

Erschrocken fuhr ich herum, suchte nach der Quelle dieser Stimme, Goodfellow musste hier irgendwo sein! Aber wo, beim großen Gewitter? Es war kein gutes Gefühl, von jemandem beobachtet zu werden und nicht zu wissen, wo sich dieser Jemand befand! Der Schwefelgestank überdeckte alle Witterungen. Es gab jetzt nur eins, was ich tun konnte. Ich musste ihn in ein Gespräch verwickeln, das ihn ablenkte, und dabei weiter nach ihm suchen. Vielleicht merkte ich, ob ich mich von ihm entfernte oder näherte, wenn die Stimme stärker oder schwächer wurde. *Haben Sie sich meinen Namen nicht gemerkt? Sie waren immerhin drei Wochen lang an der Schule!*

Ein freudloses Kichern in meinem Kopf. *Lehrer sein war eine nette Abwechslung. Aber ich habe schon so viele Berufe gehabt.*

Welche zum Beispiel?, fragte ich ihn. Wo versteckte sich der Kerl? Wahrscheinlich zwischen den Kiefern etwas weiter entlang des Wanderpfades, der zu den Geysiren und vulkanischen Teichen führte. Rasch pirschte ich in ihre Richtung und wartete nervös auf eine Antwort.

Ach, da fragst du mich was. Wildhüter, Koch, Verkäufer, Gärtner, Imker, Tiertrainer ... wahrscheinlich habe ich ein paar vergessen. Auch meine Namen wechseln, aber Goodfellow hat mir recht gut gefallen.

Das klang nach einem sehr anstrengenden Leben. Wider Willen war ich fasziniert. *Sie bleiben nie lang an einem Ort, oder? Sie plündern in einer Gegend, in der man Sie noch nicht kennt, die Leute aus und reisen dann ein paar Staaten weiter?* Wo zum Teufel war dieser Kerl gerade? Er musste ganz in der Nähe sein, aber ich sah ihn nicht! War er in seiner Wespengestalt? Dann hatte ich keine Chance, dann konnte er mich hier an der Nase herumführen, solange er wollte.

Du bist gut im Raten, Carag. Das klang fast anerkennend. Aber ich pfiff auf seine Anerkennung! Schon dieser Brieföffner hätte Holly oder mich töten können. Mein Leben bedeutete ihm nichts, er dachte nur an sich. Und vielleicht – wenn ich mit meiner Vermutung richtiglag – an seinen neuen Chef Andrew Milling, den gefährlichsten Wandler weit und breit.

Mit allen Sinnen prüfte ich die Nacht und wünschte mir James Bridger herbei, Bill Brighteye oder Tikaani. Ja, Pumas waren Einzelgänger ... aber ich war nicht nur Raubkatze und in diesem Moment fühlte ich mich furchtbar allein.

Wieder schickte ich meine Gedanken aus. *Aber auf eins bin ich noch nicht gekommen. Wieso machen Sie das alles? Wenn Sie Jobs hatten, haben Sie doch bestimmt genug Geld verdient, um als Mensch davon leben zu können ... und als Grizzly oder Wespe brauchen Sie überhaupt kein Geld!*

Die Antwort ließ auf sich warten, nur das brodelnde Zischen eines Geysirs durchbrach die Stille. Dann hörte ich ein leises Lachen in meinem Kopf ... aber diesmal war es kein höhnisches Lachen, sondern ein trauriges. *Was weißt du schon! O doch, ich brauche Geld, und zwar viel. Leider. Ich wäre viel lieber als Bär in meinem alten Revier in Kanada.*

Schweigend und angespannt wartete ich darauf, dass er fortfuhr. Lautlos berührten meine breiten Pranken den Boden. War die Stimme in meinem Kopf eine Winzigkeit lauter geworden, also näher gekommen, oder bildete ich mir das nur ein?

Ganz plötzlich begann Goodfellow wieder zu sprechen. *Schon meine Eltern lebten in diesem Revier, es hat herrliche Wälder und einen eiskalten Fluss mit vielen Lachsen.* Er seufzte tief. *Aber nun haben die Menschen dort Ölsand gefunden und das Öl darin wollen sie unbedingt haben. Bald soll das Gebiet verkauft werden und dann werden sie beginnen, den Boden aufzugraben und alles zu zerstören. Bis es so weit ist, muss ich das Geld zusammenhaben.*

Betroffen blieb ich stehen. *O nein,* ging es mir durch den Kopf. Ich wusste, wie schlimm es sich anfühlte, ein Revier zu verlieren – man büßte seine Heimat ein und gleichzeitig die Möglichkeit, sich als Grizzly zu ernähren. Und wenn man wusste, dass dieses Revier zerstört werden würde, konnte man nicht einfach die Schultern zucken und sich ein neues suchen.

Und niemand wird mich daran hindern, dieses Geld aufzutreiben! Auch du nicht, Pumajunge!

Ich spürte, dass hinter mir aus dem Nichts etwas Großes erschien, das mich überragte wie ein dunkler, pelziger Berg. Schon raste eine Pranke mit unglaublich langen Krallen auf mich zu. Hätte mich der Schlag getroffen, hätte er mir das Genick gebrochen.

Blitzschnell wirbelte ich herum, wich zur Seite aus und versuchte, ihn meinerseits mit einem Schlag zu erwischen. Ärgerlich grunzte der Grizzly auf. Wieso hatte der Kerl mich überhaupt angegriffen? Konnte er sich nicht denken, dass ich ihn verstand? Ich hätte einfach zugesehen, wie er seine Beute holte, und ihn verschwinden lassen! Aber dieser Überraschungsangriff war hinterhältig gewesen.

Übrigens, jemand hat schon versprochen, mir dabei zu helfen, behauptete Goodfellow in meinem Kopf. *Jemand, der genug Geld hat für meinen Plan und der mir etwas davon abgeben wird. Er will mich demnächst zu einem seiner Kommandanten machen. Ach ja, er hat gesagt, ich soll dich ruhig erledigen, damit würde ich ihm einen Gefallen tun!*

Es überlief mich kalt. Also hatte ich richtig vermutet. *Andrew Milling,* sagte ich. *Sie sind sein Verbündeter, richtig? Er braucht Sie für seine miesen Pläne, den Menschen zu schaden, richtig?*

Die Menschen richten nur Unheil an – wieso soll es ein mieser Plan sein, ihnen zu schaden? Freue mich schon drauf. Das wird ihnen ein für alle Mal zeigen, dass sie uns nichts zu sagen haben!

Egal, was ich mit ihm machte, der Riesenkerl marschierte einfach auf mich los, drängte mich mit roher Kraft den Wanderweg entlang, bis wir in der Nähe des Holzsteges waren, über den die Touristen die vulkanischen Phänomene erreichen konnten. Neben uns dampfte der heiße Schlammboden. Aber auf den Steg wollte ich nicht, auf keinen Fall – auf dem schmalen Holzsteg konnte ich nicht mehr zur Seite ausweichen!

Ich erhob mich auf die Hinterbeine und hieb mit beiden Vorderpranken gleichzeitig auf seine Schnauze und sein Gesicht ein. Grollend drehte Goodfellow den Kopf weg, aber ich hörte ihn in meinem Kopf lachen.

Du bist nicht so schlau, wie du denkst, Kleiner, sagte er. *An deiner Stelle würde ich das nicht tun.*

Wieso?, fragte ich kühl.

Weil ich deine Freundin habe. Die Maus. Es war nicht sehr schlau von dir, sie und dieses Wölfchen im Auto zurückzulassen.

Ein eiskaltes Kribbeln überlief mich. Nein, nein, bitte nicht –

konnte das stimmen, hatte er Nell und Miro in seine Gewalt bekommen? Würde er ihnen etwas antun?

Wahrscheinlich hatte er meine gequälten Gedanken spüren können, denn schon fuhr er fort: *Du bekommst sie wohlbehalten wieder, wenn du jetzt einfach nichts machst. Ich hole meine Sachen und verschwinde, bye, bye. Dann darfst du das Mäuschen gerne befreien.*

In mir kochte hilflose Wut. Was für ein Idiot dieser Tripel-Wandler war! Genau das, was er vorschlug, hätte er haben können, wenn er uns in Ruhe gelassen hätte. Seine Geschichte hatte mich sehr betroffen gemacht und ich wollte ihn nicht daran hindern, sein Revier zu retten. Aber jetzt war ich entschlossen, ihn aufzuhalten. Dieser Woodwalker war gefährlich! Wir mussten ihn stoppen, bevor er mit seinen ungewöhnlichen Fähigkeiten noch mehr Unheil anrichtete. Alleine oder gemeinsam mit Milling und seinen Leuten.

Wo sind sie? Was haben Sie mit ihnen gemacht?, brüllte ich ihn an und biss nach ihm, wollte ihm meine Fangzähne ins Vorderbein schlagen. Doch ich biss ins Nichts ... und stattdessen brummte in meinem offenen Maul eine Wespe! Ein heißer Schmerz durchfuhr mich, als sie mich in den Gaumen stach.

Schau mal bei den Geysiren nach!, flüsterte Goodfellow mir zu. *Na dann mal tschüss!*

Wild blickte ich mich um – und sah mitten im Geysirfeld etwas, das vorhin noch nicht da gewesen war. Auf den ersten Blick sah es seltsam aus, wie eine Art toter Reiher. Dann begriff ich. Dieser Dreckskerl hatte Nell aus dem Auto entführt, in die Stofftüte aus dem Handschuhfach gesteckt, einen Stock in den Boden gerammt und daran die Tüte befestigt! Und zwar nicht irgendwo, sondern ganz in der Nähe eines Geysirs. Nicht nur, dass jede falsche Bewegung Nell in den heißen Teich stürzen lassen würde – die nächste Fontäne würde sie auf jeden Fall töten!

Jetzt wusste ich auch, was für ein krachendes Geräusch das vorhin gewesen war. Mit roher Kraft hatte er die flache Touristen-Sitzbank vom Steg gerissen und die Holzplanken so hingeworfen, dass er darüber den Geysir erreichen konnte. Das alles hatte er in Menschengestalt gemacht, ich sah Schuhabdrücke im schlammig-heißen Boden.

Holly hätte jetzt eine bunte Auswahl von Woodwalker-Flüchen zum Besten gegeben, aber ich war einen Moment lang einfach stumm vor Entsetzen. Dann rannte ich los, mit langen, weiten Sprüngen – zurück zum Auto. Vielleicht fand ich darin noch irgendwelches Werkzeug, das ich benutzen konnte, um Nell zu retten. Und ich brauchte Theos Gummistiefel, die immer im Kofferraum waren!

Neben dem Auto lag Miro, Goodfellow hatte ihn wohl niedergeschlagen. Der kleine Wolf war ohnmächtig, aber zum Glück nicht tot, seine Brust hob und senkte sich und ich spürte seinen Atemhauch an meiner Nase. Für ihn konnte ich gerade nichts tun, doch bei Nell ging es um Sekunden! Hastig verwandelte ich mich und öffnete den Kofferraum. Theos Gummistiefel waren weg. Mir fielen die Abdrücke beim Geysir ein.

Stiefelspuren! Oh, großartig! Nells Handy war ebenfalls nicht in Sicht, ich entdeckte es zerschmettert neben einem der Vorderreifen.

Carag? Wo bin ich? Kannst du mir helfen? Nells Stimme klang zittrig und so, als sei sie eben erst wieder zu Bewusstsein gekommen.

Ich tue mein Bestes, antwortete ich ihr. *Glaub mir, du willst gerade nicht wirklich wissen, wo du bist. Aber bitte beweg dich nicht, okay?*

Viel Werkzeug war nicht im Auto und nichts davon kam mir nützlich vor. Doch, etwas gab es, das ich gebrauchen konnte! Ich riss die beiden zerschlissenen, aber dicken Fußmatten aus dem Auto. Dann rannte ich zurück zum Geysirfeld und betete, dass keine der Fontänen gerade fällig war. Auch wenn die Geysire hier nur wenige Meter hoch waren und nicht turmhoch wie der Old Faithful, tödlich waren sie trotzdem.

Mit lodernden Augen beobachtete ich, wie Goodfellow hundert Meter weiter in Menschengestalt durch den farbenprächtigen, heißen Schlamm stapfte, um seine Beute zu bergen. Dann standen plötzlich leere Gummistiefel in der Gegend herum, er hatte die schwierigen Stellen als Wespe überquert. Als Grizzly wälzte er an einer anderen Stelle, weiter in Richtung Wald, eine große abgestorbene Baumwurzel zur Seite. Wahrscheinlich war sein Beuteversteck dadrunter.

Hier ist es unglaublich heiß! Ich spürte die Angst in Nells Gedanken. Sie ahnte, wo sie gerade war.

Im letzten Herbst hatte mir Holly das Frisbeespielen beigebracht und vielleicht konnte ich Nell jetzt damit das Leben retten. Eine Fußmatte war kein Frisbee, aber etwas Besseres hatte ich nicht. Ich visierte mein Ziel an und schleuderte die erste Fußmatte. Sie fiel in einigen Metern Entfernung zu Boden. Mit der nächsten musste ich weiter kommen. Ich warf die zweite. Jetzt ergaben sie eine Art Weg, wenn ich von einer zur anderen sprang. Was als Mensch natürlich aussichtslos war, sie lagen mehrere Meter auseinander. Aber für einen Puma war das kein Problem. Auch wenn die Ranger morgen einen Anfall bekommen würden, wenn sie sahen, dass Leute hier im Naturschutzgebiet Plastikmatten hingeworfen hatten.

Ich nahm meine Pumagestalt an, sprang und landete punktgenau, alle vier Pfoten säuberlich beieinander, auf der ersten Matte. Sie sank ein Stück im heißen Matsch ein, als ich aufkam, aber es ging noch. Nun musste ich weiter zur zweiten Matte, dann zur ehemaligen Sitzbank.

In diesem Moment sah ich im schwachen Mondlicht zwei sehr schreckliche Dinge. Erstens, der Geysir-Teich begann zu blubbern und zu wogen. Ich wusste, was das bedeutete – er bereitete sich auf seinen großen Moment vor! Zweitens, die andere Matte war schon ein Stück versunken. Die würde mein Gewicht nicht aushalten, im Leben nicht.

In der Stofftasche rumorte es. *Ich muss hier raus. Stimmt doch, oder?,* sagte Nells Stimme in meinem Kopf. Ich sah, wie Nell im Inneren nach oben kletterte und auf dem Stock, an dem die Tasche hing, balancierte. Mit erschrockenen schwarzen Knopfaugen sah sie sich um. *Das sieht ja übel aus hier!*

Zum Glück neigte Nell nicht dazu, vor Schreck zu erstarren. Sie schwang mit der Tüte hin und her, bis sie mit einem gewagten Hüpfer die Sitzbank erreichen konnte.

Ich bin gleich da, versicherte ich ihr. Mein Nackenfell sträubte sich bei dem Gedanken daran, dass jeden Moment heißes Wasser aus dem Boden schießen und auf mich herabprasseln konnte. So viel Wasser und dann auch noch heiß und stinkend! Aber ich konnte Nell nicht im Stich lassen. Und hatte ich nicht

schon einmal einen Geysir überlebt, damals, als ich mir ein Smartphone anschauen wollte und fast in den Old Faithful hineingestolpert war?

Ich sammelte alle Kraft, die ich nach den harten letzten Tagen noch hatte, spannte meine Muskeln an und merkte, wie weh das tat. Mein verletztes Vorderbein fühlte sich nicht gut an. Und doch musste ich diesen Sprung schaffen.

Also los, sagte ich mir entschlossen und machte einen gewaltigen Satz. Über die halb versunkene Fußmatte und blubbernden schlammigen Boden hinweg bis zu den Holzplanken. Ich hieb die Krallen hinein, um nicht abzurutschen, und balancierte bis zur Öffnung des Geysirs, wo Nell verzweifelt auf Rettung wartete. Feuchter, stinkender Dampf stieg mir in die Nase und ließ mich würgen. Rasend schnell krabbelte Nell auf meine Schultern und ich rief ihr zu: *Festhalten!*

Ein Zischen schien meine Ohren zu füllen. Es war so weit! Geisterweiß schoss der Geysir im Mondlicht nach oben und heiße Gischt wehte mir entgegen. Nell vergrub die Nase in meinem Pelz. Mit einem zweiten Riesensprung brachte ich uns auf dem Umweg über die Fußmatte in Sicherheit auf dem Holzsteg, der für die Touristen gebaut worden war. Ich zitterte, doch Nell wirkte im Vergleich zu mir ziemlich ruhig. *Danke, das war echt cool, Carag. Was ist mit Goodfellow? Konnte der abhauen?*

An den hatte ich gar nicht mehr gedacht. Ich wandte den Kopf und sah, wie er seine ausgegrabene Beute – mehrere prallvolle Plastiktüten – auf sicheren Boden schleuderte und als Wespe hinterherflog. Gleich würde er sie als Mensch dort aufsammeln, als Grizzly hatte er ja keine Hände.

Doch als er sich verwandelt hatte, erwartete ihn eine Überraschung. Miro erschien aus einem Gebüsch in der Nähe, ganz gesträubter Pelz und gefletschte Zähne. Schon hing er knurrend an Goodfellows Wade. Unser ehemaliger Sprachenlehrer stürzte, fiel mit dem Gesicht mitten in den heißen Schlamm einer Pfütze und schrie auf. Miro sprang auf seinen Rücken und hüpfte dort auf und ab.

Sprachlos beobachteten Nell und ich, was geschah. Uns war beiden klar, was gleich geschehen würde. Der Mistkerl würde sich in eine Wespe verwandeln, Miro stechen und dann in Menschengestalt verschwinden!

Wir täuschten uns beide.

Ja, Goodfellow verwandelte sich in eine Wespe ... aber eine mit Schlamm verklebte. Noch während sie sich mühte loszufliegen, wechselte Miro in seine Menschengestalt. Er nahm sich nicht die Zeit, sich etwas anzuziehen, sondern holte eine Süßigkeiten-Blechdose hervor, die ich zuletzt in unserem Auto gesehen hatte, und verfrachtete den winzigen Woodwalker hinein. Dann setzte er sich mit dem nackten Hintern auf die Dose und winkte uns fröhlich zu.

Nell und ich blickten uns an. *Wow,* sagte ich.

Komisch, genau das wollte ich auch gerade sagen, meinte Nell.

Dann rannten wir los, um Miro mit seinem Gefangenen zu helfen.

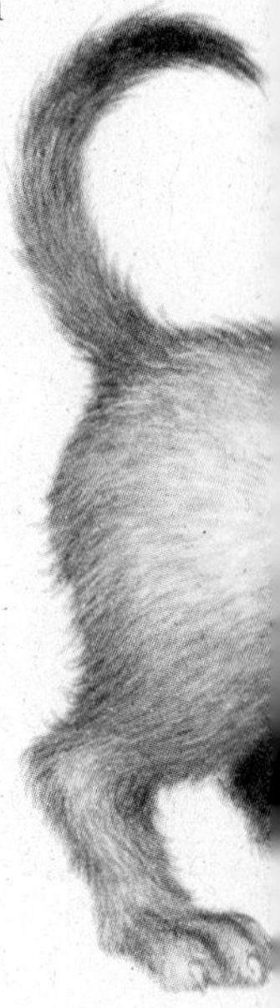

Schuld und Beute

Es war ein sehr, sehr eigenartiges Verhör, das einige Stunden vor Sonnenaufgang in Lissa Clearwaters Büro stattfand. Derjenige, der verhört wurde, steckte in Gesellschaft einiger verklebter Bonbons in einer Blechdose, und die Dose wiederum befand sich gerade im Tresor der Clearwater High.

»Und da kann er wirklich nicht raus?«, flüsterte ich James Bridger zu, der neben mir stand. »Wir hatten im Auto die ganze Zeit Angst, dass er sich verwandeln und damit die Blechdose sprengen würde.«

»Er weiß genau, dass er beim Versuch, sich als Wespe innerhalb der Blechdose zu verwandeln, schwere Verletzungen riskieren würde«, antwortete James leise. »Würde ihm dabei durch scharfe Blechteile ein Insektenbeinchen abgerissen, hätte er auch als Grizzly oder Mensch nicht mehr alle Körperteile.«

Ups!

»Und einen Tresor zu sprengen, bringt sowieso nicht mal ein Grizzly fertig«, versicherte mir Bill Brighteye, der mit den anderen Wölfen mittlerweile zurückgekehrt war. Nicht ganz zufällig blockierte er die Tür, damit kein neugieriger Schüler auf die Idee kommen konnte, mit irgendeiner scheinheiligen Frage hereinzuschauen.

Ich war der Einzige, der beim Verhör dabei sein durfte – James hatte gemeint, ich hätte das verdient. Es war ein komisches Gefühl, zwischen all diesen Lehrern zu stehen und zu lauschen. Nein, ich durfte nicht nur lauschen, ich musste ihnen auch mitteilen, was ich herausgefunden hatte. »Er ist übrigens ein Verbündeter von Andrew Milling, einer seiner höchsten Kommandanten, wie es scheint«, erzählte ich den versammelten Lehrern. »Das hat er mir selbst gesagt und ich glaube auch, dass es stimmt.«

»Ja, kann gut sein«, sagte Bill Brighteye grimmig. »Danach wird ihn Lissa bestimmt noch fragen. Zum Glück kann selbst Milling ihm gerade nicht helfen.«

Mr Goodfellow, wie es scheint, waren Sie in den letzten Jahren hauptberuflich Einbrecher, begann Lissa Clearwater das Verhör. *Hat denn in dieser Zeit kein Woodwalker entdeckt, dass Sie ein Tripel-Wandler sind?*

Goodfellow lachte. Es klang ein wenig hohl, was vielleicht an der Blechdose lag. *Nein, das waren ja bisher nur Legenden, und wer glaubt schon an Legenden? Mein Vater war ein Bär, meine Mutter war ein Bär. Ich habe selbst keine Ahnung, wo in der Ahnenreihe die Wespe ins Spiel gekommen ist.*

Lissa zog die Augenbrauen hoch. *Wann haben Sie das mit Ihrer dritten Gestalt entdeckt?*

Ziemlich spät, mit zwölf. Goodfellows Gedankenstimme klang widerstrebend, aber immerhin gab er uns überhaupt Auskunft. *Ich räumte gerade als Grizzly einen wilden Bienenstock aus, um an den Honig zu kommen, und* peng! ... *war ich selbst ein Insekt. Keine besonders angenehme Überraschung. Zum Glück sind mir Verwandlungen immer leichtgefallen, ich hatte die dritte Gestalt bald im Griff.*

Es war ziemlich eng in Miss Clearwaters Büro, denn Mr Ellwood war als Wapiti-Hirsch anwesend. Vielleicht, weil sein einziges Jackett in der Wäsche war. *Carag hat uns erzählt, dass Sie sparen, um Ihr Revier in Kanada zu kaufen,* mischte er sich ein. *Ist das korrekt? Und wenn ja, wo liegt es?*

Er nannte einen Ortsnamen. Bill Brighteye, der aus Kanada stammte, dachte kurz nach und nickte dann. »Stimmt, da haben sie Ölsand gefunden«, meinte er zu uns. »Üble Sache.«

Unsere Blicke wanderten zu den schlammigen, etwas nach Schwefel müffelnden Plastiktüten, die mitten auf Lissas Schreibtisch lagen. »Schauen wir mal«, sagte die Schulleiterin und öffnete die erste Tüte mit spitzen Fingern. Einen Gegenstand nach dem anderen fischte sie heraus. Eine Kette mit bläulichen und rosafarbenen Edelsteinen, weitere Ketten, mehrere runde Dinger, die man sich über den Arm streifte – wie nannte man die noch mal? –, ein paar Dutzend Goldringe, eine Handvoll dicke, schwere Uhren, die ich meinem Handgelenk nie und nimmer zugemutet hätte. Dann kamen noch drei oder vier dicke Bündel Hundertdollarnoten zum Vorschein ... und eine unscheinbare Bankkarte aus Plastik. Lissa legte sie vorsichtig ganz oben auf den glitzernden Haufen. In den anderen Tüten fanden sich ähnliche Dinge.

Schweigend starrten wir auf den Schatz.

»Wahrscheinlich ist das nur die Beute aus unserer Gegend, den Rest hat er bestimmt schon eingezahlt«, meinte Bridger.

»Für einen Woodwalker hat der Kerl es weit gebracht«, sagte Bill Brighteye und ich wusste, was er meinte. Viele Woodwalker hatten weder einen Nachnamen noch einen Pass, geschweige denn ein Konto.

Dann schwiegen wir wieder, eine lange Zeit. Wahrscheinlich ging den anderen das Gleiche durch den Kopf wie mir, doch weil wir gerade in Menschengestalt waren, konnte ich es nicht hören. »Schau dir den Krempel an, diese sogenannten Wertsachen, so was braucht kein Mensch«, meinte James Bridger.

»Wegen so einem Mist hätten wir ihn nicht an die Menschenpolizei ausgeliefert. Wir laden das Zeug einfach anonym vor der Polizeistation ab. Viel schlimmer finde ich die Hinterhältigkeit, mit der er Carag, Nell und Holly angegriffen hat.«

Bill Brighteye nickte. »Wir müssen ihn so bald wie möglich in eins der Gefängnisse des Rates schaffen, am besten diesen Tierpark in Colorado, das ist am nächsten. Da wird er ziemlich lange bleiben, schätze ich.«

Aber wer soll ihn denn da hinbringen? Diese Verantwortung kann doch niemand von uns tragen! Isidore Ellwood klang entsetzt. Seine Hufe gruben sich tief in den Teppich. *Am besten fordern wir sofort einen Kurier des Rates an, der ...*

Stirnrunzelnd wandte die Schulleiterin sich ihm zu. *Isidore, wenn du darauf bestehst, in zweiter Gestalt an dieser Versammlung teilzunehmen, dann muss ich dich leider bitten, dich mit Kommentaren zurückzuhalten. Außer du willst, dass unser Gast alles mithört.*

Beleidigt senkte Mr Ellwood den Kopf, sodass sein Geweih einen Stapel Briefe und einen Kalender vom Schreibtisch fegte. Niemand machte sich die Mühe, sie aufzuheben.

Eins ist klar! Ein plötzlicher, heftiger Gedanke aus dem Tresor fegte durch unsere Köpfe. *Daran, dass ich jetzt hier sitze, sind nur die Menschen schuld! Wenn die Menschen nicht wären, könnten wir Woodwalker in Frieden leben und ...*

Bill Brighteye fuhr herum, seine gelben Augen loderten. *Ach, nur weil man Ihnen Unrecht getan hat, nehmen Sie sich heraus, selbst Unrecht zu tun? Und wir sind alle zum Teil Mensch, auch Sie!*

Da hatte Goodfellow sich ja schön ins Dornengestrüpp gesetzt. Jeder in der Schule wusste, dass Mr Brighteye Ausreden aller Art so toll fand wie Autoabgase. Ebenso wenig mochte er es, wenn jemand die Schuld immer bei anderen suchte und sich nie fragte, ob man selbst nicht auch etwas falsch gemacht hatte.

Wissen Sie, was, Sie alle zusammen? Sie können mich mal!, drang es giftig aus Mr Goodfellows Gefängnis.

»Netter Kerl«, murmelte Lissa Clearwater, fegte die Beute mit den Händen zusammen und stopfte sie in die Tüte zurück. Ich hörte, dass sie sich wieder an Goodfellow wandte. *Woodwalker verüben keine Verbrechen, selbst wenn die Menschen es manchmal verdient hätten. Sie werden Ihre gerechte Strafe vom Rat erhalten.*

Goodfellow schlug einen kämpferischen Ton an. *Vielleicht kann ich Ihnen tatsächlich versprechen, dass ich keine Bank mehr behelligen und keinen Einbruch mehr ausführen werde, meine Damen und Herren. Denn es gibt bereits einen Woodwalker, der mir finanziell aushelfen will. Immerhin bin ich ein Raubtier wie er und er hasst die Menschen genauso wie ich. Als ich ihn um Hilfe gebeten habe, hat er sofort Ja gesagt. Er ist ein mutiger Kerl, ein wahrer Kämpfer für die Gerechtigkeit!*

Bill Brighteye hob eine Augenbraue. *Andrew Milling, nehme ich an. Carag hat es uns bereits erzählt.*

Lissa Clearwaters Miene verdüsterte sich. Noch im letzten Herbst hatte unsere Schulleiterin nichts gegen Milling hören wollen, doch seit Melodys Entführung waren wir uns einig, dass er gefährlich war. Und James Bridger hatte es beim Kampf gegen ihn und seine Leute selbst erlebt. »Na wunderbar«, sagte sie. »Das macht die ganze Sache noch komplizierter. Milling hat eine Menge Einfluss, auch im Rat, sonst wäre er ja selbst schon in einer der Tierpark-Anlagen gelandet.«

»Meinst du, Milling kann ihn rauspauken?«, fragte Bridger besorgt.

»Nein. Glaube ich nicht. Mordversuch ist keine Kleinigkeit. Er hätte beinahe drei unserer Schüler getötet! Das lässt sich nicht wegdiskutieren.« Lissa Clearwater setzte sich hinter ihren Schreibtisch und stützte den Kopf in die Hände. »Schick mir bitte Theo hoch, James, wir müssen ein paar Luftlöcher in die Dose bohren lassen. Bill, du hältst bitte Wache, damit er nicht doch einen Trick versucht. Carag, du sagtest, es waren noch ein paar verklebte Bonbons drin? Dann hat er genug zu fressen, bis wir ihn zum Rat gebracht haben.«

Ich nickte grimmig.

»Ach ja, und heute ist für alle schulfrei«, fügte Lissa Clearwater hinzu und blickte mich an. »Du bist nicht der Einzige, der sich heute die Nacht um die pelzigen Ohren geschlagen hat, Carag.«

»Oh, danke, das ist sehr katzig.« Vor Freude wuchsen mir einen Moment lang die besagten Ohren, bevor ich mich wieder unter Kontrolle hatte.

»Danke für deinen Einsatz, du hast dich großartig geschlagen. Aber du hast damit auch Nell und Miro in Gefahr gebracht – nichts ist so wichtig wie euer Leben, auch keine Verbrecherjagd!«

»Stimmt«, gab ich ein bisschen geknickt zu.

»Und wehe, das mit dem Auto wiederholt sich. Du weißt, was ein Führerschein ist, das hattet ihr schon im letzten Herbst in Menschenkunde!«

»Ja, weiß ich«, musste ich zugeben. »Aber ...«

»Theo wird dir und Nell zeigen, wie ihr die Beulen aus der Fahrertür rausbekommt«, fügte Lissa Clearwater hinzu und lächelte charmant.

»Okay«, meinte ich und machte, dass ich davonkam, bevor noch die eine oder andere Woche

Küchendienst hinzukam. Außerdem brannte ich darauf, das alles endlich Holly und Brandon erzählen zu können. Falls Miro und Nell mir nicht schon zuvorgekommen waren.

Andrew Milling würde wütend sein, dass wir einen seiner wichtigsten Verbündeten erwischt hatten! Wir hatten Goodfellow gründlich ausgeschaltet und das geschah Milling recht. Ein verdammt gutes Gefühl.

Wolfsgesang

Eigentlich hatte ich vorgehabt, über die kleine Treppe direkt hochzugehen zu Hollys Zimmer, um ihr alles zu berichten, was geschehen war. Doch auf dem Weg dorthin hörte ich etwas, was mich herumfahren ließ. Auf der Wiese vor der Schule, nur durch ein bisschen Granit von mir getrennt, heulte ein Wolfsrudel. Und es war nicht das kleine Rudel an der Schule – die Stimmen von Jeffrey, Cliff, Bo und Tikaani kannte ich längst. Das hier waren viel mehr Rudelmitglieder, mindestens sieben oder acht.

»Da beiß mich doch ein Wildschwein«, murmelte ich und spähte durch eins der Fenster – dieses war nur so groß wie eine Menschenfaust – nach draußen.

Tatsächlich, da trieben sich sogar acht ausgewachsene Grauwölfe herum. Ich ahnte, wer sie waren.

Zum Glück kam gerade Bill Brighteye, mit raschen Schritten ging er zur Seitentür, die sich direkt auf die Wiese – unseren Pausenhof – öffnete. Er warf einen Blick aus dem Fenster, dann wandte er sich kurz mir zu. »Hol Miro, schnell.«

Ich nickte und rannte los, obwohl ich keine Ahnung hatte, wo er jetzt war. Als wir mit dem Kombi heimgekommen waren, hatte ich ihn direkt zur Krankenstation gebracht, weil er nicht mehr aufhören wollte, laut und schief Siegeslieder zu jaulen. Bei Wölfen hatte ein Schlag auf den Kopf wirklich schreckliche Folgen.

Ja, er war noch in der Krankenstation, fraß aus einer Schale Hackfleisch mit Milch und drohte Sherri Rivergirl knurrend, seinem Fresschen nicht zu nahe zu kommen. Doch die kraulte ihn trotzdem verzückt hinter den Ohren.

Als ich mit Miro zurückkam, drängten sich vor der Pausenhof-Tür schon sämtliche Schulwölfe und alle anderen Woodwalker, die noch oder schon wieder wach waren. Gerade hoben Jeffrey, Cliff und Bo die Gesichter und heulten aus voller Kehle zurück, das schafften sie auch als Menschen. Und Tikaani heulte mit.

»Was wird das, wenn's fertig ist?«, fragte ich Tikaani.

»Wir müssen denen klarmachen, dass hier unser Revier ist«, erwiderte Jeffrey an ihrer Stelle, warf mir einen feindseligen Blick zu und hob gleich wieder das Gesicht, um weiterzuheulen.

Das fremde Rudel antwortete, doch selbst ein Nichtwolf wie ich hörte, dass sich nun ein anderer Ton in ihren Gesang mischte. Er klang tief und traurig.

»Sie rufen nach einem Mitglied, das sie verloren haben«, erklärte mir Tikaani leise, mit einem Seitenblick auf ihre Gefährten. Jeffrey protestierte nicht dagegen, dass sie mit mir sprach, ihm war wohl klar, dass ein Mädchen wie sie sich den Mund nicht verbieten ließ. Außerdem schien er nicht mehr so wütend auf mich zu sein, seit Tikaani sich dem Rudel wieder angeschlossen hatte.

»Verloren?« Ich zog die Augenbrauen hoch. »Sie

haben ihn höchstpersönlich ausgesetzt, das ist ein Unterschied!«

In diesem Moment kam Lissa Clearwater aus ihrem Büro. »Ich werde selbst mit ihnen reden, Bill«, sagte sie zu Mr Brighteye und ging, ohne zu zögern, nach draußen. In ihrer Menschengestalt! Allein gegen acht Wölfe, das war ganz schön mutig!

Wir anderen stürzten zu den Fenstern.

Lissa Clearwater ging nicht weit, nur ein paar Schritte. Sobald die Wölfe vor ihr, der Menschenfrau, erschrocken zurückwichen, blieb sie stehen. Erst jetzt verwandelte sie sich in ihre Adlergestalt, so, dass die Wölfe es deutlich sehen konnten. Gemächlich flatterte sie auf einen Ast am Rand der Lichtung.

Seid willkommen, sagte sie klar und sanft. *Dies ist eine Schule für Woodwalker – für Wesen, die zwei Gestalten haben. Was wünscht ihr?*

Eine fremde Stimme, die einer Frau, antwortete. *Ich will meinen Sohn! Haltet ihr ihn hier gefangen?*

Nein, keineswegs, erwiderte die Schulleiterin ruhig. *Wir haben ihn aufgenommen, als euer Rudel sich nicht um ihn kümmern konnte, und wenn er es wünscht, kann er wieder zurück zu euch. Kennst du denn deine zweite Gestalt, so wie er inzwischen?*

Die fremde Alpha-Wölfin zeigte knurrend die Zähne. *Ich habe so was nicht.*

»Na, das nenne ich Selbstbetrug auf hohem Niveau«, murmelte Tikaani, die ihr Auge an ein anderes Fenster presste. »Was denkt sie denn, warum sie Gedanken hören kann?«

»Wahrscheinlich denkt sie gerade gar nicht«, sagte Holly, die neben mir aufgetaucht war und vor lauter Aufregung an meinem T-Shirt herumknibbelte, als wolle sie es in einzelne Fäden zerlegen. »Sie ist einfach nur eine Mutter, die Sehnsucht hat!«

»Mein T-Shirt hat übrigens keine Sehnsucht danach, von dir aufgeribbelt zu werden«, erklärte ich ihr und zog meinen Arm weg.

Miro winselte nur leise und versuchte, durch die Fenster eine Witterung zu bekommen. Dadurch machte er zahllose Nasenabdrücke auf die Scheibe. *Mama! Kannst du mich hören?*

Komm raus aus diesem Kasten, Miro!, kommandierte die Alpha-Wölfin. *Sofort. Jaron ist bei einer Jagd verletzt worden, vielleicht brauchen wir bald einen neuen Beta. Dich, wenn du dich in Zukunft besser benimmst.*

Mir wurde ein kleines bisschen schlecht. Was war besser, keine Mutter oder so eine?

Miro zögerte und schmiegte sich einen Moment lang an Cliff. *Aber mir gefällt es hier auf der Schule, Mama. Kann ich nicht noch ein bisschen bleiben? Ich lerne hier richtig viele nützliche Sachen.*

Komm zu uns, Sohn, los jetzt!, kam es zurück.

Leise fiepend blickte sich Miro nach uns anderen um und ich sah den Abschied in seinem Blick. Er hatte sich entschieden. Mit seinen dicken Pfoten drückte er die Doppeltür auf und lief nach draußen. Auf der Wiese sprang er seiner Mutter entgegen, leckte ihr begeistert die Schnauze, rollte sich auf dem Boden herum und wedelte heftig.

Es wäre wirklich gut, wenn er noch ein wenig länger in unserer Schule bleiben könnte, mischte sich Lissa Clearwater ein. *Miro hat recht, er lernt hier vieles, was für sein Leben wichtig ist.*

Die Alpha-Wölfin schaute nur kurz zu ihr hoch. *Bei uns lernt er noch viel mehr, Adlerin.*

Na, wenn Sie da ganz sicher sind, bin ich froh, gab Lissa Clearwater zurück. Dann hob sie die Schwingen, stieß sich von ihrem Ast ab und flog zurück zur Schule. Schon zogen die fremden Wölfe mit Miro ab. *Tschüss, es war toll bei euch, Leute!,* rief er in unsere Gedanken und klang ein bisschen traurig dabei.

»Gibt sie wirklich so leicht auf?«, murmelte Cliff. »Miss Clearwater kann ihn doch nicht einfach so im Stich lassen!« Erstaunt sah ich, dass er feuchte Augen hatte. Als er merkte, dass ich ihn beobachtete, wandte er sich schnell ab.

Holly setzte ein fieses Grinsen auf. »Miss Clearwater und aufgeben? Wart mal ab!«

Lissa Clearwater segelte zur Schule, landete auf ihrer Kleidung und verwandelte sich wieder in eine große, schlanke Frau mit gebogener Nase. Gelassen streifte sie sich ihr dunkelblaues wollenes Winterkleid über und zog ihre Schuhe an. Ich sah, wie sich Miro neugierig umwandte und noch mal einen Blick zurückwarf. Dabei sah er Miss Clearwater in ihrer Menschengestalt. Er stutzte – und ich sah, wie seine eigene Gestalt sich zu verändern begann. Der Echo-Effekt, vor dem Mr Ellwood uns so oft gewarnt hatte!

Unwillkürlich stöhnten wir auf.

»Ein paar Stunden mehr bei meinem Vater und er hätte das im Griff gehabt«, ächzte Lou, die auf meiner anderen Seite stand.

Und wieder passierte das, was Miro schon einmal erlebt hatte. Von Angst gepackt stürzten die fremden Wölfe davon und verschwanden im Wald. Auch seine Mutter, die noch vor Momenten so viel Wert auf seine Gesellschaft gelegt hatte.

Verdutzt und traurig blickte Miro ihnen hinterher.

Diesmal verwandelte er sich nicht in einen Welpen zurück,

sondern blieb als kleiner Junge vor der Schule stehen und blickte seinem Rudel hinterher. So lange, bis Cliff nach draußen ging, ihm die Tränen abwischte, ihn hochhob und nach drinnen brachte.

Der Hügel

Es war noch dunkel draußen und die meisten der anderen gingen hoch zum Aufenthaltsraum oder zu ihren Zimmern, um sich zu entspannen. Doch Jeffrey tat das Gegenteil – er blickte sich kurz um, dann drückte er verstohlen die Außentür auf und schlüpfte nach draußen. Was hatte er vor? Wollte er es ausnutzen, dass alle anderen jetzt drinnen waren, erschöpft von der Suche? Ich winkte meinen Freunden, schon mal vorzugehen, dann pirschte ich ihm hinterher.

War es ein Fehler, was ich gerade machte? Traf er sich womöglich außerhalb der No-go-Zone mit Andrew Milling, um ihm zu berichten, was hier geschehen war? Beim Gedanken daran lief ein Zittern durch meinen Körper. Tief atmete ich die kühle Nachtluft ein, um mich zu beruhigen. Wenn mein ehemaliger Mentor mich alleine – oder nur mit Jeffrey – hier draußen erwischte, hatte ich ein Problem. Und doch ging ich weiter. Keine Ahnung, warum.

Jeffrey untersuchte kurz die Spuren des fremden Rudels auf der Wiese, dann blickte er sich noch einmal um und schlich weiter. Ich wechselte in meine Pumagestalt und schlich aus dem Schatten eines Granitblocks heraus hinter ihm her. Schon bald wurde mir klar, dass Jeffrey zu einem mit Kiefern bestandenen Hügel in der Nähe ging. Mein Herz donnerte in meiner Brust. War das ein Riesenfehler? Sollte ich weg von hier, so schnell ich konnte? Oder sollte ich den Lehrern Bescheid geben? Aber ich wusste ja nicht mal sicher, ob sich Jeffrey hier mit jemandem treffen wollte. Wieder einmal hatte ich keine Beweise, nur eine Ahnung.

Jetzt zog er sein Smartphone hervor und schien eine Nachricht zu schreiben. Die Antwort schien fast sofort einzutreffen, er las sie und steckte das Gerät wieder ein.

Ein Schatten strich über mich hinweg. Verdammt, das war Trudy, die Eulen-Wandlerin! Obwohl Jeffrey ihr selten einen Blick oder ein freundliches Wort gönnte, ließ er sich gerne von ihr erzählen, was sie auf ihren nächtlichen Jagden so alles entdeckt hatte.

Schon hörte ich, wie sie ihm Meldung machte. *Jeffrey, dir folgt jemand!*

Ein Lehrer? Jeffrey klang besorgt.

Nein, aber Carag. Dort vorne.

Abrupt drehte Jeffrey sich um und suchte mit den Augen nach mir. Es war sinnlos geworden, mich zu verstecken. Mit geschmeidigen Schritten ging ich ihm entgegen und sprang auf einen mit Schnee bedeckten Felsblock. Dann drängte ich jede Furcht aus meinen Gedanken – auf keinen Fall durfte er spüren, wie angespannt ich war. *Jeffrey, denk doch mal einen Moment nach! Ist das, was du vorhast, wirklich das Beste für alle Woodwalker?*

Mies gelaunt knurrte er mich an, obwohl er in Menschengestalt war, und blickte zurück zur Clearwater High, die längst außer Sicht war. Überlegte er zurückzuge-

hen, weil ich seine Pläne durchkreuzt hatte? *Was gehen mich alle Woodwalker an? Zisch ab, Katzenvieh, du störst!*

Jetzt war ich mir ganz sicher. Er streifte nicht ziellos durch den Wald, sondern war hier, weil er jemanden treffen oder etwas erledigen wollte. Wenn es Andrew Milling ist, rufe ich die Leute aus der Schule zu Hilfe, versuchte ich, mich zu beruhigen. Aber ich musste es rechtzeitig herausfinden. Es war Zeit, diesen Wolf zur Rede zu stellen.

Ach übrigens, ich weiß, wer dein neuer Verbündeter ist, sagte ich, legte mich auf den Stein und warf ihm einen durchdringenden Blick aus meinen Katzenaugen zu.

Jeffrey zuckte nur kurz zusammen, dann hatte er seine Fassung wiedergefunden. *Tatsächlich?,* höhnte er. *Na, dann lass mal hören, wie gut du im Raten bist.*

Du kannst Andrew von mir ausrichten, er kann mich mal am Bauch kraulen. Ich schleckte mir die Vorderpranke.

Haha, guter Witz, erwiderte Jeffrey, doch ich hatte es geschafft, ihn zu überraschen. Einen Moment lang hatte er seine Gedanken nicht im Griff und eine schwache Unterströmung von *verdammt hat Andrew ihm das gesagt beschissene Idee was jetzt?* erreichte mich.

Ganz klar, Miro hatte die Wahrheit gesagt. Jeffrey hatte sich auf einen richtig üblen Pakt eingelassen! Ohne es zu wollen, wurde ich immer nervöser. Als Jeffrey hochblickte, wusste ich, dass er anhand der Sterne die Zeit abschätzte. Das hieß, das Treffen stand unmittelbar bevor.

Weißt du, ich glaube, ich habe dir unrecht getan, sagte Jeffrey, plötzlich war sein Ton milde. *Eigentlich müssten wir gemeinsame Sache machen. Dich hat er ausgewählt, mich hat er ausgewählt ... er hat etwas in uns beiden gesehen. Wie wäre es, wenn wir Frieden schließen? Kannst Bo ausrichten, er soll dir das Paket von Lou zurückgeben.*

Das war so durchsichtig wie das Wasser in einem Bergbach. Er wollte mich ganz dringend loswerden und zurück zur Clearwater High lotsen, damit er sich in Ruhe mit wem-auch-immer treffen konnte.

Gute Idee, ich richte es Bo aus ... später, erwiderte ich.

Jeffrey stampfte auf. Einen Moment lang dachte ich, er mache das aus Trotz, wie ein Menschenkind, dem die Mutter keinen Lutscher kaufen will. Aber dann wurde mir klar, dass es ein Signal war ... an jemanden, der schon ganz in der Nähe sein musste. An jemanden, der solche Vibrationen spüren konnte!

Aber wer konnte so etwas? Raubkatzen wie ich jedenfalls nicht ... aber dafür Reptilien!

Auf einen Schlag begriff ich, mit wem er sich hier treffen wollte. Instinktiv sprang ich vom Felsen, auf den ich geklettert war, und ein Rascheln im Unterholz verriet sie – die Schlangen-Wandlerin, die vor Kurzem versucht hatte, mich in Millings Auftrag aus dem Schwimmbad zu entführen!

Jetzt gerade war sie eine Klapperschlange und eine schlecht gelaunte noch dazu. Sie ließ drohend ihre Rassel ertönen und öffnete das Maul, um mir ihre gebogenen Zähne zu zeigen. *Beweg dich nicht, wenn du weißt, was gut für dich ist!*, fügte sie hinzu, um die Botschaft noch zu verstärken.

Mein Fell sträubte sich. Klapperschlangen waren tödlich. Wenn sie mich biss, war ich viel zu weit von der Schule entfernt, um rechtzeitig ein Gegengift zu bekommen. Außerdem wusste ich nicht, ob sie allein war. Was war, wenn sie noch ein halbes Dutzend Verbündete ihrer Art mitgebracht hatte? Wenn ich ihren Befehlen nicht folgte, hatte ich schon verloren. Dann war ich eine Beute, mehr nicht.

Ich hielt mich in zwei Menschenlängen Entfernung von ihr und schärfte demonstrativ meine Krallen an einem Baum, damit sie nicht merkte, wie nervös ich war. *Wie heißen Sie eigentlich? Ich finde, ich habe inzwischen ein Recht darauf, das zu erfahren!*

Sheila, sagte sie knapp und ich spürte ihre Verachtung. Ich war der Kronprinz, der sich geweigert hatte, die Krone zu tragen. Der unverschämte Junge, der ihrem Chef nicht nur ins Gesicht gesagt hatte, was er von ihm hielt, sondern ihn auch noch verletzt hatte. Der Puma-Wandler, der sich weigerte, seinesgleichen zu helfen. All das und noch mehr packte sie in einen einzigen wortlosen Gedanken.

Ihr flacher, schuppiger Kopf wandte sich an Jeffrey. *Mir scheint, wir brauchen Verstärkung. Bemüh dich nicht! Ich rufe.* Schon spürte ich, wie sie einen wortlosen Fernruf ausstieß, und Furcht floss durch meine Adern wie Eiswasser durch einen Bergbach.

Beide warteten. Ich hatte das deutliche Gefühl, dass ich jetzt besser verschwinden sollte ... und aus meinem alten Leben als

Puma war ich gewohnt, auf meine Instinkte zu hören. Doch es war schon zu spät. Zwei weitere Schlangen, eine Wassermokassinschlange – eines der gefährlichsten Reptilien, die es hier gab – und eine braun gemusterte Viper mit einem wuchtigen, dreieckigen Kopf, krochen aus dem Wald auf mich zu und sorgten dafür, dass sie meinen Fluchtweg durch den Wald abschnitten. Himmel, jetzt war ich wirklich in Schwierigkeiten! Ein solches Vieh wie diese Viper hatte ich noch nie gesehen, aber instinktiv spürte ich, dass es gefährlich war.

Ist das einer der Feinde von Andrew? Die Gedankenstimme der Viper klang schwer und langsam. *Niemand darf ihm in die Quere kommen!* Sie hatte einen seltsamen Akzent, stammte sie aus einem fremden Land?

Niemand wird ihm in die Quere kommen, keine Sorge. Und dieser Kerl hier schon gar nicht. Sheila hatte sich ein wenig aufgerichtet, ihr Kopf pendelte über dem Boden. Wortloser Triumph wehte mich aus ihren Gedanken an. Erstaunlich rasch kroch sie über den Boden, ihr Körper raschelte im schneefeuchten Laub.

Mein Fell hatte sich gesträubt, Schritt für Schritt zog ich mich zurück und achtete darauf, wohin ich meine Pfoten setzte. Konnte ich über diese Viecher hinwegspringen? Wahrscheinlich schon. Ich musste es irgendwie schaffen, zur Schule zurückzukommen! Wieso war ich nur diesem verdammten Wolf gefolgt? *Jeffrey, du weißt nicht, wem du da hilfst – der Kerl ist absolut skrupellos,* versuchte ich noch einmal, mit ihm zu reden. *Und er ist ein Puma, willst du wirklich ein Katzenwesen unterstützen? Du, ein Wolf?*

Er ist ein Sieger und du bist ein erbärmlicher Loser! Das ist es, was zählt! Siegessicher knurrte Jeffrey mich an. *Du magst dieses eine Duell in den Bergen gewonnen haben, aber das zählt ja kaum! Was zählt, ist, wer am Schluss noch da ist und herrscht!*

Noch während er redete, spannte ich alle Muskeln an und sprang. Hoch auf einen umgestürzten Baum, der sich bei seinem Fall zwischen zwei anderen Stämmen verkeilt hatte. Weg von den Schlangen auf dem Boden. Wenn ich schnell machte, war ich weg, bevor diese tödlichen Viecher an mich herankamen.

Behände lief ich über den Stamm, sprang auf den nächsten, wollte mit einem großen Satz auf einen Felsen weiter. Mir war nicht entgangen, dass Sheila und die anderen Schlangen immer noch auf jemanden warteten ... und ich ahnte auch, auf wen! Ich musste hier weg sein, bevor Milling auftauchte, nur dann hatte ich eine Chance! Sobald er eingetroffen war, würden sie alle über mich herfallen. Er selbst mit Sicherheit auch.

Doch bevor ich den Felsen erreichen konnte, tauchten lautlos wie Geister drei kräftige kanadische Luchse, alles Wandler, aus dem Unterholz auf – hervorragende Kletterer. Mit starren gelben Augen musterten sie mich. Noch mehr von Millings Leuten? Die Kälte kroch immer tiefer in meinen Körper hinein. Es stimmte also, er hatte immer mehr Wandler auf seiner Seite, aus ganz Amerika und sogar aus Kanada wanderten sie herbei, um mit ihm für seine menschenfeindlichen Ziele zu kämpfen.

Du wirst hierbleiben müssen, informierte mich Sheila kühl und wandte einen Moment lang den Kopf, blickte zur Kuppe des Hügels hin. *Bis ich dir erlaube, diesen Ort zu verlassen.*

Ich verlasse diesen Ort genau dann, wann ich will!, schleuderte ich ihr entgegen und stieß gleichzeitig den lautesten Hilferuf aus, den mein Kopf zustande brachte. Mindestens so laut wie der, den ich nach dem Kampf mit Goodfellow in jenem Haus, in das er eingebrochen war, benutzt hatte. *Mr Bridger, Miss Clearwater, Mr Brighteye und alle Freunde, ich bin in*

Schwierigkeiten! Bitte helft mir schnell! Hier sind einige von Millings Leutes und sie ...

Drohend kamen die Schlangen, die Luchse und Jeffrey näher.

Jeffrey, sagte ich beschwörend. *Tu das nicht! Miss Clearwater schmeißt dich von der Schule!*

Ach, wird sie das? Schon stand Jeffrey als schwarzer Timberwolf vor mir. Er wirkte nicht sehr besorgt. *Was mache ich denn Schlimmes? Ich habe dir noch keins deiner albernen Schnurrhaare gekrümmt.*

Wahrscheinlich glühten meine grüngoldenen Katzenaugen jetzt vor Wut. Es stimmte, was Jeffrey sagte. Doch manchmal konnte man jemanden auch töten, wenn man ihn nur lange genug davon abhielt, sich in Sicherheit zu bringen.

Wir kommen! Halte durch!, antwortete die klare, kräftige Stimme von Bill Brighteye in meinem Kopf. Wie lange würde er brauchen? Sollte ich doch einfach losrennen, meinen Verbündeten entgegen? Wie hatte ich nur so blöd sein können, Jeffrey in den Wald zu folgen?

Jeffrey knurrte laut vor Wut, doch ein einziger Blick der Schlangen-Wandlerin brachte ihn zum Schweigen. *Keine Sorge, gleich bekommen wir noch mehr Gesellschaft,* sagte sie nur und hob den Reptilienkopf zum Himmel. Ein eisiges Kribbeln durchlief mich, als ich ahnte, wen sie meinte.

Schon war es so weit. Zum zweiten Mal schon. Wie eine schwarze Woge fielen die Fledermäuse über mich her und die anderen Wandler zogen sich siegessicher ein paar Schritte zurück. Das war ein entscheidender Fehler. Ihr Pech war, dass ich nach dem verlorenen Kampf gegen die Wölfe oft darüber nachgedacht hatte, was ich am Flussufer falsch gemacht hatte.

Ich brauchte nur einen Moment dafür, mich in einen Menschen zu verwandeln. In meine Gestalt, in der ich diese wunderbaren Hände hatte ... und trotzdem noch die Reflexe eines Pumas. Ich sprang mitten in den Schwarm hinein und schnappte mir eine einzelne Fledermaus, als würde ich eine Fliege in den hohlen Händen fangen. Damit sie mich nicht beißen konnte, packte ich sie hinter dem Kopf. Jetzt konnte sie hilflos flattern, sosehr sie wollte, es nützte ihr nichts.

Lass mich los, Junge, sofort!, wetterte der Fledermaus-Wandler, doch ich schüttelte nur den Kopf und tauchte kopfüber in einen Wacholderbusch in der Nähe. Der würde mich einen Moment lang gegen die nadelfeinen Zähne schützen, von denen mich schon ein halbes Dutzend am Arm und an den Schultern erwischt hatte. Aber leider nicht gegen die Schlangen oder die Luchse. Schon hörte ich das leise, wispernde Geräusch von Reptilienschuppen im ersten Frühlingsgras. Ohne hinzusehen, wusste ich, dass auch die Luchse sich zum Angriff geduckt hatten.

Wenn ihr mich angreift, dann ergeht es diesem Gefangenen schlecht, verkündete ich, doch die Wirkung war gleich null. Es interessierte Sheila überhaupt nicht, was mit ihrem Kumpanen geschah. Wenn es nach ihr gegangen wäre, hätte ich ihm genauso gut das Genick brechen können. Was ich natürlich nicht tun würde, meine Drohung war reine Notwehr gewesen.

Sheilas Körper glitt so geschmeidig durch die Dunkelheit wie fließendes Wasser und ebenso schnell. Sie hatte ein Ziel ... und dieses Ziel war ich!

Stopp!, donnerte eine Stimme. James Bridgers Stimme. Ein Gabelstock fuhr auf den Nacken der Klapperschlange nieder, presste ihn an den Boden. Dann griff eine von Bridgers breiten Händen das wütend zischende, sich windende Reptil hinter dem Kopf und schleuderte es in hohem Bogen weg. Es sah nicht so aus, als mache er so was zum ersten Mal.

Ich ließ den Fledermaus-Wandler davonfliegen. Während ich

aus dem Busch herauskletterte, sah ich, wie Bill Brighteye in Wolfsgestalt knurrend einem Luchs an die Kehle fuhr und Lissa Clearwater als Adlerin eine zweite Schlange mit den Klauen packte. Der Kampf war so schnell beendet, wie er begonnen hatte, und alle restlichen Gegner flohen, so schnell ihre Pfoten oder Flügel sie trugen. Jeffrey war nirgends zu sehen, er hatte sich still und leise aus dem Staub gemacht.

Und der, auf den die anderen Woodwalker gewartet hatten? Der, wegen dem Jeffrey wahrscheinlich hergekommen war? Ich dachte an den kurzen Blick, den die Schlangen-Wandlerin in Richtung des Hügels geworfen hatte.

»Carag, bist du …«, fragte Lissa Clearwater, doch ich schrie sie an: »Dort oben, schnell!«, und deutete auf den Hügel.

Obwohl ich am ganzen Körper eine Gänsehaut hatte, obwohl alles in mir danach schrie, in die sichere Schule zurückzukehren, rannte ich in Pumagestalt los, den Hang hinauf. Wich Bäumen und Büschen aus, hetzte durchs Unterholz. James Bridger lief neben mir durch die Dunkelheit, gewandt und leichtfüßig wie jeder Kojote.

Trotzdem kamen wir zu spät, um denjenigen zu ertappen, der den Kampf sicher von dort oben aus beobachtet hatte. Ich hörte ein hohes, pfeifendes Surren, das immer lauter wurde, und Momente später erhob sich von der Kuppe des Hügels ein schwarzer Hubschrauber und schwebte über uns hinweg wie eine Riesenlibelle. Schon wurden seine Umrisse in der Dunkelheit kleiner, verklang sein weiches, gedämpftes Flappen in der Ferne. Dann war er in der Nacht verschwunden.

Zurück blieben nur die beiden Abdrücke der Kufen in der dünnen Schneekruste – und der Geruch eines starken, dominanten Puma-Männchens.

Silver Sunday

Ich war noch einmal davongekommen – bis auf ein paar Fledermaus-Bisse war ich unverletzt.

»Du hast recht gehabt, auch Jeffrey hat sich Milling angeschlossen«, sagte Lissa Clearwater zu mir. »Ich habe keine Ahnung, was wir mit ihm machen sollen. Es ist nicht strafbar, sich mit jemandem zu verbünden.« Mit schnellen Schritten machten Miss Clearwater, Bridger und Bill Brighteye sich auf den Rückweg zur Schule, mich nahmen sie dabei schützend in die Mitte. Das gab mir ein gutes Gefühl.

Doch wir erreichten die Clearwater High ohne weitere Zwischenfälle. Todmüde verabschiedete ich mich von Miss Clearwater, ich brauchte dringend eine Pause. Es war eine harte Nacht gewesen.

Ich fand Brandon und Holly im Aufenthaltsraum. Mit großen Augen hörten sie sich an, was ich zu erzählen hatte, doch viel war ja nicht passiert, und schon bald wandten sich ihre Gedanken wieder dem freien Tag zu.

»Schulfrei, das ist sehr cool!«, seufzte Brandon und fläzte sich auf eins der Sofas im Aufenthaltsraum. »Jetzt erst mal pennen, dann eine Runde unter dem Baumhaus grasen, eine ganze Handvoll Mais knabbern und dann ...«

»Erspar mir deine blöden Huftier-Fantasien«, wetterte Holly. »Wer muss als Einzige von uns in die Schule gehen? Ich! Vielleicht kann ich diesem miesen gelben Bus einfach die Reifen durchnagen, dann sitzt er vor der Tür fest und ich kann hierbleiben!«

O nein, die arme Holly. Für sie würde wie schon in den letzten Tagen der Schulbus vor der Tür stehen, um sie in die Jackson Hole Highschool zu bringen. Falls Anna schon mit Mr Crump gesprochen hatte, dann hatte es bisher nichts genutzt.

»Wenn du das mit den Reifen machst, haben wir ungefähr dreißig menschliche Schüler am Hals, die neugierig in der Schule herumstöbern«, wandte ich ein. »Weißt du, was, du ziehst das jetzt durch und dafür gehen wir heute Abend in die Stadt ... um das zu erledigen, was du ... du weißt schon.« Es waren zu viele Leute in der Nähe, um es laut auszusprechen.

Hollys Gesicht erhellte sich wieder etwas, als sie an die Silvers dachte. »Stimmt!«, meinte sie und schnellte aus dem Sessel hoch. »Dann geh ich wohl besser am Kissen horchen, sonst bin ich später zu müde. Ich muss in Topform sein, weißt du?« Sie schob den Kiefer vor und setzte einen stahlharten Blick auf. Keine Frage, Holly war finster entschlossen, einen guten Eindruck zu machen.

Lou, die in der Nähe saß, gähnte. »Willst du zur Hörnchenolympiade oder was?«

»So ähnlich«, gab Holly zurück, winkte mir zu und zog ab.

Mir war nicht ganz wohl dabei, in die Stadt zu gehen. Milling hatte zwar das Weite gesucht, aber es konnte ja sein, dass er noch immer in der Nähe lauerte. Doch ich musste es riskieren. Für Holly.

Theo fuhr uns und war wortkarg wie üblich. Ganz im Gegensatz zu Holly, die schon auf halbem Weg nach Jackson ein Nervenbündel und komplett unerträglich war. »Sie werden bestimmt sagen, dass sie nichts kaufen, und die Tür wieder zumachen.«

Ich tätschelte ihr den Arm. »Werden sie nicht, sie werden bestimmt einfach nur fragen, wer du bist.«

»Aber das wäre ein schlechtes Zeichen, oder? Wenn sie mich nicht gleich erkennen?«

»Hey, Holly, wie viele Jahre ist es her, dass ihr euch gesehen habt?«

»Zwei«, rief sie verzweifelt. »So furchtbar lang! Und wenn sie mich erkennen ... vielleicht gefällt ihnen nicht, wie ich meine Haare jetzt trage, oder vielleicht finden sie blöd, was ich anhabe, oder ...« Meine Hörnchenfreundin verbarg das Gesicht in den Händen.

»Ja, mach dich nur fertig, los! Weiter so! Dann können wir auch gleich umkehren.« Ich verschränkte die Arme.

»Nein!« Holly riss den Kopf wieder hoch. »Ich will nicht umkehren! Sonst bin ich in alle Ewigkeit Sunday, ihr blödes zahmes Rothörnchen.«

Das stimmte und ich fand es sehr mutig von Holly, dass sie das Paar nun endlich als Mädchen besuchen wollte. Hoffentlich klappte es wenigstens diesmal, beim zweiten Anlauf. Zum Glück war Mr Goodfellow noch im Tresor, der konnte uns nicht dazwischensummen.

Die Silvers hatten ein bescheidenes, weiß gestrichenes Häuschen mit grünem Dach in der Ecke der West Hansen Avenue. Hoch aufragende Pappeln umgaben es wie Wächter und ein paar Büsche boten Deckung. Wir hatten beschlossen, dass ich in dieser Deckung warten würde, während Holly an der Tür klingelte – dort hatte ich auch einen guten Blick durch eins der erleuchteten Fenster ins Wohnzimmer.

Die Silvers saßen gerade vor dem Fernseher und schauten

Basketball. Ein gutes Zeichen, Holly mochte Basketball. Ich klopfte ihr aufmunternd auf die Schulter und duckte mich ins Gebüsch.

»Aber was, wenn sie merken, dass mit mir was nicht stimmt?«, quiekte Holly in meine Richtung und machte einen letzten Fluchtversuch. Ich sprang noch einmal aus den Büschen und drückte sie zurück in Richtung Tür.

»Jetzt hör auf mit dem Mist, mit dir stimmt alles, du bist eben eine Woodwalkerin und genau richtig so«, zischte ich ihr zu und war froh, dass sie nie Probleme mit ihren Verwandlungen gehabt hatte. Ich wollte nicht, dass die Silvers einen Schock erlitten, weil ihnen ein Mädchen mit rotbrauner Ganzkörperbehaarung gegenüberstand.

Hollys Finger näherte sich dem Klingelknopf ... blieb lange, sehr lange in der Luft hängen ... und machte dann endlich das, wozu Finger da sind.

Wahrscheinlich hielten wir beide die Luft an, während im Inneren die Türglocke läutete.

Ich sah, wie Mrs Silver etwas mühsam vom bunt gemusterten Sofa aufstand und zur Tür ging. »Hallo?«, sagte sie in fragendem Ton zu Holly.

»Hallo«, echote Holly in einem furchtbar scheinheiteren Ton.

Kurze, verwirrte Pause.

»Gehörst du zu den Pfadfindern? Sammelst du für irgendwas?«

O nein, das war fast so schlimm wie »Wir kaufen nichts!«.

»Nein, nicht wirklich«, hörte ich Hollys Stimme, jetzt dünn. Jeden Moment würde sie fliehen. Bitte, bitte, jetzt nicht die Panikhörnchen-Nummer!, beschwor ich sie im Stillen, obwohl ich ihre Gedanken nicht erreichen konnte. Gib ihnen noch eine Chance, erklär ihnen doch im Namen des Großen Waldes einfach, wer du bist ...

Auch der Mann schaltete nun den Fernseher aus und erhob sich neugierig. »Wer ist denn da, Doris?«

»Moment mal, ich kenn dich.« Ich konnte Doris' Lächeln nicht sehen, aber ich hörte es in ihrer Stimme. »Bist du nicht das nette Mädchen aus dem Heim?«

Mir fiel ein mittleres Gebirgsmassiv vom Herzen.

»Na hallo, ja, das ist sie!« Kennys Stimme war herzlich, er freute sich wirklich. »Wie heißt du noch mal? Ich fürchte, deinen Namen hab ich vergessen, aber ich kann mich noch gut an dich erinnern.«

»Holly heiße ich«, sprudelte Holly hervor. »Und ich fürchte, ich war nicht richtig nett an jenem Tag. Ich war schlecht drauf, weil ich totalen Ärger hatte, aber nachher tat mir das furchtbar leid ...«

»Komm doch rein, Liebes, es ist ja schon dunkel draußen – magst du einen Kakao oder so was?«

Ich wusste nicht, wie oft Holly schon als Hörnchen Sunday durchs Fenster in dieses Wohnzimmer geblickt hatte. Nun saß sie endlich drinnen auf der Couch, die fast so bunt war wie ihre geliebte Decke, und wirkte ein bisschen wie ausgestopft, falls es das bei Menschen auch gab (ich glaubte, eher nicht). Kenny Silver stand auf und ging in die Küche. Zurück kam er mit einer Schale Nuss-Mix, wenn ich das durchs Fenster richtig erkannte. Vogelfutter konnte es ja wohl nicht sein. Nuss-Mix! Das war einfach Schicksal! Diese Leute und Holly gehörten einfach zusammen.

Doris Silver, eine dünne, etwas erschöpft wirkende Frau in einer orangefarbenen Bluse, drückte Holly lächelnd eine Tasse in die Hand. Ich konnte es kaum glauben, aber es war eine

Tasse mit dem Foto eines keck dreinschauenden Hörnchens darauf. Und zwar nicht irgendeines Hörnchens. Das war ein Bild von Holly-alias-Sunday! »Wirklich ein schöner Zufall, dass du bei uns vorbeischaust! Weißt du, wir haben sogar versucht, dich zu finden, eine Woche nach unserem Besuch sind wir noch mal im Heim vorbeigegangen. Aber da hat man uns gesagt, du bist nicht da ... oder nicht mehr ...«

»Da war ich wohl, äh, gerade ausgerissen ...«, gestand Holly und bekam ein bisschen Farbe. »Ich wollte Ihnen noch sagen ... ich habe Sie nicht vergessen, die ganzen Jahre lang, weil Sie damals so nett zu mir waren.«

»Ach, Holly«, sagte Doris und strich ihr über den Arm.

Kenny Silver, ein kräftiger älterer Mann mit angegrauten braunen Haaren, wischte sich über die Augen. »Das ist wirklich schön, Holly. Wie geht es dir jetzt? Hat dich inzwischen jemand adoptiert?«

Rasch schüttelte Holly den Kopf und schaute auf den Teppich. »Nein. Und jetzt habe ich einen neuen Vormund – er zwingt mich, auf die normale Highschool zu gehen, obwohl meine Schule eigentlich die Clearwater High ist und ich mich da wohlfühle ...«

»Das klingt ja scheußlich!«, sagte Doris Silver.

Ich warf einen letzten Blick auf Hollys leuchtende Augen und auf die frohen Gesichter der Silvers, dann schlich ich mich davon.

Dieser Abend gehörte ganz diesen dreien.

Football und frische Farbe

Anstatt direkt zur Schule zurückzukehren, tat ich etwas, was ich noch nicht oft gemacht hatte.

Ich ging ganz spontan bei den Ralstons vorbei, obwohl ich nicht mal wusste, ob sie heute Abend überhaupt da waren. Doch ich wollte Anna sehen, meine Pflegemutter, wollte vielleicht auch so ein Lächeln wie das, mit dem die Silvers gerade Holly angeschaut hatten.

Bingo, der schwarze Labrador, trieb sich vor dem Haus herum und knurrte mich an, aber inzwischen genügte ein leises Fauchen, damit er sich mit eingezogenem Schwanz verzog. Nervös blickte ich mich um, doch keine anderen Wandler waren in Sicht. Auch keine Verbündeten von Milling. Wurde ich aus der Dunkelheit heraus beobachtet? Keine Ahnung.

Als Anna mir öffnete, trug sie ein altes graues T-Shirt, wischte sich mit dem Unterarm erschöpft über die Stirn und roch meilenweit nach Stress und irgendeinem chemischen Zeug. Das wunderte mich nicht – Donald verstand nichts von Technik, deshalb war Anna zuständig, wenn irgendetwas kaputtging. Im Hintergrund sah ich, dass ein halb zerlegter Drucker auf dem Esstisch stand. Wahrscheinlich war das seine Strafe dafür, dass er Ärger gemacht hatte.

Als Anna mich sah, blickte sie erstaunt drein, aber dann strahlte aus ihren Augen Freude und ihre Mundwinkel bogen sich in genau die richtige Richtung. »Jay! Musst du nicht in der Schule sein?«

»Sonderausflug«, sagte ich und wollte sie drücken, aber sie hielt mich ein Stück von sich weg. »Um Gottes willen, hast du dich etwa wieder geprügelt? Ich hätte nie gedacht, dass du so ein Raufbold bist!«

»Bin ich gar nicht«, sagte ich, erwartete aber nicht, dass sie mich verstand. Die meisten Menschen verteidigten ihr Revier mithilfe von Polizisten und Anwälten und vielleicht auch Gott, den Anna ziemlich oft erwähnte, wenn sie sich aufregte.

»Schade, dass Donald gerade nicht da ist, er hat einen schwierigen Fall in seiner Praxis«, erzählte Anna. »Ein junger Mann, der sich für eine Assel hält. Seine Eltern sind völlig verzweifelt, weil sie ihren Sohn kaum aus dem Keller rauskriegen.«

Als Mensch konnte ich nicht die Ohren spitzen, aber ich versuchte es zumindest. Moment mal! Konnte das ein Woodwalker sein? Wieso sollte es keinen Assel-Wandler geben?

Ich versuchte, Anna über den Kerl auszuhorchen, aber ohne viel Erfolg, sie meinte nur: »Du weißt doch, Donald darf nicht über seine Fälle reden«, und stattdessen tauschten wir Neuigkeiten aus. Ich erzählte, dass ich einen Grizzly gesehen hatte, und Anna bekam große Augen. »Gütiger Himmel, so früh im Jahr! Wie weit warst du von ihm entfernt? War er schlecht gelaunt?«

Die wahren Antworten – »etwa zwei Zentimeter« und »ja, absolut« – verkniff ich mir, sodass sich meine Pflegemutter bald wieder beruhigte. Sie freute sich darüber, dass in der Clearwater High bald Elternbesuchstag war. Ich erwähnte lieber nicht, dass es zwei verschiedene Termine gab – einen für Woodwalker-Eltern und einen für die Ahnungslosen.

Anna erzählte, wie stressig es gerade im Jugendamt war,

aber dass sie morgen endlich das Gespräch mit Mr Crump über Holly hatte. Dass sie mit Bingo beim Tierarzt gewesen war, weil er anscheinend eine krankhafte Angst vor Katzen entwickelt hatte, und dass Melody tapfer versuchte, ihre Ängste zu überwinden, die sie seit der Entführung plagten.

Wie aufs Stichwort hörte ich bloße Füße näher kommen.

»Jay!« Melody rannte im Nachthemd die Treppe herunter und warf sich mir an den Hals. Das war schön, auch wenn ich einen Moment lang ziemlich wenig Luft bekam. »Bleibst du bis morgen? Ich hab im Supermarkt von meinem Taschengeld Katzen-Leckerlis gekauft.«

Erstaunt blickte Anna sie an und strich ihr übers Haar. »Warum denn das, mein Schatz?«

Ich seufzte innerlich. Sie hatte mal davon geredet, dass sie mich als Puma füttern wollte, aber das hatte ich nicht ernst genommen. »Wir wollten die Nachbarskatze glücklich machen«, sagte ich schnell. »Aber weißt du, Melody, die frisst viel lieber *Steak.*«

»Ach so!« Immerhin, Melody kapierte schnell. Sofort begann sie, Anna um einen Grillabend anzubetteln.

Leider ließ sich jetzt auch Marlon sehen, er schlurfte gerade in die Küche, um sich eine Cola zu holen. Mich zu begrüßen, war ihm zu anstrengend, er warf mir nur einen kurzen Blick zu. Seit ich Melody befreit hatte, bekriegte er mich nicht mehr, sondern tat nur noch, als wäre ich eine Küchenschabe, die an seinen Schuhen vorbeiwuselte.

»Übrigens, es gibt Neuigkeiten – heute hat der Football-Trainer der Highschool angerufen«, erzählte Anna gut gelaunt.

Marlon sah aus wie eine Katze, die an der Sahne genascht hatte. »Ging's ums nächste Training? Ich war ziemlich gut beim letzten Mal, glaub ich.« Sein Team war ihm deutlich wichtiger als seine Schulnoten, worüber sich Donald regelmäßig aufregte. Zu Weihnachten hatte Marlon sich eine Bank mit Gewichten für sein Zimmer gewünscht, die dazu diente, dass man starke Arme bekam. Wieso schleppte er nicht einfach ein paar Steine? Von denen gab es in den Rocky Mountains genug.

»Nein, Mr Sanchez hat wegen Jay angerufen«, berichtete meine Pflegemutter. »Anscheinend hat er dich neulich mal in der Schule gesehen und jetzt wollte er fragen, ob du nicht doch im Team spielen willst. Mit Sondererlaubnis, als Gast. Ist es nicht lustig, dass er sich noch an dich erinnert?«

Marlon war das Grinsen auf dem Gesicht eingefroren. »Was genau ist daran lustig?«, brachte er heraus. »Das meint Mr Sanchez nicht ernst, oder?«

»Er klang ziemlich ernst«, erwiderte Anna. »Und sei nicht so egoistisch, Marlon, du weißt, dass Jays Internat kein besonders gutes Sportprogramm hat!«

Mein Stiefbruder warf mir einen Wenn-du-Ja-sagst-bist-du-tot-Blick zu. Nur leider wirkte der nicht besonders gut. Marlon hatte längst nicht so lange Zähne wie Mr Goodfellow in seiner Grizzlygestalt.

»Klingt toll«, sagte ich gut gelaunt. »Das mach ich. Ich wollte schon immer Football spielen.«

Ganz offensichtlich konnte Marlon nicht glauben, was er hörte. »Du miese kleine Ratte, das wirst du ...«

»Marlon!« Mit flammendem Blick blickte Anna ihn an. »Du willst wohl Hausarrest morgen? Entschuldige dich sofort bei Jay!«

»Sorry«, knirschte Marlon hervor und versuchte anscheinend, sein Colaglas mit der Hand zu zerdrücken. Das war mir in der ersten Zeit bei den Ralstons auch mal passiert, allerdings versehentlich.

Ich grinste ihn an. »Kein Problem. War sowieso nur ein Witz. Football ist nichts für mich. Außerdem ist das dein Revier.«

Marlon hob ganz langsam den Kopf. Den Ausdruck, mit dem er mich anschaute, hatte ich noch nicht oft in seinen Augen gesehen. Ganz langsam entspannte sich sein Gesicht. »Gute Entscheidung, Alter«, sagte er und boxte mich gegen die Schulter, aber zur Abwechslung nicht so, dass es wehtat.

Während Marlon die Treppe nach oben polterte, schüttelte Anna mit einem schwachen Lächeln den Kopf. Aber auch sie sah erleichtert aus. »Bist du ganz sicher?«

»Ganz sicher«, sagte ich und drückte sie noch einmal. Ich versprach Melody, ihr demnächst die Kolibris auf den Bergwiesen der Grand Tetons zu zeigen, und verabschiedete mich, um mit Holly zurückzufahren.

Holly plapperte genauso viel wie auf der Hinfahrt, aber diesmal zum Glück aus lauter Freude. »Haha, es war so witzig ... sie wollten mir Sunday zeigen und haben versucht, sie mit Nüssen anzulocken, aber Sunday kam leider nicht. Da meinten sie, dann würde ich sie bestimmt beim nächsten Mal kennenlernen, hihi.« Holly krümmte sich vor Lachen. »Sie haben mich eingeladen, sie bald wieder zu besuchen. Aber ich glaube, ich muss auch ab und zu als Sunday vorbeischauen, sonst vermissen sie ihr Hörnchen.«

Ich musste lachen. »Kein Problem, ich erzähl's auch nicht weiter.«

»Sie haben sogar gesagt ...« Holly lief kirschrot an. »... dass sie mal darüber nachdenken, ob sie mich adoptieren. So nussig! Ich habe ihnen gesagt, sie sollen für alle Fälle mal Mr Crump anrufen und mit ihm reden.«

»Das klingt großartig, Holly«, sagte ich aus tiefstem Herzen. »Die Silvers sind total nette Leute.«

»Sieht fast so aus«, sagte Theo und verzog das verwitterte Gesicht zu einem Lächeln. Er hatte sich zusammengereimt, was hier lief, aber ich wusste, dass er nichts verraten würde. Er war noch immer dabei, seinen großen Fehler – Milling Informationen zu geben – wiedergutzumachen.

Als wir in der Schule ankamen, war es schon spät und das Erdgeschoss mit den Klassenräumen so verlassen wie eine Bärenhöhle im Sommer. Holly und ich gingen Richtung Lehrerzimmer ... bis mir plötzlich eine ungewohnte Witterung in die Nase stieg.

Farbe. Und zwar frische.

Wortlos streckte ich den Arm aus, um Holly aufzuhalten. Fragend blickte sie zu mir hoch und ich deutete mit dem Kinn den Gang entlang. Wir schlichen weiter – und trafen auf eine sehr erschrockene Lou, die mit Farben und einem Pinsel in der Hand vor einem von Mrs Parkers Bildern stand. Lou! Es war Lou, die die Bilder verändert hatte! »Soso«, sagte ich grinsend, und wie jedes Mal, wenn ich sie sah, schlug mein Herz doppelt so schnell. »Gute Idee. Aber hast du aufgepasst, dass Mrs Parker nicht gerade als Mops draußen spielt und hinterher hier vorbeikommt?«

Lou grinste zurück, auf eine Art, bei der mir die Knie weich wurden. »Immer wenn sie sich in der Küche eine heiße Milch macht, weiß ich, dass sie drinnen bleiben wird – das ist ihr Schlummertrunk. Allerdings hält sie jetzt oft Wache, von daher mach ich mal weiter, ja?«

Neugierig beäugten Holly und ich das Bild. Bisher hatte es einen Mops gezeigt, der in heldenhafter Haltung mit einem Segelboot in den Sonnenuntergang fuhr. Jetzt trug der Mops eine Küchenschürze und hatte einen Gummiknochen im Maul. Dafür entspannte sich an Deck eine weiße Wölfin mit cooler schwarzer Sonnenbrille und einem Cocktailglas, die Umrisse eines zweiten, kleineren Wolfs waren schon zu sehen.

»Das ist echt toll«, sagte Holly beeindruckt. »Ich wusste gar nicht, dass du so gut malen kannst, Lou.«

»Ich auch nicht«, gestand ich. »Aber ich hätte drauf kommen können, dass du das mit den Bildern bist. Der Zombie auf dem ersten Bild sah genauso aus wie der aus dem Film neulich ... und den haben Brandon, Holly, Dorian, du und ich zusammen angeschaut. Ich war's nicht, Brandon kann nicht malen, Dorian ist viel zu faul für so was und Holly hätte den Mund nicht halten können.«

»Blöd bist du nicht.« Ohne mich anzusehen, malte Lou weiter, mit schnellen, geschickten Pinselstrichen. Ich fühlte, wie ich vor Stolz ein Stück größer wurde. Es fühlte sich jedenfalls so an. Sie fand mich klug ... und vielleicht gefiel ihr auch noch anderes an mir?

Stand sie auf Leute, die kämpfen konnten? Immerhin himmelten wilde Wapiti-Weibchen Hirsche an, die es im Herbst geschafft hatten, der Konkurrenz das Geweih sonstwohin zu rammen.

»Nussige Idee, aber wieso hast du es überhaupt gemacht?«, fragte Holly und näherte ihre Nase der weißen Wölfin auf dem Bild, um die Feinheiten zu bewundern.

»Ich finde es ziemlich daneben, dass Mrs Parker ihre scheußlichen Machwerke hier in den Fluren aufhängen darf«, erklärte Lou. »Soll sie doch ihr Zimmer damit tapezieren! Na ja, ich fand die Idee, die Bilder zu verändern, witzig ... und weil sie die Dinger sofort abhängt, gibt's jedes Mal eins weniger.«

»Wenn sie nicht fleißig neue malt.« Ich seufzte.

Unsere Augen trafen sich und ich verliebte mich ganz neu in Lous verschmitzten Blick. »Das kann schon sein, aber ich habe mitgehört, was sie mit Lissa vereinbart hat. Wenn ein Platz frei wird, dann soll dort ein besonders gelungenes Schüler-Selbstporträt aufgehängt werden.«

»Meins!«, rief Holly sofort und diesmal war ich es, der sie in die Seite knuffte, denn wir brauchten hier gerade keine Neugierigen, und wenn sie herumschrie, kamen bestimmt welche.

Am liebsten hätte ich noch weiter mit Lou geplaudert, doch ich war todmüde nach den letzten Tagen. Und sehr bald war es so weit ... endlich würde ich meine richtige Familie wiedersehen!

»Also noch viel Spaß!«, wünschten wir ihr und gingen hoch in den zweiten Stock.

Brandon schnarchte schon. Ich machte es mir ebenfalls in meinem Bett gemütlich und mit seligen Gedanken an meine Eltern und Mia schlief ich ein.

Die Suche

Der Freitag ging an mir vorbei wie ein Traum: der Aufruhr wegen des »verunstalteten« Mops-Bildes, während Holly und ich uns bemühten, nicht loszuprusten; die Partnerübung in Verwandlung, durch die ich fast die ganze Stunde mit Juanita in einer Zimmerecke verbrachte; die Windkraft-Experimente in Physik bei James Bridger, bei denen Nell beinahe mitsamt Segel davongetragen worden wäre.

Doch egal, was wir durchnahmen, ich konnte nur an Mama, Papa und Mia denken. Diesmal würde nichts dazwischenkommen – weder verfressene Wölfe noch ein hinterhältiger Tripel-Wandler, ein rachsüchtiger Puma-Wandler oder ein mieser Vormund! Zum Glück war Mr Crump deutlich umgänglicher, seit Anna Ralston ihm ins Gewissen geredet hatte, und hatte wohlwollend auf die Anfrage der Silvers reagiert. Er hatte versprochen, Holly wieder auf die Clearwater High gehen zu lassen, bis klar war, ob die Silvers Holly adoptieren würden oder nicht.

Ich freute mich sehr auf Mia, doch unsicher war ich auch. Wie würde mein Vater mich begrüßen? Würde mich meine Mutter umarmen, so wie Anna Ralston? Was, wenn wir uns auseinandergelebt hatten in der langen Zeit, die wir uns nicht gesehen hatten? Was war, wenn meine Witterung ihnen zu menschlich geworden war?

James Bridger fuhr mich und war auch bereit, mir bei der Suche zu helfen, denn Mia hatte mir nur ganz ungefähr sagen können, wo in der Gallatin Range meine Familie nun ihr neues Revier hatte.

Bridger lächelte mir zu, als ich mit gepacktem Rucksack auf seinen Beifahrersitz stieg, und schnupperte. »Riecht gut. Du hast Sherri Rivergirl noch ein paar Würstchen abhandeln können?«

»Sie hat rechtzeitig eine neue Lieferung bekommen – die Rechnung schickt sie an Jeffreys Vater«, erzählte ich fröhlich und verstaute den Rucksack mit den Würstchen und Medikamenten vorsichtig zu meinen Füßen. Kleidung hatte ich kaum welche dabei, nur eine einzige frische Unterhose, denn geplant war, dass ich das Wochenende über fast immer nur Fell tragen würde.

Während der ersten Kilometer schaute ich fast ständig aus dem Fenster, um sicherzugehen, dass niemand uns folgte. Hoffentlich hatte Andrew Milling nicht mitbekommen, dass ich in den nächsten Tagen fast schutzlos in den Bergen im Norden sein würde. Aber es waren keine Verfolger zu sehen und langsam wurde ich ruhiger. In den folgenden Stunden tauschten Mr Bridger und ich eine Menge Geschichten aus. Ich erzählte ihm davon, wie Mia und ich mal einen Ranger bei der Arbeit gesehen und ihm unbemerkt als Pumas ein Stück gefolgt waren. James erzählte, wie er sich einmal mit einem Ranger gestritten hatte, der bei einem Vortrag falsche Tatsachen über Kojoten und Wölfe erzählt hatte. Ich berichtete, wie genau wir Miro gefunden hatten, und James gestand, wie er sich als Kind beinahe mal im Kino unfreiwillig verwandelt hätte, als in einem Film ein Kojote auftauchte.

Es machte Spaß, sich so ausführlich mit ihm zu unterhalten.

Trotzdem schien die Fahrt endlos zu dauern. Das war wohl die Sehnsucht.

Endlich waren wir in der Gallatin Range angekommen, einer fast unberührten Bergwildnis mit Wiesen, Waldgebieten und Flüssen. James Bridger parkte seinen unauffälligen Wagen in einem Seitenweg hinter Bäumen, wo niemand es bemerken würde. Nach dem Aussteigen streckte er seinen langen, schlaksigen Körper und kratzte sich den Bart. »Yeah! Mir ist richtig nach einem wilden Wochenende in den Bergen zumute.« Er wandte sich mir zu. »Also dann. Wir sind ganz in der Nähe des Ortes, den deine Schwester beschrieben hat. Ich lasse das Auto offen, du kannst dir deine Sachen jederzeit holen. Wenn ich deine Eltern zuerst finde, versuche ich, dich zu rufen, und hinterlasse dir hier einen Zettel mit einer Wegbeschreibung. Viel Glück, Carag.«

»Und Ihnen viel Spaß. Vielen Dank für alles, Mr Bridger.«

Wahrscheinlich sah er mir an, wie aufgeregt ich war, denn er umarmte mich kurz und klopfte mir auf den Rücken. »Es wird alles gut gehen, wirst sehen. Deine Eltern werden begeistert sein, wie gut du dich entwickelt hast.« Er blinzelte in die schwache Frühlingssonne. »Ich geh dann mal.«

Schon stand ein Kojote mit grau-braun-silbrigem Fell und spitzer Schnauze auf seinem Kleidungsstapel. Ich half ihm, seine Kleidung im Auto zu verstauen, und verwandelte mich dann selbst. Meine Wunden waren so gut wie verheilt und ich platzte fast vor Kraft. Entschlossen markierte ich einen Baum in der Nähe, zog ihm die Krallen durch die Rinde und hinterließ eine Duftmarke.

Carag ist hier!

Er ist hier und er geht nicht eher, als bis er die gefunden hat, die er sucht!

Erst fand ich ihre Spuren, denn natürlich hatten auch meine Eltern ihr Revier markiert. Als ich Kratzspuren meiner Mutter und die vertraute Witterung meines Vaters entdeckte, wurde ich so aufgeregt, dass ich sofort den Baum hochkletterte, um Ausschau halten zu können. Die Markierungen waren frisch, sie mussten ganz in der Nähe sein!

Doch meine Eltern kannten ihr Revier natürlich viel besser als ich und sie verpassten nur wenig von dem, was darin geschah. Kurz darauf sprintete eine geschmeidige hellbraune Raubkatze auf mich zu und warf sich mir miauend vor Freude entgegen. Meine Mutter Nimca! *Carag! Du bist da! Du bist endlich da!* Ihre Gedanken waren stark, von Liebe und Freude durchdrungen. Als Menschen hätten wir uns wahrscheinlich heulend aneinandergeklammert. *Ich hab dich so furchtbar vermisst, Carag – ich konnte nur hoffen, dass es dir gut geht ...*

Ich hab dich auch vermisst, Mama, brachte ich nur heraus. Schnurrend kuschelten wir, schleckten uns die Schnauze, rieben die Gesichter aneinander. Ich konnte gar nicht genug von ihr bekommen, keine Pfotenbreite wollte ich von ihr weg – aber gute Vorsätze sind kurzlebig. Da kam schon Mia aus dem Gebüsch. Weil wir uns vor Kurzem erst gesehen hatten, war sie ziemlich locker drauf. *Na Großer? Geht's dir gut? Was sind das für neue Narben?*

Nichts Schlimmes, alles bestens! Wir fochten einen kurzen, übermütigen Scheinkampf mit eingezogenen Krallen, dann schleckte sie mir liebevoll die Schulter. Zu dritt knuddelten wir einen Moment lang, dann wurde ich unruhig. *Wo ist Papa?*

Xamber kommt gleich, er kann nicht so schnell, erklärte meine Mutter und ich erschrak. *Wieso das?* Dann fiel mir ein, was Mia erzählt hatte – mein Vater war vor Wochen beim Kampf um Beute von einem Wolfsrudel verletzt worden. War das immer noch nicht verheilt? Oder war sein Bein verkrüppelt?

Als ich meinen Vater sah, war ich im ersten Moment geschockt. Er war immer klug und entschlossen gewesen, aber auch sehr stark und ein hervorragender Jäger. Doch den großen Berglöwen, der mir entgegenhinkte, erkannte ich kaum. Dünn war er, sein Fell hatte keinen Glanz mehr und ich sah sofort die entzündete Wunde an seiner Hinterpfote. O nein! Das bedeutete, mein Vater konnte kaum noch springen, kaum noch jagen. Das hatte seinen Stolz bestimmt schwer getroffen.

Ich versuchte, mir meinen Schrecken nicht anmerken zu lassen, und lief auf ihn zu. *Papa, ich bin zurück!*

Einen furchtbar langen Moment, der wahrscheinlich nur einen Wimpernschlag dauerte, zögerte er. Sofort blieb ich stehen. Würde er mir die Zähne zeigen? Mir Vorwürfe machen? Doch dann fühlte ich ein Willkommen in seinen Gedanken. *Carag, wie schön, dich zu sehen! Wir mussten so lange ohne dich auskommen. Dabei gehörst du doch zu uns.*

Ich überhörte den leisen Vorwurf, der darin mitklang. Wir schnurrten uns an und legten uns dicht nebeneinander auf den Waldboden, sodass ich die Wärme seines Körpers spüren konnte. Einen Moment lang schloss ich die Augen, lehnte mich an ihn und war völlig entspannt – so entspannt wie seit Jahren nicht. Endlich fühlte sich alles richtig an. Nach all dem, was ich erlebt hatte, war ich zurück bei denen, die mich liebten. Trotzdem war ich froh, dass ich nicht in Menschengestalt hergekommen war, wie ich es beim Treffen mit Mia gemacht hatte. Wie hatte mein Vater es damals ausgedrückt? »Mit Menschen wollten wir nichts zu tun haben«?

Du riechst so ungewohnt, meinte er jetzt und kräuselte unwillig die Schnauze. *Ein bisschen nach Mensch, nach Kojote und ... Waldbrand!*

Waldbrand? Ich starrte ihn verblüfft an.

Mia näherte sich mir vorsichtig. *Ja, das stimmt. Aber es riecht auch verdammt lecker.* Sie schnüffelte gierig an mir herum und mir fielen die geräucherten Würstchen ein. *Wartet hier, ich hab euch was mitgebracht!*, rief ich in die Runde und machte mich auf den Weg zum Wagen. Dort nahm ich die Henkel der Tüte, in der die Würstchen und Medikamente waren, ins Maul und lief in langen Sprüngen zurück zum Treffpunkt.

Oooooh, das riecht ja noch besser als diese Pfannendinger, wie heißen die noch?, rief Mia und stürzte sich mit einem kühnen Sprung auf die Beute, obwohl die nicht wirklich fliehen konnte. Innerhalb von Sekunden hatte sie die Papiertüte mit den Würstchen herausgefischt und mit den Krallen zerfetzt. Aber ich knuffte sie beiseite. *Hey, die sind nicht alle für dich, du verfressenes Vieh!*

Sie, meine Mutter und mein Vater bekamen je ein Drittel und mir selbst gönnte ich auch ein Würstchen. Ein klitzekleines.

Mein Vater fraß langsam und genüsslich. *Aaaah*, sagte er danach. *Das war köstlich. Noch besser als frisches Wapiti. Erstaunlich, was die Menschen alles zustande bringen.*

Ja, das stimmt – sehr lecker, Carag. Danke. Meine Mutter, die mich stolz und froh beobachtet hatte, bemerkte, dass ich beim Wort Wapiti zusammenzuckte. *Was, magst du etwa kein Wapiti mehr?*

Im Moment nicht so, davon krieg ich immer Herzschmerzen, sagte ich ausweichend und dachte schuldbewusst an Lou.

Meine Mutter ließ mich nicht aus den Augen. *Jetzt erzähl, ich will alles wissen!*

Gleich, vertröstete ich sie, holte die Tüte mit den Medikamenten und schüttete den Inhalt ins Gras. *Das hier habe ich euch auch noch mitgebracht.*

Begeistert kramte meine Mutter mit der Pfote durch die verschiedenen Mittel, prüfte die Aufschriften darauf, roch daran. *Großartig, dass du daran gedacht hast! Wir hatten ganz lange keine richtige Medizin mehr, weil ich mich nicht in die Stadt getraut habe.*

Ich blickte meinen Vater an. *Deine Hinterpfote tut weh, stimmt's?*

Geht schon, sagte er, aber ich spürte aus seinen Gedanken, dass es in Wirklichkeit ziemlich schmerzte.

Dagegen hab ich was, sagte ich entschlossen. *Aber du musst dich einen Moment lang verwandeln, damit du das Zeug schlucken kannst und es richtig wirkt.*

Alles andere als begeistert schaute er auf meine Mitbringsel herab – die bedruckten Schachteln und Fläschchen, die in seiner Bergwelt so fremd wirkten. So, als gehörten sie nicht hierher. Eine der Schachteln war in einem Schneerest feucht geworden, die Pappe wellte sich schon. *Na, ob das was bringt,* meinte mein Vater. *All dieses Menschenzeugs ...*

Ach, mach schon, drängte ihn Mia. Xamber legte die Ohren zurück und wies sie mit einem kurzen Fauchen zurecht.

Dann gingen wir alle zusammen einen Bach suchen, dessen Wasser ihm beim Tablettenschlucken helfen konnte, und dort begann er widerwillig, sich zu verwandeln. Fasziniert sah ich zu, denn ich hatte meinen Vater noch nicht oft so gesehen. Als Mensch war er groß und muskulös, mit dichtem rötlich blondem Haar, einem breiten, ruhigen Gesicht und Augen in dunklem Gold. Vielleicht hätten ihn manche Leute schön genannt.

Er nahm die Medizin, ein entzündunghemmendes Schmerzmittel, ohne weiteren Protest und ließ auch zu, dass ich – selbst auch in Menschengestalt – die Wunde an seinem Fuß mit einem Spray einsprühte, reinigte und verband.

So was hast du gelernt?, staunte meine Mutter, die als Puma neben ihm lag wie eine Wächterin und mir und meinem Vater hin und wieder einen liebevollen Blick schenkte. Nachdenklich blickte er auf sie herab und ließ seine Menschenhand über ihr Rückenfell gleiten.

»Das Heilen hat mir ein Biber beigebracht«, erzählte ich fröhlich und begann, von der Clearwater High zu erzählen, vom Unterricht, von meinem Zimmer, von meinen Freunden. Davon, wie ich lernte, in beiden Welten zu leben. Ab und zu schickte ich ihnen ein Bild in die Köpfe, damit sie sich alles genau vorstellen konnten. Meiner Mutter gefiel anscheinend, was sie hörte, doch mein Vater runzelte beim Zuhören auch hin und wieder die Menschenstirn.

»Was, deine beste Freundin ist so ein Vormittagshäppchen?«, brummte er ungläubig.

»Ja, aber dafür ist mein bester Freund ein Bison«, berichtete ich und Xamber wirkte beruhigt: »Starke Verbündete sind gut.« Er stutzte und schien in sich hineinzulauschen. »Kaum zu glauben, die Schmerzen sind weg! Das ist Zauberei!«

»Menschenmagie«, sagte ich und freute mich über die gelungene Überraschung.

So, und jetzt zeigen wir dir unser neues Revier. Schon ließ mein Vater wieder Fell auf seinem Körper wachsen, seine Hände wurden zu Pranken. Mein nagelneuer Verband diente kurz als Pfotenabstreifer und blieb dann auf dem Boden liegen. Ich seufzte und machte ihm einen neuen für seine zweite Gestalt, die eigentlich seine erste war.

Zu viert streiften wir durch die Bergwiesen und lichten Kiefernwälder, ruhten im Schatten von Pappeln und fingen uns ein flatterndes Mittagessen, das sich wohlig in unseren Mägen breitmachte. Danach erzählte ich ihnen auch von den Ralstons – und spürte, wie unwohl meinen Eltern dabei war.

Diese andere Mutter, du liebst sie, nicht wahr?, meinte meine Mutter ganz leise.

Es hatte keinen Sinn, es abzustreiten. Sie konnte es in meinem Gedanken spüren. *Ich liebe euch beide,* sagte ich nur und fügte hinzu: *Ist das schlimm?*

Mein Vater sagte nichts. Gar nichts. Ich ahnte, warum. Wir sprachen hier von einer Menschenfamilie, einer, bei der ich so tun musste, als sei ich ein Mensch. Er selbst hatte nie vorgegeben, etwas zu sein, das er nicht war. Deshalb ging es ihm bei mir gegen den Strich, dass ich ständig lügen musste, ständig eine Rolle spielte.

Ich merkte, wie eine kleine, kalte Angst in mir hochkroch. Würde er irgendwie versuchen, mich zur Rückkehr in ein Pumaleben zu zwingen?

Sonnenaufgang

Erst am nächsten Tag konnten Xamber und ich darüber reden. Mia und meine Mutter Nimca waren auf die Jagd gegangen und mein Vater und ich saßen auf einem Bergrücken, um den Sonnenaufgang zu beobachten. Das war Xamber wichtig, schon früher hatte er das jeden Tag getan, meist andächtig und schweigend. Er glaubte zwar nicht an Geister wie meine Mutter, aber er verehrte die Sonne und ihre Kraft.

Gemeinsam beobachteten wir, wie der mächtige Feuerball in den Himmel stieg und das Tal mit Licht übergoss, dann wandte sich mein Vater mir zu. *Es ist in Ordnung, dass du in dieser Schule etwas lernst, aber es gefällt mir nicht, dass du bei Menschen lebst und versuchst, sie nachzuahmen.*

Es geht nicht anders, sagte ich niedergeschlagen. *Niemand darf ahnen, was ich bin, das könnte gefährlich werden für mich ... und für alle Woodwalker. Die Menschen würden uns bekämpfen, wenn sie wüssten, dass es uns gibt.*

Mein Vater legte die Ohren an. *Ja, das könnte in der Tat gefährlich werden, denn Menschen sind leider hinterhältig und zerstörerisch!*

Die meisten sind das nicht, nur wenige von ihnen, erwiderte ich sofort. *Außerdem gibt es viele, die die Wildnis lieben und sich für wilde Tiere einsetzen!*

Ich hatte inzwischen ziemlich viele Menschen kennengelernt

und die meisten waren nett gewesen, von Anna über meine Lehrer in der normalen Highschool bis hin zu Eleanor, einer Bibliothekarin in Jackson, die sich immer gefreut hatte, mich zu sehen. Auch Donald war meistens nett, wenn auch auf eine nervige, bestimmende Art. Na ja, gut, Marlons und Kevins Gang in der Highschool waren bisher keine Bereicherung meines Lebens gewesen. Aber vielleicht hatte selbst Marlon eine gute Seite, die ich nur noch nicht entdeckt hatte, weil es vielleicht seine Unterseite oder eine Innenseite war, die ich, um ehrlich zu sein, gar nicht sehen wollte.

Menschen, nett? Ich habe bisher nur Schlechtes mit ihnen erlebt! Mein Vater blickte mich an und seine pelzigen Ohren waren in meine Richtung gewandt. Immerhin, er hörte mir zu, und dafür liebte ich ihn.

Also erzählte ich ihm, wie herzlich Anna mich aufgenommen hatte, dass Melody mich toll fand – ihr Herumgezicke vorher ließ ich lieber aus – und dass mir schon ganz fremde Menschen weitergeholfen hatten, wenn ich in Schwierigkeiten steckte, zum Beispiel bei unseren Lernexpeditionen.

Darüber dachte er eine Weile nach. *Du hast inzwischen wesentlich mehr Erfahrung mit Menschen, als ich jemals hatte,* meinte er schließlich. *Aber es gefällt mir trotzdem nicht, dass du immer tiefer in ihre Welt hineingerätst. Bitte halte dich in Zukunft stärker von ihnen fern.*

Was meinst du damit?, fragte ich entsetzt. *Soll ich meine Pflegefamilie aufgeben?*

Du könntest als Puma in den Bergen leben und – wenn es sein muss – hin und wieder diese Clearwater High besuchen, schlug er vor.

Nein! Ich hatte ganz instinktiv geantwortet. Was war passiert? Noch vor Kurzem war ich froh gewesen, wenn ich die

Ralstons möglichst selten besuchen musste. *Ich ... ich mag die Menschenwelt immer noch, es ist nicht so, dass sie mich irgendwie verdirbt. Sie hat viel Gutes ... und meine Pflegefamilie auch.*

Mit schmalen Augen blickte Xamber mich an. *Du bist anders geworden*, stellte er fest. *Du sagst geradeheraus, was du denkst, und schwindelst mich nicht mehr an, um heimlich deine eigenen Wege zu gehen. Das gefällt mir.*

Als Mensch wäre ich garantiert rot geworden. Als Puma fuhr ich verlegen meine Krallen aus und grub sie in die Grasbüschel unter meinen Pranken. *Oh – das hast du gemerkt?*, fragte ich lahm und erinnerte mich daran, wie ich mich damals vor dem Jagdausflug gedrückt hatte, um mir die Menschen beim Old Faithful näher anschauen zu können. *Warst du deshalb manchmal so finsterer Stimmung?*

Ja, sagte er knapp. *Aber ich wusste, dass ich dich nicht aufhalten konnte. Da hatte Nimca recht, sie hat immer gesagt,*

wenn wir es euch verbieten, die Menschen auszukundschaften, macht ihr es heimlich. Und so ist es dann auch gekommen. Ich hasse es, dass sie immer recht behält. Ein kleines, amüsiertes Funkeln in seinen Gedanken. Wir tauschten einen Blick wie zwei Verbündete, doch dann wurde seine Stimme in meinem Kopf wieder drängender: *Also, was wirst du tun? Wirst du meinen Wünschen folgen?*

Gib mir noch ein bisschen Zeit, antwortete ich ausweichend. Er hatte mir zugehört, aber ich hatte es nicht geschafft, ihn zu überzeugen. Es gab keinen Grund, warum er seine schlechte Meinung über die Menschen ändern sollte. Wieso auch? Ich musste an Julian Goodfellow und sein Revier denken, das von Baggern aufgerissen werden würde, wenn es ihm nicht gelänge, es zu kaufen. Überhaupt an all die Häuser, die an vielen Orten gebaut wurden, wo zuvor noch Natur gewesen war.

Und trotzdem. Trotzdem! Die Menschen taten auch viel Gutes und noch immer staunte ich über die Wunder ihrer Welt. Wie konnte ich es schaffen, dass es meinem Vater ebenso ging? Dass er mich in beiden Welten leben ließ, ohne gegen meine Pläne anzukämpfen?

Diese Gedanken beschäftigten mich das ganze, wunderbare Wochenende über, das ansonsten so perfekt war, wie ich es mir immer vorgestellt hatte. Es fiel mir schwer, mich nach diesen zwei Tagen zu verabschieden.

Komm bald wieder, Carag, damit wir dich nicht so lange vermissen müssen. Wir kuschelten alle vier einen Moment lang, dann schleckte mein Vater mir mit seiner rauen Pumazunge über die Schulter, meine Schwester fiel in einem kleinen Scheinangriff über mich her und meine Mutter berührte meine Nase mit ihrer. *Pass auf dich auf und lass dir nie die Beute abnehmen, ja?*

Möge die Sonne mit dir sein, wohin du auch gehst, sagte mein Vater. Es machte mir Sorgen, dass seine Wunde noch immer nicht begonnen hatte zu heilen. Meine Behandlung hatte nicht viel gebracht.

Bleib fröhlich und lass dich nicht von miesen Lehrern quälen, empfahl mir Mia, der ich von Ellwood und Goodfellow erzählt hatte. *Ach ja, und kannst du uns nächstes Mal noch ein paar mehr von diesen Würstchen mitbringen?*

Klar, mach ich, versprach ich, warf ihnen einen letzten Blick zu und trabte rasch davon, weil mir die Erinnerung an den furchtbaren Abschied beim letzten Mal plötzlich wieder im Nacken saß. Diesmal ging ich nicht als Mensch, sondern als Puma ... aber meine Familie wusste, dass ich mich hinter der nächsten Biegung verwandeln würde, um wieder in dieser fremden Welt zu leben, die sie sich kaum vorstellen konnten. Als ich einen Blick zurückwarf, waren mein Vater, meine Mutter und Mia schon im Unterholz verschwunden, obwohl ihre vertraute Witterung noch in der Luft hing. Einen Moment lang schloss ich die Augen und sog sie ein, dann machte ich mich endgültig auf den Weg zurück zum Treffpunkt mit James Bridger.

Als ich mit ihm im Wagen saß, konnte ich kaum aufhören, auf meine Menschenhände zu starren und mit den Fingern an irgendetwas herumzufummeln – einer Münze, dem Reißverschluss meiner Jacke, der witzigen Kojotenfigur aus Plastik, die Bridger an seinen Rückspiegel gehängt hatte. Ich war zurück, aber es fühlte sich ... nein, nicht falsch, aber *seltsam* an.

James Bridger seufzte, als ich ihm erzählte, wie mein Vater reagiert hatte. »Menschen ändern sich kaum noch, wenn sie erst mal erwachsen sind – und bei Woodwalkern ist es genauso«, meinte er nachdenklich.

»Also meinen Sie, dass mein Vater bei seiner Meinung bleibt?«, sagte ich niedergeschlagen ... doch dann erinnerte ich mich daran, wie begeistert er von dem Schmerzmittel gewesen war. Plötzlich hatte ich die genialste Idee des Jahrhunderts. »Diese Wunde an seinem Bein ... ich wette, wenn die in einem richtigen Krankenhaus behandelt werden würde, könnte man die wieder hinkriegen. Wenn er sich in einen Menschen verwandelt und was anzieht, könnte ich ihn doch einfach ins Krankenhaus von Jackson Hole bringen, oder? Würden die Menschen ihn heilen und ihm wieder zu seiner alten Kraft verhelfen, dann würde er sie bestimmt ganz anders sehen!«

Mr Bridger starrte mich an. »Ähm, ich glaube, du stellst dir das ein bisschen zu einfach vor, Carag. Ich wette, deinem Vater würde allein beim Gedanken an so was das Fell ausfallen.«

»Ach, den Haarausfall bekommen sie in der Klinik auch gleich hin!«, gab ich zurück und auf einmal war mir ganz leicht zumute. Weil ich endlich einen Plan hatte, der funktionieren konnte.

Ich war in sonniger Laune, als wir das Auto an der Clearwater High parkten. Doch die Laune hielt nicht lange. Sofort konnte ich die Aufregung spüren, die in der Schule herrschte und nicht zu einem ruhigen Sonntagabend passte. Mr Ellwood stürmte durch die Gänge der Schule und irgendwo in der Ferne hörte ich Sarah Calloway hektisch telefonieren. Ein paar Schüler aus meiner Klasse und aus den höheren Jahrgängen standen neugierig herum, darunter Jeffrey mit seinem Rudel – inklusive Miro – und Frankie. Ich ignorierte sämtliche anwesenden Wölfe und fragte Frankie: »Was ist denn passiert?«

Er bewegte die angewinkelten Arme auf und ab. »Unser gefangener Exlehrer hat die Flatter gemacht.«

»Wie ist das passiert?«, fragte ich erschrocken.

»Es kam ein Bote, der angeblich vom Rat war und ihn abholen sollte ... doch wie sich herausgestellt hat, stimmte das gar nicht und seine Dokumente waren gefälscht. Sobald der Mann draußen war, hat er die Blechdose aufgerissen und beide haben sich davongemacht.«

Mr Bridger kniff die Lippen zusammen. Ich ahnte, dass *er* sich nicht von einem falschen Pass oder was auch immer hätte täuschen lassen. Aber er war nicht da gewesen, weil ich ihn überredet hatte, mich zu meinen Eltern zu fahren! Der Gedanke bohrte sich in meinen Magen, als hätte ich Disteln aus Stahl gefressen.

Doch Bridger ließ sich nicht anmerken, ob er etwas Ähnliches dachte. »Verdammt«, sagte er knapp. »Goodfellow ist clever und skrupellos. Falls er wirklich einer von Millings Handlangern wird, wäre das nicht gerade gut für uns. Bis morgen dann, Carag.«

»Bis morgen – und danke noch mal«, sagte ich matt. Ja, klar, es mussten Millings Leute gewesen sein, die Goodfellow geholfen hatten! Aber woher hatten sie gewusst, dass der Tripel-Wandler überhaupt hier in Gefangenschaft saß? Hatte er mit einem Fernruf versucht, sie zu alarmieren, so wie es mir neulich mit meinen Freunden geglückt war? Oder ...?

Mein Blick wanderte zu Jeffrey und sein dreckiges Grinsen gab mir die Antwort. Garantiert hatte er Milling davon erzählt, wer hier in Gefangenschaft saß und wo die Schwachstellen seiner Bewacher lagen!

Ich stöhnte leise. Nun konnte ich zusehen, wie mein Feind immer stärker wurde, immer mehr Verbündete gewann. James Bridger hatte recht, Goodfellow würde meinem Feind ein wertvoller Verbündeter sein, falls die beiden sich wirklich zusammenrauften. Woodwalker mit seinen Talenten waren selten und hatten viel mehr Möglichkeiten als normale Wandler. Auch Miro schien das nicht recht zu sein, er knurrte leise vor sich hin. Schließlich war er es gewesen, der Goodfellow gefangen hatte, glücklich war er nicht über diese Flucht.

Am liebsten hätte ich nicht mehr daran gedacht. Ich wollte mich einfach nur darüber freuen, dass ich meine Eltern endlich wiedergesehen hatte und mein Vater längst nicht so feindselig gewesen war, wie Andrew Milling mir hatte weismachen wollen.

»He, da bist du ja!« Holly zerrte mich die Treppe hoch und lotste mich zu den Sofas im zweiten Stock, wo schon ein paar unserer Freunde saßen. »Gerade kam der Anruf – die Silvers haben sich entschieden, mich zu adoptieren! Ich habe neue Eltern und sie lassen mich weiter auf die Clearwater High gehen!«

Stürmisch drückten Brandon, Lou, Dorian und ich sie alle gleichzeitig und tanzten dabei herum wie ein Tier mit zehn Beinen. Das waren ein paar Beine zu viel, wie sich herausstellte. Brandon stolperte über ein Kissen auf dem Boden und in einem großen Knäuel fielen wir schreiend und lachend um. Beim großen Gipfel, ich *berührte* Lou, na ja, okay, ihre Schulter, aber es fühlte sich trotzdem sensationell an. Dafür hingen mir Dorians lange Haare bis in die Nasenlöcher, Brandon ächzte von ganz unten: »Wär nett, wenn du mich nicht zerquetschen würdest, Carag!«, und Hollys Hand drückte sich ziemlich tief in Dorians Bauch, als sie über ihn hinwegkroch.

»Jetzt weiß ich endlich, wie sich die Teile eines Sandwichs fühlen«, murmelte Lou. »Könntest du mal deinen Fuß da wegnehmen, Carag?«

Oh, wie peinlich. Ich nahm meinen Fuß da weg und dadurch bekam ihn leider Brandon ins Gesicht. Das war anscheinend zu viel für ihn – ich spürte zottiges Fell unter mir und einen Moment später krochen wir auf dem massigen Körper eines auskeilenden Bisons herum. Dorian musste einem Huf auszuweichen und Lou hielt sich an einem Horn fest, damit es sie nicht versehentlich traf. *O Mann, das tut mir furchtbar leid! Keine Absicht, wirklich!*, jammerte Brandon.

Kein Problem. Holly tätschelte ihm die Flanke. *Alles wunderbar.*

Tikaani, die gerade erst hinzukam, sah aus, als hätte sie gerne mitgemacht. Jeffrey dagegen, der auf der anderen Seite des Raumes seine E-Mails checkte, bedachte unsere Albernheiten nur mit einem herablassenden Seitenblick.

Doch dann öffnete er anscheinend eine Mail mit Video-Anhang. Plötzlich schallte eine wütende Stimme durch die Cafeteria. »Jeffrey Quickpaw Baker! Was hast du getan, du Wicht? Ich habe gerade eine Rechnung über fünfzehn Dollar für Würstchen bekommen, die du gestohlen haben sollst! Wenn das stimmt, bist du eine Schande für jedes Rudel! Also, stimmt das?«

»Papa, ich ... ähm, ja, aber ...« Jeffrey hockte schon längst nicht mehr wie ein stolzer Leitwolf vor dem Laptop, sondern wie ein nasser Sack.

»Nur dass du das weißt, ich ziehe dir diesen Betrag vom Taschengeld ab! Und das Grillfest für deine Freunde, das Mama dir versprochen hat, ist auch gestrichen!«

Sherri Rivergirl, die an der Küchentheke arbeitete, zwinkerte mir zu und ich antwortete mit einem dankbaren Blick. Was auch immer geschehen würde – es gab so viele Woodwalker an der Clearwater High, die zu mir hielten. Dies hier war der richtige Ort für mich, dieser und kein anderer, egal was meine Familie sagte!

»Hey, was schaust denn so, Carag?«, rief Holly und grinste mir ins Gesicht. Ihre rotbraunen Haare hatten sich gesträubt, ihre dunklen Augen funkelten und jede ihrer Sommersprossen sah aus wie der Punkt unter einem Ausrufungszeichen. »Komm, wir tanzen 'ne Runde. Das Leben ist schön, hast du das schon gewusst?«

»Hab ich«, gab ich zurück und grinste zurück.

Dem Chaoshörnchen ging es wieder gut ... und ja, auch mir war wieder richtig katzig zumute!

Danksagung

Auch bei diesem Roman haben mich Stefanie Letschert und Julia Röhlig vom Arena Verlag sowie mein Lektor Frank Griesheimer wunderbar unterstützt!

Danke auch an meinen Juniorlektor Robin (ganz zufällig auch mein Sohn), der mir zu jedem frisch geschriebenen Kapitel Rückmeldung gegeben und viele lustige und kluge Bemerkungen an den Rand geschrieben hat. Christian war immer für ein morgendliches Brainstorming zu haben und Lina Oppermann (Autorin des wunderbaren Romans »Was wir dachten, was wir taten«) war wieder eine erstklassige Testleserin. Vielen Dank auch an Gerd F. Rumler und Martina Kuscheck, die mich mit ihrer Agentur nun schon so lange zuverlässig und engagiert begleiten.

Weitere Informationen über Katja Brandis und die Woodwalkers-Reihe: www.woodwalkers.de.

Woodwalkers

Wie geht es weiter mit Carag
und seinen Freunden?

Lies weiter in Band 4
Woodwalkers. Fremde Wildnis
(978-3-401-60609-5)

Mein Feind Andrew Milling wird immer stärker und jetzt unterstützt ihn auch noch dieser hinterhältige Tripel-Wandler. Nicht gut! Lieber denke ich daran, wie schön es war, endlich meine Puma-Familie wiederzutreffen. Aber wird sich mein Vater jemals damit abfinden, dass ich die Menschen mag? Ich erinnere mich noch gut daran, wie wir – er und ich – ihnen früher mal richtig Ärger gemacht haben ...

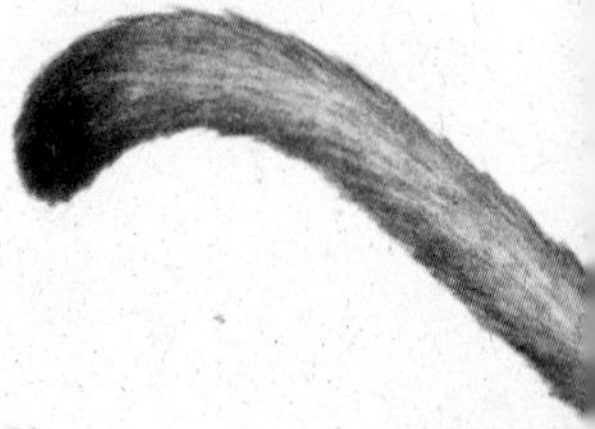

Panik

Meine Eltern hatten mich immer gewarnt, dass in der Wildnis nur der überlebt, der stark, schnell und wachsam ist. Aber damals war ich noch viel jünger als jetzt und oft genug nicht sehr vorsichtig. Als ich eine Maus durch den sonnigen Kiefernwald verfolgte, raste das Blut heiß durch meine Adern und ich sah nichts mehr außer diesem kleinen braunen Vieh, das direkt vor mir zwischen abgefallenen trockenen Ästen, Gras und Kiefernzapfen davonhuschte. Prankenschlag, Sprung, gleich hatte ich es, mein erstes selbst gefangenes Frühstück!

Carag, pass auf! Keine Bewegung!

Mein Vater brüllte es so laut in meinen Kopf, dass ich verdutzt stehen blieb.

Ich wollte mich umwenden, ihm einen fragenden Blick zuwerfen, aber zum Glück tat ich es nicht.

Es gab noch jemanden, der es auf die Maus abgesehen hatte. Jetzt erst, während mein Jagdfieber verebbte, bemerkte ich das Rasseln und sah den braun-gelblich gemusterten Körper der Klapperschlange keine Pfotenlänge von mir entfernt. Hätte Xamber mich nicht gewarnt, wäre ich voll in sie hineingelaufen.

Es war ein Männchen und es hielt den Kopf gereizt erhoben, während die Hornringe an seiner Schwanzspitze drohend vibrierten. Sein Reptiliengeruch stieg mir in die Nase, so nah war er, so furchtbar nah. Würde ich jetzt sterben? Würde das sehr wehtun?

Beweg dich nicht!, wiederholte mein Vater und ich konnte seine Angst um mich in seinen Gedanken spüren. *Dann zieht sie vielleicht ab.*

Doch die Klapperschlange hatte anderes im Sinn. Sie hatte anscheinend entschieden, dass ich ihr feindlich gesinnt war, obwohl ich in Wirklichkeit nur eins wollte – weg hier! Halb gelähmt vor Entsetzen sah ich, wie sich ihr muskulöser Körper zusammenzog, wie sie sich bereit machte, zuzustoßen.

Auch mein Vater hatte das wohl gesehen. *Schnell, zurück!,* schnauzte er mich an, und dann stieß er sich vom Boden ab. Eben noch war sein geschmeidiger zimtfarbener Körper ein ganzes Stück von mir entfernt gewesen, doch nun kam er neben mir auf und holte im gleichen Moment mit einer Vorderpranke aus. Während ich zurücksprang, schleuderte sein Schlag die Klapperschlange von mir fort. Wütend wand sie sich, während ihr langer Körper einen Bogen in der Luft beschrieb. Mit einem Knistern landete sie in einem Wacholdergebüsch und wir zogen uns vorsichtig zurück.

Danke, sagte ich zittrig zu meinem Vater und konnte kaum begreifen, dass wir beide noch lebten. *Sie hat dich nicht gebissen, oder?*

Nein, alles in Ordnung. Xamber beugte sich zu mir herunter, um mir über den Kopf zu schlecken, und einen Moment lang schmiegte ich mich an ihn und fühlte mich wunderbar geborgen bei ihm.

Du hast diese Schlange nicht bemerkt, weil du ..., begann er streng. Ich ließ Ohren und Tasthaare hängen, weil jetzt bestimmt die Standpauke kam, die ich verdient hatte. Doch mein

Vater sprach nicht weiter, stattdessen schrak er zusammen, wandte den Kopf und duckte sich. *Na wunderbar. Diesmal haben wir beide nicht aufgepasst!*

Erst begriff ich nicht, was er meinte, doch dann fingen meine Ohren ferne Hufschläge und den Klang von Stimmen auf. Ich spürte, wie mein Fell sich sträubte. Weil wir durch die Klapperschlange abgelenkt gewesen waren, hatten wir verpasst, dass Eindringlinge in der Nähe waren! Es gab einen Pfad, der durch unser Revier führte und auf dem hin und wieder Menschen auf Pferden vorbeikamen. Als ganz kleines Kätzchen hatte ich gedacht, jeder Reiter sei ein einziges Wesen, das eben vier Beine und zwei Arme hatte, wieso sollte es so etwas nicht geben? Aber so blöd war ich längst nicht mehr.

Ich glaube, es sind sechs oder sieben Leute – nichts wie weg!, flüsterte mein Vater mir zu und begann, sich geduckt und mit unendlicher Vorsicht durchs Unterholz vorzuarbeiten. Seine Pranken verursachten kein Geräusch auf dem trockenen, warmen Sandboden.

Ich wusste, dass es ihm zuwider war, wenn Menschen ihn bemerkten – noch nie war er in seiner Pumagestalt von ihnen gesehen worden. Ein paarmal hatte ich schon versucht, ihn darüber auszuhorchen, ob ihm das mal in seiner Menschengestalt passiert war. Doch darüber redete er ungefähr so gerne, wie er sich auf einem Stachelschwein wälzte.

Instinktiv änderten wir die Richtung, damit der Wind unsere Witterung von uns forttrug ... nur leider waren wir damit arg spät dran. Die Pferde hatten uns bemerkt, ich hörte, wie mehrere von ihnen ängstlich schnaubten und scheuten. Hoffentlich gab das keinen Ärger! Ein kleiner aufgeregter Schauer durchrann mich. Nicht nur Schlangen, auch Menschen waren beängstigend, doch immerhin bissen sie nicht.

Neugierig reckte ich den Hals, um einen Blick auf die Leute und ihre Pferde zu erhaschen, und mein Vater warf mir einen missbilligenden Seitenblick zu.

»Ganz ruhig, Shanti«, hörte ich einen der Menschen sagen, eine junge Frau. Sie saß sehr aufrecht im Sattel und hielt die Lederdinger, die zum Maul ihres Pferdes führten, stramm. Wahrscheinlich, um ihre tänzelnde, nervös mit den Augen rollende braune Stute unter Kontrolle zu halten.

»Ben, was ist los? Sind hier Wölfe in der Nähe?«, rief ein anderer aus der Gruppe. Das Fell seines Pferdes hatte die Farbe fünf Tage alten Schnees.

»Kann sein – oder ein Berglöwe, vielleicht auch ein Grizzly.« Ein bärtiger Mann auf einem dunkelbraunen Pferd hielt Ausschau, aber ich war sicher, dass er uns nicht entdecken würde. Und das war auch gut so, er trug nämlich eine gebogene Holzstange – einen Bogen, wie mir mein Vater mal erklärt hatte – und einen Behälter mit Pfeilen auf dem Rücken. Brauchte er die für die Jagd? Das verstand ich, denn mit diesen lächerlich kleinen Menschenzähnen konnte man keine Beute reißen.

Komm schon – du benimmst dich, als wären deine Pfoten am Boden festgefroren!, beschwerte sich mein Vater.

Ja, gut, gab ich gehorsam zurück und wandte mich um. Immerhin hatte er mir vorhin das Leben gerettet, da konnte ich kaum protestieren, wenn er mich herumkommandierte.

Doch ein schrilles Wiehern und ein Schrei ließen mich zögern – die Stute der jungen Frau hatte sich aufgebäumt, nun preschte sie los! Ziellos, in Panik, galoppierte sie einen sehr schmalen Trampelpfad entlang, den normalerweise Wapitis benutzten und der voller Wurzeln war. Eulendreck, das sah gefährlich aus! Als die Stute über eine dieser Wurzeln stolperte, konnte die Reiterin sich nicht mehr festhalten, sie stürzte aus dem Sattel und blieb stöhnend auf dem Boden liegen.

O nein, das ist unsere Schuld! In meinem Magen wühlte ein dumpfes, dunkles Gefühl. *Wir müssen den Leuten helfen!*

Guter Witz, wie sollen wir das denn anstellen?, fragte mein Vater, er klang beunruhigt. Ich spürte, dass auch er nicht gewollt hatte, dass so etwas geschah. *Wenn wir uns nähern, drehen auch die anderen Pferde durch.*

Doch ich hatte schon eine Idee. Der jungen Frau konnte ich nicht helfen, da hatte mein Vater recht, aber wenn ich schnell war, konnte ich vielleicht wenigstens verhindern, dass sich die Stute auf diesem Pfad ein Bein brach.

Ohne Zögern jagte ich los, in langen, weiten Sprüngen. Ich wusste, dass der Waldpfad einen Bogen beschrieb, und wollte versuchen, die Stute abzufangen und zu den Leuten zurück-

zutreiben. Wenn sie mich bemerkte, würde sie sicher umkehren. Oder war ihr alles egal vor lauter Angst?

Mir wurde mulmig zumute, als ich merkte, dass jemand mich gesehen hatte, und zwar ausgerechnet der Mann mit dem Schießwerkzeug. Er rief etwas und ließ sein Pferd angaloppieren – dachte er etwa, ich wollte diesen ängstlichen Vierbeiner fressen? Aber ich doch nicht, ich wusste nicht mal, wie Pferd schmeckte!

Noch während des Reitens spannte der Kerl seinen Bogen, ein Sonnenstrahl glänzte auf der metallenen Spitze des Pfeils. Bei diesem Anblick war mir einen Moment lang nach Umkehren zumute, aber nur kurz. Ich musste in Ordnung bringen, was wir angerichtet hatten! Und wenn ich weiter Tempo machte, konnte ich es schaffen, der braunen Stute den Weg abzuschneiden. Zum Glück sah ich den bewaffneten Reiter bald nicht mehr.

Pferde sind scheußlich schnell und ich war außer Atem, als ich endlich die richtige Stelle erreicht hatte. Als die Stute mich als große Raubkatze auf dem Pfad kauern sah, blieb sie zitternd stehen, alle vier Hufe gegen den Boden gestemmt. Dann rannte sie mit fliegender Mähne zurück in die Richtung, aus der sie gekommen war. Dort können ihre Leute sie einfangen, dachte ich zufrieden.

Bevor ich ins Unterholz davongleiten konnte, sah ich mich dem bewaffneten Reiter gegenüber. Wo war der plötzlich hergekommen? Beim großen Gewitter, der kannte die Gegend auch und hatte den gleichen Weg genommen wie ich, um die Stute abzufangen!

Einen endlosen Moment lang blickten wir uns in die Augen, während die Pfeilspitze auf mein Herz zielte. Ich bewegte keinen Muskel und hörte mein noch unverletztes Herz klopfen.

Würde der bärtige Mann mich erschießen? Würde er so wie die Klapperschlange denken, dass ich ihn angreifen wollte? Hoffentlich versuchte mein Vater jetzt nicht, mich zu verteidigen, er durfte diesen Menschen nicht töten! Schon beim Gedanken daran entwich mir ein Fauchen. O nein, ich hatte gefaucht, er würde glauben, dass ich ihm feindlich gesinnt war!

»Ben? Alles in Ordnung?«, brüllte jemand aus der Entfernung.

»Es ist ein Puma, ein junges Männchen, glaube ich!«, rief der bärtige Mann zurück und ließ den Bogen ein wenig sinken. »Noch nicht ganz trocken hinter den Ohren, scheint mir. Besser, ihr bleibt zurück, ich versuche, ihn zu vertreiben.«

Wie bitte? Natürlich waren meine Ohren trocken, schließlich hatte es nicht geregnet!

Und mich zu vertreiben, war ja wohl unnötig, ich wollte sowieso weg!

Beleidigt wandte ich mich um und zeigte dem Mann mein Hinterteil. Dann rannte ich davon, so schnell meine Pfoten mich trugen.

Auf dem Weg zurück zu meinem Vater hörte ich ein seltsames, knatterndes Geräusch, das immer näher kam. Kurz darauf war ich es, der in Panik geriet. Über mich schwebte eine Art Riesenlibelle hinweg, die einen unglaublichen Krach machte!

Was ist das? Ist das gefährlich? Fauchend, mit angelegten Ohren, suchte ich nach einem Fluchtweg und grub meine Krallen in den Boden.

Nein, in diesem Fall nicht, das ist ein Hubschrauber, der die Frau abholt, entgegnete mein Vater und drängte mich in Deckung, sodass wir von oben nicht zu sehen waren. *Sie hat sich anscheinend das Bein gebrochen.*

Wieder drückten mir diese Schuldgefühle die Kehle zu. *Das wollte ich nicht!*

Weiß ich – mach dir keine Gedanken, Menschen sind sowieso hinterhältig und gemein. Mein Vater klang grimmig. *Aus so einem Hubschrauber heraus hat schon einmal jemand versucht, mich zu verletzen, vielleicht sogar zu töten. Obwohl ich ihnen nichts getan hatte, ich war einfach nur auf der Jagd.*

Betroffen blickte ich ihn an, nicht ganz sicher, ob ich ihm glauben sollte. Dieser Mann eben ... er hatte nicht vorgehabt, mir etwas anzutun. Im Grunde war er freundlich gewesen. Aber vielleicht waren manche Menschen anders.

Wir konnten nicht fliehen, ohne dass sie uns entdeckten, deshalb versteckten wir uns unter einem Felsüberhang, bis die vielen Leute hoffentlich bald verschwunden waren. Das schreckliche Hubschrauberknattern schien kein Ende zu nehmen und ich war noch immer völlig durcheinander von all dem, was geschehen war. *Hör zu, ich erzähle dir eine Geschichte,* sagte mein Vater. Er lag dicht neben mir und wärmte mich mit seinem Körper, um mich zu beruhigen. *Du wolltest doch immer wissen, ob mich schon mal ein Mensch in meiner anderen Gestalt gesehen hat, oder?*

Ja, klar, gab ich zurück und blickte mich nervös um.

Es war weiter im Nordwesten, im Revier meiner Familie, erzählte Xamber. *Ich hatte ein Gerücht gehört, dass ein Stück entfernt eine Puma-Wandlerin leben sollte, und ich wollte sie unbedingt kennenlernen. Also machte ich mich auf den Weg dorthin.*

Diese Wandlerin, das war Mama, oder? Er hatte geschafft, mich neugierig zu machen. Ganz langsam glättete sich mein gesträubtes Fell.

Genau. Mir war klar, dass sie mich sicher auch mal als

Mensch sehen wollte, nur war ich außer Übung, was den Gestaltenwechsel anging. Also verwandelte ich mich auf dem Weg zu ihr immer wieder, ein Mal davon am Flussufer. Weil ich sowieso gerade da war, versuchte ich, mit den Händen einen Fisch zu fangen.

Und dann?, fragte ich gespannt.

Mein Vater rollte mit den Augen, was in seiner Pumagestalt witzig aussah. *Dann kam leider ein Schlauchboot mit einer Horde Menschen vorbei. Wahrscheinlich, weil ich kein Stoffzeug anhatte, fingen sie alle an zu glotzen und zu rufen und mit dem Finger auf mich zu zeigen. Es war furchtbar!*

O je! Richtig lachen konnte ich in meiner Pumagestalt leider nicht, nur amüsiert schnaufen.

Und stell dir vor, deine Mutter war schon in der Gegend, sie hatte aus dem Weidengebüsch heraus alles gesehen! Sie fand es sehr lustig und anscheinend gefiel ich ihr genauso gut wie sie mir. Mein Vater wirkte ein bisschen verlegen. *Einen Sommer später wurde Mia geboren, dann kamst du.*

Draußen wurde das Knattern leiser. Die Riesenlibelle verschwand und nahm die verletzte junge Frau mit sich. Irgendwann war auch die Witterung der Pferde verschwunden.

Im Schutz der Dämmerung kehrten Xamber und ich zurück zu Mia und meiner Mutter.

Heute kenne ich die Menschen besser als damals, aber ich habe immer noch keine Ahnung, ob sie gut oder böse sind. Irgendwie beides. Auch Woodwalker sind ja nicht nur nett, zum Beispiel ein gewisser Pumawandler, der – wie ich seit Neuestem wusste – einen schwarzen Hubschrauber in seiner Flotte hatte.

Immerhin hatte ich mir zusammengereimt, warum damals jemand aus der Luft auf meinen Vater geschossen haben könnte. Ich vermute, er war außerhalb des Nationalparks und hatte sich auf seiner Jagd einer Farm genähert. Noch immer war es erlaubt, Pumas zu schießen, wenn sie Siedlungen oder Farmtiere bedrohen. Genau das, wogegen Andrew Milling kämpfte.

Eigentlich hätte ich ihn gerne dabei unterstützt. Aber ich konnte nicht akzeptieren, dass er gleichzeitig Rache suchte und den Menschen schaden wollte, in welcher Weise auch immer! Würde er noch einmal versuchen, mich zu töten, weil ich seinen Plänen im Weg stand?

Woran denkst du?, fragte meine beste Freundin Holly, als wir uns in unserem Baumhaus entspannten. Sie steckte den Kopf halb in eins meiner pelzigen Ohren. *Wow, guter Hall hier drin!*

An meinen Vater habe ich gedacht, und übrigens, das kitzelt. Ich schüttelte den Kopf, um sie wegzuschleudern. Früher hatte das manchmal geklappt, doch inzwischen hatte sie dazugelernt und klammerte sich mit den Pfötchen fest. Aua! Und was machte sie jetzt, steckte sie etwa den Kopf noch tiefer in mein Ohr?

Hast du schon gewusst, dass du Ohrenschmalz hast?, fragte sie fasziniert.

Ja, wusste ich, du Terrorhörnchen! Ich grub die Krallen in die Planken der Baumhaus-Plattform.

Kommen deine Eltern eigentlich zum Besuchstag?, fragte Brandon mich und scharrte mit den Hufen. Er hatte den Versuch vorerst aufgegeben, der Wiese irgendetwas Schmackhaftes abzugewinnen. Stattdessen rammte er den Kopf gegen den schweren, sandgefüllten Ledersack, den wir am Rand der Wiese für ihn aufgehängt hatten.

Er meinte meine richtigen Eltern, nicht meine Pflegefamilie. Beim Gedanken daran, wie mein Vater auf mein neues Leben reagiert hatte, krampfte sich mein Herz zusammen. *Ich glaube nicht, dass sie kommen werden. Sie finden es nur mäßig toll, dass ich auf die Clearwater High gehe.*

Aber meine werden auftauchen, verkündete Brandon.

Holly ließ mein Ohr los. Ich hörte auf, die Planken mit den Krallen zu bearbeiten. Dann starrten wir beide verblüfft unseren Freund an. Brandons Eltern hatten nach dem Motto »Was sollen denn die Nachbarn denken!« bisher standhaft verdrängt, dass sie Wandler waren, weil sie ihre klobige Bison-Zweitgestalt scheußlich fanden. Und jetzt kamen sie zum Elternbesuchstag! Na, das konnte interessant werden.

Zu welchem Termin kommen sie, zu dem für die Eingeweihten oder dem für die Ahnungslosen?, fragte ich gespannt. Die meisten Eltern wussten Bescheid, aber die andern ahnten nicht, dass es Woodwalker gab oder was es mit der Clearwater High auf sich hatte. Und das sollte auch so bleiben.

Ein Seufzen in meinem Kopf.

Eigentlich wollten sie zu dem Termin für die Ahnungslosen kommen, aber Miss Clearwater hat sie überredet, bei den anderen Woodwalker-Eltern dabei zu sein.

Oh, fiel mir dazu nur ein. *Meinst du, sie verwandeln sich bei dieser Gelegenheit mal?*

Never ever! Doppelt so heftig wie sonst rammte Brandon den gehörnten Schädel gegen seinen Boxsack. Die Douglasfichte, an dem wir ihn befestigt hatten, erzitterte.

Meine neuen Eltern wollen auch vorbeischauen, sagte Holly selig. Gerade erst hatte ein nettes Ehepaar namens Silver sie adoptiert, seither bekam sie regelmäßig Fresspakete und machte Ausflüge an den Wochenenden, die sogar Jeffrey, dem Möchtegern-Chef des Wolfsrudels, ein neidisches Winseln entlocken würden. Nein, kein Besuch in einer Würstchenfabrik, aber zum Beispiel eine Schneemobil-Tour und Klettern in den Grand Tetons.

Natürlich habe ich ihnen nur das Datum gesagt, an dem die Ahnunglosen dran sind, fuhr Holly fort und zerzauste gut gelaunt mein Nackenfell. *Sie dürfen nicht wissen, was wir sind, also benehmt euch gefälligst, wenn sie da sind, klar?*

Versteht sich von selbst, entgegnete Brandon würdevoll, senkte den Kopf und nahm wieder Anlauf, um es seinem Boxsack richtig zu zeigen.

Ich seufzte. *Na klar, das mache ich aus eigenem Interesse – meine Pflegefamilie hat sich auch angesagt.*

Holly senkte die Gedankenstimme zu einem dramatischen Flüstern. *Habt ihr übrigens gehört, dass Lissa Clearwater am Elternbesuchstag etwas ganz Besonderes verkünden will? Eine Überraschung?*

Nein, was denn?, fragte ich und bekam eine Kopfnuss mit einer winzigen rotbraunen Pfote. *Wenn wir das wüssten, wäre es doch keine Überraschung, du Pelzwurst!*

Lass das, du Horrorhörnchen!, beschwerte ich mich, und diesmal schaffte ich es mit einer schnellen Bewegung, sie von meinem Kopf zu befördern und unter meiner Pranke zu fangen. Während sie drauflos zeterte, schnupperte ich sie ganz in Ruhe ab. *Du riechst soo lecker, hat dir das schon mal jemand gesagt?*

Dann schleckte ich sie mit meiner langen, feuchten Pumazunge einmal von oben bis unten ab. Punkt für mich, würde ich sagen.

10 Dinge, die du tun kannst, um den Wald zu schützen

Katja Brandis, Autorin von *Woodwalkers* (katja-brandis.de)

1. **Respektiere Holz als wertvollen Stoff.** Jedes Stück Holz war mal ein Baum. Behandle es mit Respekt und versuche, aus Holzgegenständen, die deine Familie nicht mehr braucht, etwas anderes herzustellen oder das Material sinnvoll zu verwenden.

2. **Verwendet in der Familie keine Gegenstände aus Tropenholz** wie z.B. Teak, Mahagoni, Abachi, Meranti, Kambala etc. Leider ist es nicht immer leicht zu erkennen, was aus Tropenholz besteht und was nicht. Wenn die Holzart auf einem Produkt nicht genannt wird (zum Beispiel bei billiger Grillkohle), ist das verdächtig. Also zum Beispiel lieber Grillkohle aus Buchenholz kaufen, Buchen wachsen bei uns und sind nicht bedroht. Holz mit dem FSC-Siegel kommt vorwiegend aus nachhaltiger Forstwirtschaft.

3. **Spare Papier und verwende Recyclingpapier.** Statt eines Blatts Küchenrolle könntest du einen Lappen verwenden, statt Geschenkpapier bunte Tücher, statt Brötchentüte einen Stoffbeutel. Papierprodukte, die umweltfreundlich sind, erkennst du am Symbol »Blauer Engel«. Übrigens werden meine Romane im Arena Verlag seit Juni 2020 auf Recyclingpapier gedruckt und mit dem Blauen Engel ausgezeichnet! Du musst beim Bücherkaufen also kein schlechtes Gewissen haben.

4. **Iss weniger Fleisch.** Einerseits werden in Südamerika weite Regenwaldflächen abgeholzt, um Platz für Rinderweiden zu schaffen. Zum anderen wird in den Industriestaaten Soja an Rinder und Schweine verfüttert, und für Sojaplantagen muss viel Regenwald weichen.

5. **Meide Produkte, die Palmöl enthalten.** Es ist schon viel Regenwald abgeholzt worden, um Ölpalmen-Plantagen zu schaffen, und das geschieht leider weiterhin. Überwiegend wird das gewonnene Palmöl in Biosprit umgewandelt (also keinen E10-Sprit in den Tank!). Ebenso findet sich Palmöl in Pflegeprodukten und Lebensmitteln.

6. **Lerne den Wald kennen** und erkunde ihn, dadurch wirst du noch mehr über ihn erfahren und ihn noch mehr ins Herz schließen. Aber Achtung, geh im Winter nicht querfeldein, damit du keine Wildtiere störst – auf der Flucht vor dir verbrauchen sie wertvolle Energie. Im Frühjahr (etwa ab April) solltest du deinen Hund in Wald und Feld an der Leine führen, damit er trächtige Wildtiere und neugeborene Junge nicht belästigt.

7. **Protestiere gegen Projekte, die dem Wald schaden.** Das kannst du zum Beispiel, indem du dich bei Umweltschutzorganisationen informierst und an Protesten (zum Teil per Internet/E-Mail), Aktionen und Streiks beteiligst. Auch Briefe und bohrende Fragen an Politiker oder andere Entscheider helfen!

8. **Lass dir ein Stück Wald schenken.** Zum Beispiel könntest du dir von deinen Verwandten statt eines »normalen« Geburtstagsgeschenks eine Spende für den Regenwald oder fürs Bäumepflanzen wünschen. Besonders sinnvoll ist es, Organisationen und Projekte zu unterstützen, die Waldgebiete aufkaufen, um sie zu schützen, oder die Gebiete aufforsten. Selbst wenn du nur zehn Euro spendest oder spenden lässt, hast du schon Dutzende von Bäumen vor Holzfällern bewahrt.

9. **Pflanze selbst Bäume.** Falls du Lust hast, selbst Bäume zu pflanzen (ob in eurem Garten oder anderswo), dann viel Spaß! Sprich das aber am besten mit einem kundigen Erwachsenen ab, damit der richtige Baum an den richtigen Ort kommt.

10. **Gib diese Tipps weiter.** Zum Beispiel könntest du in der Schule einen Vortrag über das Thema halten oder ein Projekt zum Thema starten. Oder wie wäre es mit einem Artikel in eurer Schülerzeitung? Je mehr Leute den Wunsch haben, den Wald zu schützen, desto mehr lässt sich bewegen!

Katja Brandis

Woodwalkers

Carags Verwandlung (1)

Halb Mensch, halb Berglöwe, ist Carag in der Wildnis der Rocky Mountains aufgewachsen. Als er von der Clearwater High erfährt, einem geheimen Internat für Woodwalker wie ihn, verspürt er ein Gefühl von Heimat. In Holly, einem frechen Rothörnchen, und Brandon, einem schüchternen Bison, findet er Freunde. Und die kann Carag gut gebrauchen.

978-3-401-51225-9

Gefährliche Freundschaft (2)

Das neue Schuljahr auf der Clearwater High beginnt. Voller Begeisterung stürzt Carag sich in die ersten Lernexpeditionen mit seinen Freunden. Doch nicht jeder ist glücklich über die Aktivitäten des jungen Puma-Wandlers. Sein ehemaliger Mentor Andrew Milling hat Rache geschworen und plötzlich fühlt Carag sich auf Schritt und Tritt beobachtet ...

978-3-401-51169-6

Fremde Wildnis (4)

Carag, Holly und Brandon reisen zu einem Schüleraustausch nach Costa Rica. Doch hier warten nicht nur liebenswerte Brüllaffen und Regenwaldausflüge auf die Schüler der Clearwater High. Von Jaguarwandler King erfahren sie, dass der gefährliche Andrew Milling auch in Mittelamerika sein Unwesen treibt. Was plant Carags Widersacher nur?

978-3-401-51249-5

Jeder Band:
Arena Taschenbuch
Auch als E-Books und Hörbücher bei Arena audio erhältlich
www.arena-verlag.de